À PROPOS DE L'AUTRICE

Si elle a dû interrompre ses études très jeune pour travailler, Sarah Mallory n'a jamais cessé d'imaginer des histoires pour divertir ses proches. Lorsqu'elle trouve l'amour à dix-neuf ans et fonde une famille, c'est une romance qui découle tout naturellement de sa plume. De nombreux autres récits vont suivre, dans le contexte romanesque de la Régence ou des guerres napoléoniennes, mettant en scène des personnages marquants et loin des stéréotypes.

Sauvée par un Highlander

SARAH MALLORY

Sauvée par un Highlander

Traduction française de
MARINE DEPRET

Les Historiques

HARLEQUIN

Collection : LES HISTORIQUES

Titre original :
RESCUED BY HER HIGHLAND SOLDIER

HARPERCOLLINS FRANCE
83-85, boulevard Vincent-Auriol, 75646 PARIS CEDEX 13
Service Lectrices — Tél. : 01 45 82 47 47 - www.harlequin.fr
ISBN 978-2-2804-6025-5 — ISSN 1159-5981

Composé et édité par HarperCollins France.
Imprimé en octobre 2021 par CPI Black Print (Barcelone)
en utilisant 100% d'électricité renouvelable.
Dépôt légal : novembre 2021.

FSC www.fsc.org
MIXTE
Papier issu de sources responsables
FSC® C159065

Pour limiter l'empreinte environnementale de ses livres, HarperCollins France s'engage à n'utiliser que du papier fabriqué à partir de bois provenant de forêts gérées durablement et de manière responsable.

À mes ami(e)s auteurs et autrices, grâce à qui j'ai pu préserver ma santé mentale et ma motivation en 2020, quand j'ai décidé d'écrire ce roman.

Chapitre 1

Mai 1746

Au-dessus de lui, le ciel vespéral ressemblait à une palette délavée de teintes sanglantes et charbonneuses. Dans son dos, l'obscurité s'épaississait, mais depuis sa cachette, au milieu des ajoncs, Grant parvenait encore à distinguer le village… Du moins ce qu'il en restait. Il regardait les flammes voraces bondir de toits en fenêtres tandis que les hurlements des *cottars*[1], hommes, femmes et enfants, déchiraient l'air, bientôt coupés court par les lames des tuniques rouges. Les soldats les massacrèrent jusqu'au dernier. Sans la moindre pitié.

Grant fut pris d'un violent haut-le-cœur. Il aurait voulu charger l'ennemi, sauver les innocents, venger les morts, tirer son épée pour tuer ces meurtriers, mais ils étaient plus d'une douzaine. Grant en avait beaucoup appris sur l'art du combat pendant ces six derniers mois passés à suivre Charles Stuart dans sa marche sur l'Angleterre et il savait que se montrer maintenant ne servirait à rien… Il ne serait qu'un cadavre de plus abandonné dans ce vallon. Une autre victime des représailles du duc de Cumberland.

1. Terme écossais employé pour désigner les paysans qui vivaient dans des cottages.

Accroupi, Grant se détourna de l'horrible spectacle et revint sur ses pas, traversant à nouveau le tapis d'ajoncs pour se fondre dans l'obscurité. Il vivrait aujourd'hui, pour mieux se battre demain.

Maddie ouvrit les yeux et contempla les rideaux ternes de son lit à baldaquin. Elle ne se trouvait plus dans le logement d'Inverness où elle avait séjourné cette dernière année. Mais ce ne fut pas l'absence de familiarité des lieux qui la mit mal à l'aise, ce fut le silence de plomb qui régnait dans la chambre et l'étrange impression que le monde autour d'elle s'était figé. Ouvrant les rideaux, Maddie remarqua tout de suite que le lit d'appoint, dans le coin de la pièce, était vide. La jeune femme se leva et l'étudia de plus près. Les draps défaits étaient froids. Edie, sa bonne, était donc partie depuis un long moment. Un rapide coup d'œil vers la table lui apprit que le sac de toile dans lequel la domestique conservait ses maigres possessions avait lui aussi disparu. C'était une issue inévitable, en vérité. Le relais n'était situé qu'à trois milles de la maison où Edie avait grandi ; il n'y avait rien d'étonnant à ce que la jeune fille ait déserté son poste pour aller retrouver ses parents.

Maddie se vêtit prestement et descendit dans la salle commune où on lui confirma que la femme de chambre était partie. Et qu'elle avait emmené son poney.

— Je me souviens l'avoir entendue dire hier soir qu'elle avait de la famille dans la région, lui dit la patronne tandis qu'elle servait son petit déjeuner à Maddie. Elle est peut-être allée leur rendre visite.

— Peut-être.

C'était toutefois peu probable, car la bonne s'était éclipsée sans un mot, mais Madeleine voulait encore y croire. Elle demeura à l'auberge aussi longtemps qu'elle l'osa, mais sut bientôt qu'il lui fallait repartir. La propriétaire lui lança un regard inquiet lorsqu'elle demanda que son poney soit sellé.

— Vous ne devriez pas faire la route toute seule, milady ! s'exclama-t-elle avec son fort accent écossais, choquée par cette simple idée. C'est dangereux pour une jeune femme, dehors. La région grouille de tuniques rouges.

— Je n'ai guère le choix, lui répondit Madeleine d'un ton las. Je ne puis retourner à Inverness. Depuis la bataille, il est impossible de faire un pas sans tomber sur un contingent de soldats. Et il serait déraisonnable de m'attarder ici.

— *Aye*[1], c'est vrai aussi, concéda la patronne avec un soupir et un regard empreint de compassion. Vous allez devoir continuer, mais vous devriez éviter la grande route. Les Anglais patrouillent jour et nuit. Il y a une vieille piste à moins d'un demi-mille de là. Elle traverse les collines et vous mènera jusqu'au prochain relais, à Kildrummy. Je vais demander à Robbie, notre garçon d'écurie, de vous montrer le chemin.

Deux heures plus tard, Maddie remercia le jeune homme avec une pièce et un adieu avant d'engager sa monture sur un sentier à peine visible. Elle avait parfaitement conscience que le pan de l'armée de Charles Stuart qui avait échappé au carnage de Culloden se cachait certainement dans ces collines, mais elle craignait moins ces fugitifs que les troupes du gouvernement qui maraudaient dans le pays et terrorisaient les citoyens.

La nuit tombait quand Grant atteignit enfin le relais. Un couple se tenait devant la bâtisse et le dévisagea avec méfiance tandis qu'il approchait. Une attitude prudente en ces temps troublés. Tous les étrangers représentaient une

1. « Oui » en écossais.

menace, même ceux vêtus comme des gentilshommes. Et il devait bien admettre que ses bottes hautes, sa culotte et sa veste de cavalier avaient connu des jours meilleurs.

Alors que le couple faisait mine de s'éloigner, Grant les salua gaiement :

— Bien le bonsoir ! Êtes-vous le propriétaire, monsieur ?

— *Aye.*

C'était une réponse prudente, mais Grant ne se laissa pas décourager.

— Je me demandais s'il serait possible de manger un morceau ? s'enquit-il avant d'ajouter avec un haussement d'épaules : je suis prêt à travailler pour gagner mon repas. Je peux nettoyer les écuries, charrier des briques de tourbe ou couper des bûches pour le feu.

— Je…

Mais l'homme n'eut pas le temps de poursuivre : des éclats de voix retentirent à l'intérieur de l'auberge, suivis d'un fracas de vaisselle brisée. Grant leva les sourcils.

— Des soldats, expliqua le patron. Ils sont trois.

— Ah. Dans ce cas, je devrais peut-être patienter.

Mais à peine eut-il fini sa phrase qu'une femme cria.

Sans une seconde d'hésitation, Grant tira son épée. Il bouscula le propriétaire et s'engouffra dans le relais. Un homme en tunique rouge barrait l'étroit passage ; le dos appuyé contre une porte close, il vidait une bouteille de vin au goulot. Grant baissa rapidement son arme pour la dissimuler dans les pans de son long manteau. L'Anglais remarqua soudain la présence de Grant et se redressa d'un mouvement légèrement vacillant.

— Si t'as soif, tu ferais mieux d'aller te servir au bar, dans la salle de derrière, le prévint le soldat d'une voix pâteuse. Celle-ci est occupée. Mes amis sont en train de s'amuser.

Un grognement masculin s'éleva de l'autre côté de la

porte et le garde dévoila ses dents dans un rictus lubrique en portant sa main à son entrejambe :

— Ce sera bientôt mon tour.

Grant approcha, souriant :

— Vous êtes un homme chanceux.

Le soldat ne vit le pommeau de l'épée bouger que lorsque celui-ci le cueillit en pleine mâchoire. Il bascula en arrière, assommé pour le compte, et Grant rattrapa sa bouteille juste avant qu'elle ne tombe de sa main.

Ne s'arrêtant que le temps de ramasser la lame de son adversaire et de la dissimuler derrière un banc en bois, Grant enjamba le corps inerte et pénétra dans la salle principale.

D'un coup d'œil, il analysa la scène : des tuniques rouges abandonnées au sol, des épées et leurs fourreaux jetés sur une chaise et des mousquets posés contre le mur près de la porte. Un homme s'effondrait dans un coin en appuyant un mouchoir imbibé de sang contre son crâne. Un second soldat luttait avec une femme, tentant vainement de l'allonger de force sur une table.

Grant se rua sur l'agresseur et l'éloigna de la malheureuse avant de lui asséner un crochet bien senti au visage, qui l'envoya s'écraser sur le plancher parmi les morceaux d'assiettes et de chopes brisées. Son comparse fit mine de se relever, mais Grant et son épée se tenaient entre lui et ses armes.

— Vous faites bien d'hésiter, car je n'attends qu'une raison de vous embrocher comme le goret que vous êtes. Vous déshonorez votre uniforme, soldats ! Par Dieu, si j'étais votre capitaine, vous écoperiez de dix coups de fouet chacun !

L'autorité innée de Grant, appuyée par son air furieux et son accent anglais plus vrai que nature eurent l'effet escompté : son adversaire le dévisagea comme s'il venait de recevoir une gifle, la moue boudeuse, mais méfiante.

Le deuxième soldat se remit sur pied et Grant lui adressa un signe de tête :

— Aidez votre ami à se relever.

Puis il ramassa les tuniques et les leur jeta avec dédain :

— Tenez. Vous trouverez votre chien de garde dans le couloir, ivre mort. Quittez cet endroit et n'oubliez pas de l'emmener.

— Mais nous ne pouvons pas partir sans nos armes ! protesta l'un des deux.

— Vous pouvez récupérer vos mousquets, mais ce sera tout.

Le soldat le dévisagea, atterré :

— Sans nos cartouches ? Mais nous serons complètement désarmés !

— En effet. Vous feriez donc mieux de rejoindre votre régiment sans lambiner en route, répliqua froidement Grant. Si vous parvenez à rentrer en vie, dites à votre capitaine de me contacter. Je suis le colonel Rathmore, du Quatorzième. Maintenant, fichez le camp avant que je ne change d'avis et vous exécute sur place.

Il était doté d'un tel charisme que les soldats ne cherchèrent pas à discuter ses ordres. Ils évacuèrent la salle sans demander leur reste et fermèrent la porte derrière eux. Grant tendit l'oreille pour s'assurer qu'ils vidaient les lieux, puis se dirigea vers la fenêtre et les regarda s'éloigner au grand galop. Alors seulement s'autorisa-t-il à tourner son attention vers la femme.

Elle était toujours appuyée contre la table, mais s'était redressée et avait lissé sa robe froissée par l'affrontement. Elle tentait à présent de rattacher ses boucles sombres avec son ruban. Elle demeurait toutefois méfiante et ne le quittait pas des yeux. De grands yeux bleus, remarqua Grant, de la même teinte que Loch Ardvarrick par une belle journée d'été.

— Milady, êtes-vous blessée ?

— Non, répliqua-t-elle d'un ton brusque.

Puis elle ajouta, après coup :

— Je vous remercie.

— Ce n'était rien, répondit-il poliment.

— Tout de même... À trois contre un !

— Deux, la corrigea-t-il avec un sourire en coin. Vous aviez déjà réglé son compte à l'un de ces scélérats, si je ne me trompe.

— Je lui ai cassé une carafe d'eau sur la tête.

— Un coup de maître.

Il redressa une chaise renversée et la plaça devant la jeune femme :

— Vous êtes fort pâle. Ce qui n'a rien de surprenant, étant donné ce que vous venez de subir. Pourquoi ne pas vous asseoir afin de reprendre vos esprits ? Je vais vous rapporter un verre de vin.

— Je ne crois pas...

— Vous n'aurez pas à craindre leur retour avant un bon moment, la coupa-t-il. Il leur faudra un certain temps pour regagner leur campement, et plus encore pour découvrir que je les ai dupés.

Il avait lentement abandonné son élocution britannique impeccable pour retrouver les intonations chantantes de l'accent des Highlands. La demoiselle fronça les sourcils :

— Vous n'êtes pas le colonel Rathmore ?

Grant gloussa :

— Je ne suis même pas anglais.

Il haussa les épaules et ajouta :

— Enfin, ma grand-mère était anglaise, mais je n'ai aucune affinité avec ce pays. Je n'étais pas sûr qu'ils me croiraient, mais ils étaient jeunes et inexpérimentés.

— Et vilement ivres ! renchérit-elle.

— Oui, ce qui m'a simplifié la tâche. Êtes-vous certaine de ne pas vouloir vous asseoir, milady ? insista-t-il.

Madeleine hésita. Le sentiment de panique se dissipait

lentement ; et cet homme, en dépit de son apparence sévère, lui parlait avec douceur. Une barbe naissante, noire et rêche, mangeait la partie basse de son visage, suggérant qu'il n'avait pas eu l'occasion d'utiliser un rasoir depuis un moment, ce qui était monnaie courante, ces jours-ci. Peut-être était-il un voyageur honnête, mais si elle se fiait à son expérience, ces précieux compagnons de route se faisaient terriblement rares.

À cet instant, l'homme intercepta son regard soupçonneux et lui sourit. Pour la première fois, elle remarqua les éclats dorés qui scintillaient dans ses prunelles noisette. Son visage ne témoignait que gentillesse et compassion. Madeleine avait envie de lui faire confiance et elle décida qu'elle ne risquait pas grand-chose à essayer, du moins pour le moment. Elle s'assit donc sur le bord de la chaise.

— Je vais aller trouver notre hôte et lui demander d'apporter un peu de vin, déclara-t-il alors.

Quand il eut quitté la pièce, Madeleine craignit que la panique la submerge à nouveau. Elle referma ses bras autour de son buste pour refréner ses tremblements. Sa robe n'était pas déchirée, mais elle pouvait encore sentir les mains des soldats agripper fermement son corset et remonter son jupon. Elle avait l'horrible sensation d'être sale, souillée, mais l'idée de réclamer un bain était tout bonnement inenvisageable. Sans femme de chambre, elle n'aurait personne pour garder la porte. Elle était bel et bien seule. Ses pensées volèrent à nouveau vers son sauveur. Il avait repoussé ses agresseurs, mais pour quelle raison ?

Cela faisait plus d'un mois que les troupes du gouvernement britannique avaient mis en déroute les régiments jacobites. La région grouillait de soldats, vainqueurs comme vaincus. L'armée triomphante ratissait la campagne, si féroce dans la poursuite de son ennemi que tous ici craignaient pour leurs vies. Et comme elle l'avait rapidement découvert, personne n'était à l'abri.

Madeleine sursauta lorsque la porte s'ouvrit.

— Pardonnez-moi. Je vous ai fait peur ?

L'homme entra, les mains chargées d'une bouteille et d'une paire de verres.

— Je me suis dit qu'il serait plus simple de vous apporter à boire moi-même. L'aubergiste a envoyé son domestique et quelques palefreniers surveiller la route, au cas où nos amis tenteraient de revenir.

— Êtes-vous certain qu'il n'est pas de mèche avec eux ? répondit-elle, incapable de masquer l'amertume dans sa voix. Il n'a rien fait pour me venir en aide.

— Le pauvre homme était terrifié. Il craignait pour la vie de sa femme et de ses enfants.

Son sauveur remplit les deux verres et lui en tendit un :

— Ils cherchent à se faire pardonner en ce moment même. Ils s'affairent en cuisine à vous préparer un bon repas.

— Vraiment ?

Elle l'observa par-dessus sa coupe :

— Et vous, monsieur, vous ne mangez pas ?

— Plus tard, peut-être.

Elle remarqua sa légère hésitation et la façon dont il porta sa main à la poche de son manteau. Était-il possible qu'il ne puisse payer ?

— Vous pouvez dîner ici, suggéra-t-elle.

Il secoua la tête :

— C'est une salle privée que vous avez louée.

— Certes, mais étant donné le service que vous venez de me rendre, le moins que je puisse faire est de vous inviter à ma table.

Lorsqu'il hésita, elle renchérit :

— Pour être tout à fait franche, votre présence serait un soulagement. J'aimerais autant ne pas dîner seule ce soir.

— Très bien. Dans ce cas, j'accepte votre offre et vous en remercie chaudement, milady.

Il jeta un œil à la pièce saccagée et grimaça :

— L'aubergiste a promis de nous envoyer la bonne rapidement. Elle doit nettoyer la salle et mettre la table.

— Parfait. Nous pourrons alors lui demander d'ajouter un couvert pour vous. En attendant, peut-être souhaiteriez-vous prendre place également ?

Madeleine lui désigna un autre siège :

— Je vous suis profondément redevable, mais je crains d'ignorer toujours votre nom.

— Je suis Grant Rathmore, milady. Je viens d'Ardvarrick. Et vous ne m'êtes redevable de rien.

— Vous êtes trop aimable, Mr Rathmore.

— Et probablement trop curieux, rétorqua-t-il brusquement. Puis-je demander ce qu'une jeune lady comme vous fait ici, seule et sans escorte ?

Madeleine inclina la tête, réfléchissant rapidement. Sans doute valait-il mieux lui dire la vérité, du moins juste assez pour ne pas prolonger cet interrogatoire :

— Je me nomme Madeleine d'Evremont.

— L'aubergiste m'a expliqué que vous voyagiez par vos propres moyens, Miss d'Evremont. Est-ce bien prudent ?

Cette remarque exaspéra Madeleine :

— Bien sûr que ce n'est pas prudent ! Mais la femme de chambre qui m'accompagnait lorsque j'ai quitté Inverness s'est éclipsée quand nous avons atteint Balvenie. Sa famille vivait non loin et je crois qu'elle a préféré les rejoindre.

— Pardonnez-moi, milady, mais une bonne n'est guère une escorte suffisante pour une lady. Surtout par les temps qui courent.

— Je suis parfaitement capable de me défendre !

Mais au souvenir de sa rencontre avec Mr Rathmore, qui l'avait tirée d'une situation fort épineuse, Madeleine réalisa que sa réponse devait sembler absurde.

— Du moins, je ne suis *généralement* pas sans défense,

se corrigea-t-elle. Quoi qu'il en soit, je n'ai d'autre choix que de poursuivre mon voyage.

— Et où vous rendez-vous ?

C'était là une information qu'elle n'avait aucune intention de divulguer à un étranger.

— Dans le Sud, répondit-elle vaguement. Séjourner chez des amis.

L'homme était confortablement installé sur sa chaise, ses longues jambes étendues devant lui et ses chevilles bottées croisées tandis que ses yeux noisette la dévisageaient sans chercher à masquer son mépris :

— Quel genre d'amis laisse une lady voyager sans escorte ?

Maddie hésita avant d'avouer :

— Ils ignorent que je suis en route…

Elle s'interrompit quand on ouvrit la porte et regarda une domestique pénétrer dans la pièce. Son compagnon se redressa :

— Ah, voilà la jeune personne qui doit tout remettre en ordre. Je crains que nous ne la gênions dans sa tâche en restant ici. Que diriez-vous de nous installer devant la cheminée ?

Madeleine haussa les sourcils :

— Mais il n'y a pas de feu.

— Non, mais le bois a été préparé, je peux l'allumer moi-même et de cette façon la demoiselle pourra œuvrer librement.

Ils déplacèrent donc leurs chaises jusque devant l'âtre et échangèrent des banalités pendant que la bonne s'affairait à ramasser les assiettes brisées, à balayer le plancher et à mettre la table. Lorsqu'elle eut terminé, la domestique esquissa une courbette et s'apprêta à quitter la pièce, quand Grant Rathmore la retint. Il jeta un coup d'œil à Madeleine :

— Peut-être milady souhaiterait-elle regagner sa

chambre et se rafraîchir avant de dîner ? Cette jeune domestique pourrait vous accompagner, si vous craignez de vous retrouver seule.

Madeleine était touchée et pour le moins surprise par tant de considération. De toute évidence, cet homme n'était pas aussi rustre que son apparence le laissait croire.

Elle se leva :

— Oui, merci, Mr Rathmore. Je ne serai pas longue.

Il l'imita et s'inclina :

— Prenez tout le temps qu'il vous siéra, Miss d'Evremont.

Une fois seul dans la pièce, Grant approcha de la fenêtre. Dehors, les ombres s'étiraient dans la cour, et bien que le soleil ne se couche pas avant encore quelques heures, Grant décida de fermer les volets. L'aubergiste lui avait promis que ses hommes monteraient la garde toute la nuit, mais en période de guerre, nul n'était jamais trop prudent. Il garderait également son épée à portée de main, en cas d'attaque, même s'il espérait pouvoir enfin profiter d'un bon repas dans le confort et le calme. Il devait bien admettre qu'il était impatient de dîner avec la jeune lady.

Miss Madeleine d'Evremont. Son nom, de même que son léger accent lorsqu'elle parlait anglais, trahissait des origines françaises. Ainsi, elle avait quitté Inverness avec sa femme de chambre, mais sans escorte. Cela signifiait-il qu'elle était une fugitive, tout comme lui ? Grant chassa cette question d'un haussement d'épaules. La réponse ne le regardait guère. Il n'avait pas le temps de s'inquiéter d'une parfaite étrangère.

Aussi jolie fut-elle. Elle possédait également une voix suave, claire et mélodieuse. C'était de toute évidence une femme éduquée, songea-t-il, et qui ne manquait pas de moyens, puisqu'elle avait pu louer l'une des salles de l'auberge. Le problème, c'était qu'avec sa silhouette délicate et son visage en forme de cœur, elle courrait toujours le risque de susciter l'attention d'hommes malintentionnés, en particulier de soldats au sang fouetté par le combat.

Après s'être assuré que les volets étaient bien verrouillés, Grant se détourna de la fenêtre et laissa ses pensées flotter à nouveau vers la jeune lady. Elle allait s'attirer des ennuis aussi sûrement qu'un aimant ! Et il avait bien assez de ses propres soucis à gérer, sans en plus endosser le fardeau de quelqu'un d'autre. Il savourerait ce dîner, remercierait Miss Madeleine d'Evremont pour son hospitalité et reprendrait son chemin.

Lorsque Maddie regagna la salle, les bougies brillaient et projetaient une douce lueur dorée dans toute la pièce. Un candélabre avait été déposé sur la table et éclairait les deux couverts disposés là. Son compagnon était en train d'ajouter des bûches dans la cheminée, mais il se redressa à son arrivée et s'épousseta les mains :

— Juste à temps, Miss d'Evremont, notre hôte s'apprêtait à nous servir le dîner. C'est une sorte de ragoût, je crois, mais nous ferions probablement mieux de ne pas trop nous pencher sur sa composition.

Il tira la chaise pour lui permettre de s'asseoir et leur versa à chacun un verre de vin avant de prendre place et de lui faire la conversation. Ses bonnes manières et sa politesse la mirent rapidement à l'aise et Maddie soupçonnait que c'était là son but. Sans doute avait-il conscience, tout comme elle, qu'il était profondément inconvenant pour une lady sans chaperon de dîner avec un homme qu'elle connaissait à peine. Le simple fait qu'il l'ait sauvé d'une bande de tuniques rouges ne signifiait guère que ses intentions étaient plus honorables.

— Vous froncez les sourcils, milady. Quelque chose vous tracasse ?

— C'est juste que… je sais si peu de choses à votre sujet, Mr Rathmore.

— Par ces temps troublés, c'est vraisemblablement plus prudent.

— Peut-être, mais cela n'aide guère à assouvir ma curiosité.

Elle lui adressa un sourire encourageant, mais si ses prunelles scintillèrent de malice, il secoua néanmoins la tête :

— *Nay*, milady. Disons simplement que je suis un voyageur, en route pour la côte est. Je ne suis personne d'importance. C'est à peine si je mérite votre attention. Nous devrions plutôt parler de sujets intéressants.

Il saisit la bouteille de vin et les resservit :

— Par exemple : votre anglais est excellent, mais ce n'est pas votre langue maternelle, je me trompe ?

Maddie haussa les sourcils :

— Vous ne dévoilez rien sur vous, mais espérez que je vous narre mon histoire ?

— Je trouverais cela beaucoup plus captivant !

Sa réplique la fit rire et elle rougit légèrement.

— Très bien, monsieur. Après tout, *je* n'ai rien à cacher. Vous avez raison. Je suis Française de naissance, mais la France n'est plus mon foyer. J'ai passé ces quatre dernières années à voyager à travers l'Europe.

— Avec vos parents ?

Madeleine avala une gorgée de vin pour se donner le temps de réfléchir à la meilleure réponse :

— Avec mon père. J'ai perdu ma mère lorsque j'étais enfant. Quand j'ai eu dix-sept ans, papa a estimé que j'étais assez âgée pour l'accompagner dans ses pérégrinations. Nous avons été un peu partout : Dresde, Vienne, Rome. Nous avons même séjourné à Londres pendant une courte période. Et j'ai passé cette dernière année à Inverness.

— Votre père est-il un ambassadeur ?

Elle se retint de pouffer à cette idée et son interlocuteur haussa les sourcils de surprise.

— Eh bien, qu'ai-je dit de si amusant ? s'étonna-t-il.

— Mon père possède de nombreux talents qui auraient été utiles à une telle carrière, mais hélas, il n'est rien de la sorte.

Elle but une nouvelle gorgée de vin avant d'ajouter :

— Il vit d'expédients. Ses revenus sont pour le moins… erratiques.

— Ah. C'est un parieur, donc.

Elle perçut aussitôt la note condescendante dans la voix de Mr Rathmore et répliqua, avec un soupçon de hauteur :

— Rien de sordide, je vous assure. Papa s'est fait une place parmi les puissants. Il a des connexions dans certaines des plus grandes familles aristocratiques de France.

En réalité, Madeleine ignorait si c'était vrai. Son père le lui avait affirmé, mais il avait une forte tendance à enjoliver la vérité sur son passé. Cependant, pour une raison qu'elle ne parvenait pas à comprendre, il était important que ce Grant Rathmore ne la considère pas comme une femme de petite naissance.

— Et qu'est-ce qui vous a conduits, votre père et vous, dans les Highlands ?

— Papa a des amis dans la région, même s'il ne m'a guère donné tous les détails.

Ceci, au moins, était vrai. Maddie savait qu'elle ferait mieux de s'en tenir là. Il était plus sage de ne pas trop en révéler, mais elle ressentait le besoin inexplicable de parler… De se confier à lui :

— Papa a quitté Inverness deux semaines avant la bataille de Culloden et je ne l'ai pas revu depuis.

— Il s'est fait prendre à Culloden ? Mes condoléances…

— Non, non, vous m'avez mal comprise. Il n'est pas mort. Quand il est devenu clair que l'armée jacobite était en déroute, il m'a envoyé une note pour m'informer qu'il ne pouvait pas rentrer. Il me demandait de me rendre à… Dans un endroit où je serais en sécurité.

— Vous avez dit tout à l'heure que vous alliez séjourner chez des amis ?

— Hélas, je ne connais pas ces gens.

— Mais ce sont des amis de votre père ?

— Je le crois, oui. Il est possible que papa m'attende là-bas.

— Mais là encore, vous ne pouvez en être sûre ! s'exclama Grant en grinçant des dents, exaspéré. Mais à quoi donc songeait votre père ? Il vous abandonne dans un pays déchiré par la guerre, puis vous demande de rejoindre par vos propres moyens un endroit dont vous ne savez rien pour y retrouver des inconnus qui ne pourront peut-être même pas vous aider. C'est impardonnable !

Madeleine haussa les épaules et balaya ses inquiétudes d'un geste désinvolte :

— Ce n'est pas la première fois que papa est contraint de disparaître. Ni que je suis obligée de dépendre de la bonne volonté de ses… contacts. J'ai grandi en apprenant à me débrouiller seule, même si je dois bien admettre que, cette fois, perdre ma femme de chambre fut un coup dur.

— Votre père était-il impliqué dans le soulèvement ?

Madeleine commençait à s'habituer à son discours sans ambages. Ce qui la surprit plus encore, c'était qu'elle se sentait suffisamment en confiance pour lui répondre franchement :

— C'est possible, mais il ne m'a rien révélé sur la nature de ses activités.

Maddie soupira :

— Je ne peux nier que mon père aime sa façon de vivre. Rien ne l'enthousiasme davantage que le frisson que lui procurent ses entreprises les plus risquées, même si les profits engrangés ne sont jamais à la hauteur de ses attentes.

— C'est indigne d'un gentilhomme de vous entraîner dans de tels maquignonnages !

Cela la fit sourire :

— Et que voulez-vous qu'il fasse de moi ? Nous n'avons aucun parent proche susceptible de m'accueillir. Par ailleurs, je tiens le rôle de maîtresse de maison sur le domaine de mon père depuis plusieurs années, maintenant. J'aurais bien du mal à vivre sous la coupe d'une autre femme.

Grant n'avait aucune peine à l'imaginer. Miss d'Evremont faisait montre d'une extraordinaire indépendance et cela le fascinait. À en croire son histoire, elle ne pouvait guère avoir plus de vingt-deux ans, mais elle affichait l'assurance d'une dame bien plus mûre. Il suffisait de voir avec quelle maestria elle avait ramené la conversation sur un terrain moins glissant.

Il ne put que respecter ses efforts. Ils commentèrent le repas, le vin et le temps, évitant soigneusement la récente défaite des jacobites, ainsi que l'avilissement et la cruauté des soldats anglais qui terrorisaient la région à leur guise, semant un climat de tension et de peur. Le sujet ne quittait guère ses pensées, toutefois, ni celle de la jeune lady, à n'en point douter. C'était une menace latente, mais omniprésente qui flottait au-dessus d'eux telle une épée de Damoclès.

Quand enfin ils eurent terminé leur dîner, Grant reconnut à contrecœur qu'il ne pouvait s'attarder davantage. Il s'essuya la bouche avec sa serviette avant de la placer sur la table :

— Je suis repu. Je vous remercie chaleureusement pour votre hospitalité, Miss d'Evremont, mais hélas, je ne puis demeurer ici plus longtemps. La lune ne va pas tarder à se lever et je dois prendre congé.

— Vous partez ?

Elle semblait choquée à cette idée.

Grant haussa les épaules :

— Un long voyage m'attend et je me déplace à pied. Par ailleurs, en cette période trouble, il est plus prudent de circuler de nuit. Je ne puis que vous conseiller de reprendre la route de bonne heure, demain matin.

Il repoussa sa chaise et se leva :

— Vous devriez demander à l'aubergiste de laisser un de ses hommes vous escorter, ou même deux s'il le peut. Les chemins sont très risqués pour une femme voyageant seule.

L'ambiance chaleureuse s'était évaporée et la demoiselle le jaugea solennellement, reconnaissant pleinement le danger qu'ils avaient tenté de mettre de côté ces dernières heures :

— Vous avez tout à fait raison. Il me faut une escorte.

Elle leva les yeux et affronta directement son regard :

— Accepteriez-vous de m'accompagner ?

Chapitre 2

Madeleine ne parvenait pas à déchiffrer l'éclat qui luisait dans les yeux sombres de Grant Rathmore ni son expression sous sa barbe hirsute. Mais, craignant qu'il refuse, elle s'empressa d'ajouter :

— C'est pratiquement sur votre route et je vous rémunérerai pour vos services. Je couvrirai également toutes les dépenses de notre voyage et vous offrirai 10 guinées de plus quand nous aurons atteint notre destination.

— Et quelle est-elle ?

— Un domaine à Glen Muick. On m'a dit qu'il se situait à peine à une vingtaine de milles au sud d'ici.

— Vingt milles de piste cahoteuse, précisa-t-il. Et comme si cela ne suffisait pas, la route grouillera de tuniques rouges. Glen Muick est au sud du Dee ; tous les points de passage pour franchir le fleuve seront sans doute lourdement gardés.

— Est-ce une façon de me faire comprendre que la paie n'est pas assez élevée ?

— En aucun cas. Je ne veux pas de votre argent.

Ainsi, il refusait de venir avec elle. Maddie fut surprise par la force de sa propre déception, mais elle préféra ne pas y songer. Elle ne ferait montre d'aucune faiblesse devant lui :

— Je vous l'ai dit, je peux parfaitement m'en sortir

seule. J'éviterai les soldats et trouverai un passage à gué non surveillé pour traverser le fleuve. Veuillez me pardonner, Mr Rathmore. Je n'aurais pas dû requérir de vous un tel service.

Grant la regarda se lever et contourner la table pour l'approcher et tendre vers lui une main délicate. Il la saisit au creux de sa paume et dévisagea la jeune lady. Elle paraissait très calme et son visage n'exprimait rien de plus qu'une indifférence polie tandis qu'elle lui donnait congé :

— C'est donc un adieu, Mr Rathmore. Je vous souhaite bon voyage.

Mais lorsqu'elle tenta de retirer sa main, Grant resserra légèrement sa poigne.

— Non, attendez. Je vous escorterai jusqu'à Loch Muick.

Miss d'Evremont opina et le remercia aimablement. Il crut percevoir un éclat de soulagement dans ses yeux bleus, mais l'impression fut si fugace qu'il ne pouvait en être sûr.

— Vous aurez évidemment besoin d'une monture.

— Je suis certain que notre hôte pourra me trouver quelque chose. Un Garron serait idéal… C'est un poney des Highlands. Ils peuvent porter un homme sur de longues distances, quel que soit le terrain.

Elle acquiesça :

— J'en avais acheté deux en quittant Inverness. Malheureusement, Edie, ma bonne, en a emmené un lorsqu'elle est partie.

— Si vous en avez la capacité financière, nous en achèterons un autre. Et en parlant de finances, j'aurai besoin d'une chambre pour la nuit.

— C'est entendu. Je vais discuter avec l'aubergiste tout de suite.

Elle ouvrit la porte, mais Grant l'interrompit :

— Peut-être pourriez-vous également lui demander de me prêter un rasoir ?

Il sourit et passa une main sur sa barbe drue :

— Puisque vous vous montrez si généreuse, le moins que je puisse faire en retour est de me rendre présentable.

Madeleine inclina la tête, mais demeura impassible :

— Je vais charger notre hôte de vous fournir tout ce dont vous aurez besoin.

Lorsqu'elle fut sortie, Grant se servit un autre verre de vin et se rassit. Dans quoi venait-il de s'embarquer ?

Grant Rathmore était déjà installé dans leur salle privée, à déguster son petit déjeuner, quand Madeleine le rejoignit le lendemain matin. L'espace d'un instant, elle ne le reconnut pas. L'épais tapis hirsute qui recouvrait hier encore les joues de son compagnon avait disparu, révélant les traits lisses d'un visage fin et séduisant. Il avait également brossé sa chevelure auburn jusqu'à la lustrer et l'avait soigneusement nouée sur sa nuque à l'aide d'un ruban.

Il leva la tête en la voyant entrer dans la salle et lui adressa un sourire rayonnant. Maddie sursauta quand une bouffée de fièvre la parcourut de la tête aux pieds.

— Bien le bonjour, milady. J'espère que votre nuit a été agréable ?

Il bondit sur ses pieds et lui tira une chaise. Madeleine était heureuse de se laisser choir dans le siège en bois, car son sourire radieux avait rendu ses jambes cotonneuses. Elle avait l'impression que tous ses os étaient en train de fondre et dut masquer son trouble derrière une mine renfrognée :

— Elle l'était, avant que l'on me réveille si brutalement. Seigneur, c'était à croire qu'un simple « bonjour » lui aurait écorché la bouche ! Je suppose que c'est vous qui lui avez demandé de me tirer du lit si tôt ?

— En effet.

Il se rassit, vraisemblablement indifférent à son irritation :

— Je vous ai prévenue hier soir qu'il faudrait nous mettre en route de bonne heure. Bien, que souhaitez-vous pour votre petit déjeuner ? Nous avons des œufs et du pain, bien sûr, mais je crains qu'il n'y ait guère de jambon. D'après l'aubergiste, ils ont été contraints de céder une partie de leurs réserves à des soldats qui sont passés par ici la semaine dernière. Fort heureusement, le saumon est fraîchement pêché et particulièrement savoureux. Vous devriez y goûter.

Madeleine le laissa déposer un peu de poisson dans son assiette, puis Grant se concentra sur son propre plat dans l'espoir que la mauvaise humeur de la lady se dissiperait une fois qu'elle aurait mangé quelque chose.

— Quand partirons-nous ? s'enquit-elle un peu plus tard, tandis qu'il leur resservait du café.

— Dès que vous aurez fini votre petit déjeuner, répondit-il. L'aubergiste fait seller les poneys en ce moment même.

Il leva les yeux vers elle avant d'ajouter :

— J'ai cru comprendre que vous n'aviez pas de selle pour dame.

— Non, en effet. Je trouve plus pratique de chevaucher comme les hommes.

— Ne craignez-vous pas… d'attirer les regards ?

— En aucun cas, répondit-elle froidement. Je porte des chausses en soie sous mon jupon.

Grant se mordit la lèvre lorsqu'une réplique taquine lui vint à l'esprit, car les prunelles d'acier de la jeune lady lui intimèrent le silence. Elle n'apprécierait guère ce genre d'humour. Aussi, réprimant son sourire, il se contenta d'acquiescer et de remuer son café :

— C'est une bonne idée. Les sentiers sont traîtres, dans cette partie du pays.

Hélas, Grant était d'humeur espiègle ce matin et son démon intérieur, visiblement déterminé à provoquer la jolie Française, le poussa à ajouter :

— Même pour un homme.

Il dut retenir un gloussement lorsqu'il l'entendit inspirer avec agacement, avant de répondre d'une voix hautaine :

— J'ai traversé les Alpes à cheval avec mon père, Mr Rathmore. Et je peux vous assurer que je n'ai eu aucune difficulté à franchir les cols de montagne.

— Je n'en doute pas, mais vous n'étiez pas poursuivis par une armée de tuniques rouges assoiffée de sang, alors !

Il se figea dans l'attente d'une nouvelle réplique cinglante, mais à sa grande surprise elle éclata de rire :

— Certes, non. Mais papa et moi avons dû plusieurs fois échapper à des bandes de brigands… Nous avons même été pourchassés par des animaux sauvages, une fois.

Elle repoussa son assiette vide :

— Par ailleurs, mon père n'appréciait guère les femmes qui le faisaient attendre. Vous devriez aller vous préparer pour notre voyage, Mr Rathmore, je vous rejoins dans quelques instants.

Des nuages denses masquaient le lever du soleil et ce fut par une aube morne et grisâtre que les deux compagnons de route quittèrent le relais, une demi-heure plus tard. Maddie était soulagée de pouvoir compter sur son épaisse cape de laine pour la protéger du froid matinal. Elle lui permettrait aussi de s'abriter des averses qui, à n'en point douter, ne tarderaient pas à tomber. Leurs poneys étaient des animaux robustes, parfaitement adaptés à ces sentiers sauvages, et Madeleine était confortablement installée dans sa selle. Elle se demanda s'il en allait de même pour son compagnon. Grant Rathmore était plus grand que la plupart des hommes et sans doute habitué à monter d'immenses étalons. Elle lui jeta un regard curieux et ne put s'empêcher d'admirer son large dos bien droit et son port de tête altier. Son élocution et ses manières impeccables portaient à croire qu'il était éduqué et issu d'une bonne famille. Ses vêtements étaient élimés, mais au fond cela n'avait rien d'étonnant, puisqu'il voyageait à pied. Il lui avait dit être originaire d'Ardvarrick, où que cela puisse être, et il l'avait annoncé avec assurance. Était-il un propriétaire terrien ? Ou peut-être son père ? Elle se surprit à se demander s'il était marié. Elle devait bien admettre qu'il était suffisamment séduisant pour ravir le cœur de n'importe quelle femme.

Comme s'il prenait soudain conscience d'être observé, le Highlander tourna la tête vers elle et Maddie s'empressa de détourner les yeux, mais trop tard. Elle avait aperçu l'étincelle amusée dans son regard.

Cesse tout de suite ces enfantillages, Maddie, se tança-t-elle intérieurement. *Ce n'est ni le moment ni l'endroit pour badiner avec un bel inconnu.*

Mais hélas, elle sentit ses joues la brûler et se trouva mortifiée à l'idée qu'il l'ait vu rougir de la sorte.

Quelles que soient ses origines, désormais il n'est rien de plus qu'un homme de main.

Voilà qui était bien mieux. Elle était habituée à traiter avec des domestiques.

— Allez-vous enfin me dire où nous nous rendons, exactement ? lui demanda-t-il soudain.

— Je vous paie pour me conduire jusqu'à Glen Muick, Mr Rathmore. Que voulez-vous savoir de plus ?

— Il serait plus facile de mener à bien ma mission si je connaissais le nom du domaine et de la famille que vous devez retrouver. Je n'ai pas insisté pour obtenir les détails de votre destination quand nous étions au relais, car je comprends que vous ayez préféré garder le silence devant nos hôtes. Mais nous sommes seuls à présent et je pense que vous devriez tout m'expliquer.

Bougre d'Écossais ! Il s'exprimait de façon si rationnelle…

— Mon père m'a recommandé de rejoindre les Lochall, à Glen Muick.

— Des jacobites ?

Elle se mordit la lèvre :

— Il ne l'a pas dit ouvertement, mais c'est fort possible.

— Avez-vous toujours cette lettre ?

— Non, il me demandait de la brûler dès que j'en aurais mémorisé le contenu.

— Ce qui suggère que son message aurait pu vous incriminer en cas de contrôle par une patrouille du gouvernement. Bon sang, à quoi votre père songeait-il en vous poussant à prendre la route de cette façon ?

— Cela ne vous concerne pas, rétorqua-t-elle.

— Cela me concerne, si je dois vous protéger ! Enfin, il est trop tard pour changer la donne, de toute façon. Pressons le pas.

Maddie lui lança un regard courroucé et aurait beaucoup aimé lui dire d'aller au diable, mais elle avait besoin de son aide, que cela lui plaise ou non. Elle poussa son petit poney au trot et le devança avec ce qu'elle espérait être un silence digne.

Ils ne couvrirent qu'une courte distance avant que Grant ne la rattrape :

— Si vous avez fini de bouder, nous devrions traverser la rivière ici, où c'est peu profond.

Madeleine jugea préférable d'ignorer sa première remarque et ralentit sa monture.

— La route est de ce côté-ci, Mr Rathmore, lui rappela-t-elle. Et nous devons l'emprunter pour arriver à destination. On m'a assuré qu'en prenant cet itinéraire nous pourrions atteindre le carrefour de Dinnet avant la nuit.

— Le propriétaire du relais m'a parlé d'une piste moins connue. Le trajet sera plus long, mais bien plus sûr.

— Mais ce n'est pas le chemin que l'on m'a conseillé de suivre.

— Et moi, je vous recommande de changer vos plans si vous tenez à éviter les ennuis.

Elle leva le menton :

— Dans ce cas, pourquoi l'aubergiste ne m'en a-t-il pas parlé hier, quand je lui ai dit où je me rendais ?

— Il vous a indiqué le prochain relais qui se trouve à Dinnet, je suppose ? Oui, évidemment. C'est l'unique option qu'il aurait pu conseiller à une lady voyageant seule, sans même une femme de chambre pour l'escorter. Mais croyez-moi, nous serons bien plus en sécurité si nous prenons vers l'est au lieu d'emprunter la route qu'il vous a suggérée.

Mais Madeleine s'entêta :

— Mais pourquoi ne me l'a-t-il pas mentionné directement ? Je suis parfaitement capable de suivre des indications.

Il lança un regard montrant très clairement qu'il en doutait et la jeune femme sentit sa colère s'embraser.

— Mes amis à Inverness m'ont eux aussi recommandé cet itinéraire et j'estime que nous devrions nous y tenir. On m'a également assuré qu'il me permettrait d'éviter les chemins les plus empruntés par l'armée.

— D'ordinaire, peut-être, mais depuis la dernière bataille, les troupes du gouvernement ratissent la région et fouillent les vallons à l'ouest de notre position. La route que vous mentionnez doit grouiller de soldats.

Il poussa un soupir exaspéré avant d'ajouter :

— Seigneur, milady, n'avez-vous donc tiré aucun enseignement de l'incident d'hier ?

— Si ! répliqua-t-elle. Celui de ne faire confiance à personne !

Elle vit la mâchoire de son compagnon se contracter. Prise de remords, elle s'empressa de se corriger :

— Je vous prie de m'excuser. Vous avez volé à mon secours quand vous auriez pu passer votre chemin et je vous en suis profondément reconnaissante.

— Vous avez une étrange façon de le montrer, milady !

Maddie se mordit la lèvre. Il était en colère et elle le comprenait, mais des amis de confiance lui avaient fortement conseillé de suivre cette route. Ce Grant Rathmore avait une conduite fort chevaleresque, en plus d'être terriblement séduisant, mais il n'en demeurait pas moins un inconnu. Elle le dévisagea en plissant les yeux. C'était une mimique qui lui avait souvent servi à calmer les domestiques parvenus, aussi sursauta-t-elle lorsqu'il éclata de rire :

— Vous rêvez de m'envoyer au diable, je me trompe ? Je dois admettre que j'en ferais bien autant avec vous ! Je ne crois pas avoir jamais rencontré une *lass*[1] si déterminée à agir à sa guise ! Mais vous m'avez engagé pour vous escorter, je ne puis donc vous autoriser à foncer tête baissée vers le danger.

Mais Madeleine hésitait toujours et, au bout du compte, l'homme poussa un long soupir et leva la tête vers les cieux avant de finalement se tourner vers elle :

— Vous n'êtes plus à Inverness, Miss d'Evremont. Vous êtes une étrangère dans ce pays, mais vous avez eu l'intelligence de recruter un Highlander pour guide. Je comprends cette terre et ses gens. Je sais comment vous protéger. Mais vous devez me faire confiance.

Le pouvait-elle ? Madeleine plongea son regard dans le sien. Son instinct lui soufflait que Grant Rathmore était quelqu'un de bien, mais les événements de la veille l'avaient profondément perturbée et sa raison l'incitait à la prudence. Certes, il avait sauvé sa vertu et son honneur, peut-être même sa vie, mais que savait-elle de lui ? Hélas, ses options se résumaient à cela : lui faire confiance ou poursuivre seule.

— C'est entendu. Nous allons essayer votre itinéraire.

Elle le suivrait, mais resterait sur ses gardes et mémoriserait le chemin parcouru, afin qu'elle puisse revenir en arrière si nécessaire.

1. « Jeune femme » en écossais.

Ils reprirent donc leur chemin, traversèrent le *burn*[1] à gué et suivirent un sentier sauvage qui grimpait jusqu'au cœur des collines. Ils passèrent devant un bourg abandonné dont les maisons n'étaient plus que des coquilles vides et calcinées, cernées de champs brûlés. Madeleine tira sur les rênes et fit halte :

— *Mon Dieu*, qu'est-il arrivé, ici ?

— Les soldats britanniques. Sous prétexte de dénicher les rebelles, ils massacrent tous les hommes sans distinction et expulsent femmes et enfants de leurs foyers avant d'incendier villages et récoltes.

La jeune Française observa ce paysage de cauchemar avec effroi :

— Je ne peux croire qu'ils se montrent aussi… aussi impitoyables.

— Vraiment ? Pourtant, je les ai vus. Et j'ai pu constater le plaisir que leur procurent leurs terribles méfaits. L'armée met mon pays à sac et le gouvernement britannique ferme les yeux.

Il la fixait d'un regard brûlant de rage. Madeleine se recroquevilla sur sa selle et détourna la tête.

— Ils se comportent comme des barbares, murmura-t-elle. Je l'ignorais…

— La guerre est ainsi faite. Le duc de Cumberland est déterminé à écraser la rébellion des Highlands une fois pour toutes.

Il poussa un long soupir et Madeleine sentit la tension dans l'air retomber doucement, même si elle percevait toujours sa colère et sa douleur, si puissantes qu'elles en étaient presque tangibles. Sa détresse l'enhardit au point de lever le bras vers lui :

— Je suis profondément désolée.

1. « Petite rivière » en écossais.

Mais les mots lui semblaient tellement insuffisants. Madeleine l'observa tandis qu'il fixait du regard la main qu'elle avait posée sur sa manche. Elle aurait tant souhaité pouvoir faire plus, effacer sa peine d'une parole réconfortante. Finalement, il releva la tête, mais son expression était neutre, fermée. Il ne pouvait accepter sa compassion :

— Nous devrions poursuivre notre route. Un long voyage nous attend.

Ils se remirent en marche, grimpant toujours plus haut dans les collines et, à mesure que les traces de végétation disparaissaient autour d'eux, les laissant à découvert, Madeleine sentit son anxiété croître. À l'exception de quelques oiseaux de proie planant dans le ciel, elle ne percevait aucun signe de vie. En contrebas, les vallons déserts se succédaient tandis que, loin au-dessus de leurs têtes, les montagnes se dressaient tels des géants menaçants. Enfin, elle osa rompre le silence :

— Êtes-vous certain de savoir où vous allez, Mr Rathmore ?

— Si la question est : ai-je déjà suivi cet itinéraire ? Alors non, milady. Mais nous avançons vers le sud, ce qui convient à nos besoins.

— Mais cela risque de nous écarter de notre chemin de plusieurs milles !

— L'armée patrouille sur les routes principales et surveille les sentiers des bergers. Nous serons plus en sécurité dans les montagnes.

Il lui lança un regard en biais avant d'ajouter :

— Vos aventures avec les bandits des Alpes pourraient bien nous être utiles.

— Le moment est-il bien choisi pour me taquiner de la sorte, Mr Rathmore ?

— Je ne vous taquine pas, milady. Nombreux sont les pauvres hères qui ont fui le massacre de la dernière bataille et n'ont pas osé rentrer chez eux. Beaucoup se sont installés dans les collines. Toutefois, ils ne devraient pas nous causer d'ennuis.

— Parce que vous êtes l'un des leurs, devina-t-elle, perspicace. Vous aussi, vous fuyez Culloden ?

— *Aye*. En effet.

Madeleine patienta, espérant que son compagnon lui en révélerait davantage, mais il se mura dans le silence. Cependant, la jeune femme découvrit bientôt que sa curiosité était trop grande pour le laisser s'en tirer à si bon compte :

— Pourtant, vous n'êtes pas vêtu comme un soldat, ni même un Highlander. Votre tenue correspond plus à celle d'un clerc. Ou d'un gentilhomme.

— Dans ma fuite, je suis tombé sur une auberge peu de temps après que les tuniques rouges y avaient fait une « halte ».

Il grimaça avant de poursuivre :

— Il n'y avait plus personne en vie. J'ai trouvé ces vêtements dans la chambre d'un des clients.

Madeleine poussa une exclamation horrifiée et il tourna brutalement la tête vers elle :

— Je ne les ai pas pris sur un cadavre, si c'est ce qui vous inquiète ! Disons simplement que leur propriétaire n'aura plus guère l'occasion de s'en servir.

Maddie sentit une légère nausée la gagner et elle porta sa main à sa bouche. Visiblement vexé, l'homme ajouta avec brusquerie :

— Auriez-vous préféré ne rien savoir ? J'aurais pu mentir et prétendre les avoir achetés.

— Non, je vous remercie. Je préfère la vérité. J'avais entendu des histoires… des rumeurs sur la violence de l'armée, mais je pensais que cela ne concernait que quelques régiments véreux. Même après… cet incident à l'auberge, je ne pouvais me résoudre à y croire.

— Vous feriez mieux d'y croire, milady, et dès à

présent. Ils sont ici pour rappeler aux Scots ce qu'il en coûte de défier le gouvernement et, de ce que j'en ai vu, leur vengeance ne se limite pas aux partisans des jacobites. Les Écossais ont fui leurs foyers pour se réfugier dans les collines et les landes. Les soldats sont moins enclins à les suivre sur ces terrains traîtres et méconnus, par crainte des embuscades.

— Mais il peut faire terriblement froid à une telle altitude, même à cette époque de l'année !

Maddie frissonna et resserra étroitement sa cape autour de ses épaules :

— Nous sommes en été, mais comment survivront-ils à l'hiver ?

— Beaucoup périront, mais ils préféreront affronter le temps plutôt que les Anglais.

Comme pour souligner ses paroles, un épais nuage les enveloppa soudain de son manteau gris et glacial. Maddie plissait les yeux en guettant les alentours, craignant à chaque instant de voir des tuniques rouges surgir des méandres du brouillard. Elle demeurait tendue et anxieuse, même lorsqu'ils eurent traversé les collines et redescendirent le long de pentes arborées.

Le temps, froid et humide, la démoralisait et lui donnait l'impression que le sentier n'en finirait jamais de s'étirer à travers les bois. Madeleine pouvait sentir l'épuisement gagner lentement chaque muscle de son corps, tandis que Grant Rathmore la guidait au milieu des arbres. Un étrange lichen gris-vert recouvrait leurs troncs et luisait doucement dans la pâle clarté, leur conférant un aspect fantomatique. La jeune femme, affamée et fourbue jusqu'aux os, rêvait de faire enfin halte. Lorsque son compagnon stoppa sa monture, Madeleine le rejoignit et tira sur ses rênes :

— La nuit ne va pas tarder à tomber, Mr Rathmore. Nous devrions…

— Silence !

Son murmure pressant la convainquit de se taire. L'homme était nerveux, alerte et Maddie sentit ses cheveux se dresser sur sa nuque. Elle poussa son poney jusqu'à se coller à celui de son guide et tendit l'oreille, guettant le moindre craquement. Puis soudain, elle les vit. Des ombres émergèrent lentement du couvert des arbres et se matérialisèrent en une bande de Highlanders robustes aux mines renfrognées, tenant chacun une arme à l'aspect meurtrier.

Grant entendit la jeune lady inspirer de terreur lorsque les silhouettes sortirent de la brume.

— Que venez-vous faire par ici ?

L'un des hommes avança d'un pas, la main posée sur la garde d'une claymore qui pendait à sa ceinture. C'était un colosse aux larges épaules, un peu plus vieux que les autres. Sans doute leur chef, songea Grant.

— Du calme, mon ami. Nous ne sommes que des voyageurs qui cherchent à éviter les tuniques rouges.

Inspiré, il tenta sa chance :

— Tout comme vous, je suppose.

— Qui êtes-vous et qu'est-ce que vous voulez ? demanda à nouveau l'homme.

— Je m'appelle Grant Rathmore.

— Rathmore, vous dites ?

Un autre inconnu approcha :

— Y avait un soldat de ce nom à Fort Augustus, après la bataille.

— *Aye*, c'était moi.

— Faites voir un peu votre bobine.

Grant ôta son chapeau et se tourna vers le Highlander qui l'avait alpagué.

Il ajouta :

— Je suis parti, tout comme vous, lorsque le prince a annoncé que ce serait désormais « chacun pour soi ».

L'inconnu le dévisagea de la tête aux pieds :

— Vous avez drôlement changé.

— *Aye.* J'ai dû me débrouiller pour survivre depuis que j'ai quitté Fort Augustus. Je me suis dit qu'il serait plus sûr d'abandonner la barbe et le plaid pour quelque temps.

Grant remarqua alors que leur attention s'était tournée vers la jeune Française et il ajouta :

— Cette dame voyage sous ma protection.

Le vieil homme haussa ses sourcils broussailleux :

— Oh ! vraiment ?

— *Aye.*

Grant affronta directement le regard du chef des Highlanders et porta la main à sa propre épée :

— Elle a hélas eu un avant-goût des manières anglaises. Je lui ai assuré que nous, Highlanders, ne nous abaissions pas à de telles barbaries.

— Certainement pas ! s'exclama l'homme avec hargne en crachant par terre de mépris avant de les observer à nouveau. Et quels sont vos plans pour ce soir ? Où comptez-vous dormir ?

— À la belle étoile, je le crains, si nous ne croisons personne qui puisse nous offrir un abri.

— Vous ne trouverez rien par ici. Votre *lass* et vous êtes les bienvenus dans notre refuge. Vous pourrez partager notre repas et rester la nuit.

Grant jeta un œil à sa compagne de route. Elle paraissait calme, mais son expression était indéchiffrable.

Il acquiesça :

— *Aye*, nous acceptons de souper avec vous et vous en remercions. Ouvrez la voie, l'ami !

Chapitre 3

Madeleine n'avait pas saisi un traître mot de la conversation et ne pouvait que deviner, à leurs gestes et à leur ton, que son guide était parvenu à apaiser leurs craintes. Grant Rathmore lui avait adressé un regard rassurant et, lorsqu'ils se remirent en marche, Madeleine serra son poney contre le sien afin de pouvoir discuter avec lui.

— Eh bien, Mr Rathmore, qui sont-ils et que veulent-ils ?

L'espace d'un instant, il sembla perplexe, puis il partit d'un grand rire :

— Pardonnez-moi ! Je ne m'étais pas rendu compte que nous parlions en gaélique !

— J'ai déjà remarqué cela chez les Scots, commenta-t-elle. Vous passez aisément d'une langue à l'autre.

— *Aye*, je crois que vous avez raison. Mais pour répondre à vos questions : ces gens nous ont invités à dîner en leur compagnie. Quant à leur identité, je devine qu'ils sont des fugitifs, comme moi.

— Des soldats jacobites.

Il se tourna vers elle et plissa les yeux :

— Vous aimeriez savoir si nous serons en sécurité avec ces hors-la-loi, n'est-ce pas ? Je l'espère.

L'un des Highlanders ralentit, puis s'arrêta pour attendre que les cavaliers le rattrapent.

— Vous n'devriez pas avoir peur de nous, m'dame,

lança-t-il à Maddie avec un accent écossais à couper au couteau. Quand Angus Gillies fait de vous ses invités, tout le monde s'y plie.

— Merci, dit-elle en le gratifiant d'un sourire. Quel est votre nom ?

Touchant le bord de son béret d'un geste déférent, il répondit :

— Dougal Hepburn. J'étais dans le régiment du colonel Anne. Donc vous voyez, on a beaucoup de respect pour les dames !

— Lady Anne Mackintosh, expliqua Grant en remarquant son regard déconcerté. Elle a levé un régiment pour le prince, alors même que son époux était un officier du gouvernement.

Le Highlander bourru lui adressa un sourire rayonnant :

— *Aye*, une grande dame, Lady Anne ! Dieu la bénisse.

Sur ces paroles, il se détourna et s'empressa de rattraper ses compagnons, laissant Grant et Maddie les suivre à leur rythme.

— Êtes-vous rassurée, à présent ? lui demanda-t-il avec amusement.

— Un peu, je l'admets. Même si je crains de ne plus jamais retrouver une réelle sérénité d'esprit.

— La guerre est une terrible affaire. Mon père le savait. Il a tenté de me dissuader de m'engager, lorsque nous avons appris que le prince était en Écosse et qu'il levait une armée.

Madeleine perçut l'amertume dans sa voix. Quel âge pouvait-il bien avoir l'an dernier, lorsqu'il s'était mis en marche avec tant d'enthousiasme pour suivre Charles Stuart ? Vingt-deux, vingt-trois ans ? Il ne pouvait pas être bien plus âgé qu'elle, même si les traits tirés aux coins de ses yeux et de sa bouche, et la profonde lassitude sur son visage, témoignaient de la dure réalité qu'il avait dû affronter, le faisant paraître plus vieux.

— Mais vous n'avez pas suivi son conseil. C'est récurrent, il me semble, entre les jeunes hommes et leurs pères.

Il grimaça :

— J'avais vingt-deux ans. Je n'étais pas si jeune… juste affreusement naïf.

Il leva les yeux vers le ciel :

— La nuit tombe. J'espère que nous atteindrons bientôt notre destination.

Il avait volontairement changé de sujet et Maddie l'accepta sans broncher. Elle l'avait payé pour l'escorter jusqu'à Glen Muick, rien de plus. Par ailleurs, elle n'était pas certaine de vouloir en savoir trop sur son compagnon.

Sous un crépuscule maussade, Grant et Madeleine suivirent les Highlanders le long d'un sentier cahoteux et la jeune Française dut concentrer tous ses efforts pour empêcher son poney de trébucher. La piste longeait une colline en pente raide et serpentait jusque dans les hauteurs. Elle était sur le point de s'enquérir de la distance restante, lorsqu'elle remarqua que les hommes en tête du cortège avaient disparu. Quelques pieds plus loin, elle repéra la bouche sombre et béante d'une grotte. Le chef de la bande, Angus Gillies, les y attendait :

— Bienvenue dans notre humble refuge.

Il parlait en anglais avec un accent prononcé, mais au moins Madeleine parvenait-elle à le comprendre.

— Entrez donc. Dougal veillera sur vos poneys. Ne vous inquiétez pas, ils ne risqueront rien cette nuit et vous pourrez reprendre la route au petit matin.

Madeleine était si fatiguée que même le confort spartiate d'une simple grotte lui parut un répit plus qu'appréciable. Ses yeux s'ajustèrent rapidement à l'obscurité qui régnait à l'intérieur, tandis que leurs hôtes les escortaient le long d'un tunnel tortueux. Elle perçut une légère odeur de bois brûlé et repéra bientôt un éclat jaune devant eux, invisible depuis l'entrée.

Après quelques pas, ils pénétrèrent dans une vaste caverne illuminée par des lampes à mèches et le crépitement chatoyant d'un bon feu. Des volutes de fumée se recroquevillaient autour d'une grosse marmite suspendue au-dessus des flammes avec un trépied avant de s'élever et de disparaître dans les ténèbres du plafond.

Deux femmes entretenaient le feu et elles levèrent brièvement la tête à l'arrivée du petit groupe.

Maddie ne comprit pas un mot de ce qu'Angus Gillies leur raconta, mais son explication parut les satisfaire, car elles reprirent leur cuisine et n'accordèrent pas un second regard aux visiteurs.

— Tout le confort de la maison, lança Grant.

— *Aye*. Il faut dire que nous n'avons plus d'autre foyer, désormais, répondit Angus.

Le reste de la soirée défila en un clin d'œil, pour Madeleine. Les femmes leur offrirent un repas de venaison qu'ils dévorèrent avec appétit. La jeune Française leur proposa plusieurs fois de les aider, mais les Écossaises lui firent signe de retourner s'asseoir sur une saillie rocheuse à côté de Grant. Elle tenta d'écouter leur conversation, mais leurs hôtes parlaient principalement en gaélique. Les mots étrangers prononcés par leurs voix graves et chantantes la bercèrent doucement et Madeleine s'assoupit, se réveillant quelques instants plus tard… la tête posée sur l'épaule de Grant.

La demoiselle se redressa d'un bond :

— Oh ! Pardonnez-moi.

— Ne vous inquiétez pas.

Il passa un bras autour de ses épaules et la ramena vers lui :

— Reposez-vous maintenant, tant que vous le pouvez.

Madeleine était trop épuisée pour protester et elle se coula de nouveau contre lui, sommeillant jusqu'à ce qu'on les conduise dans un coin de la grotte dont le sol venait d'être couvert de fougères et de bruyère. De toute évidence, Grant et Madeleine étaient censés partager ce lit de fortune, mais avant que la jeune femme ne puisse faire le moindre commentaire, son compagnon déclara :

— Vous pouvez dormir ici, *mademoiselle*. J'ai ma cape et je serai parfaitement à mon aise près du feu.

Maddie examina la grotte, les couloirs sombres et la distance qui les séparait du feu, à présent réduit à une poignée de braises. Elle secoua la tête :

— Non. Nos hôtes ont préparé ce lit pour vous et moi et, pour être honnête, je serai rassurée de vous savoir à mes côtés.

Elle se redressa cependant et croisa son regard :

— J'espère simplement que vous n'abuserez pas de la confiance que je place en vous, Grant Rathmore.

— Vous pourriez bien être la plus jolie *lass* de toute l'Écosse que vous n'auriez rien à craindre de moi !

Elle aperçut l'éclat de son sourire dans la faible lueur du feu.

— Tout ce que je veux dire, c'est que vous pouvez dormir tranquille, milady. Je suis bien trop fourbu pour nourrir la moindre intention envers votre vertu ce soir !

Ils se remirent en route le lendemain à l'aube après une légère altercation avec le chef des Highlanders, quand Maddie insista pour payer le repas et l'hébergement. Angus Gillies prit d'abord son offre pour un affront à son hospitalité, mais Madeleine s'entêta.

— Allons, jeune fille ! protesta-t-il en la regardant presser des pièces dans sa large paume. Que suis-je censé faire de cela ? Elles n'ont aucune valeur, dans les montagnes.

— Certes non, mais si Dieu le veut, elles vous aideront à rebâtir, un jour.

Elle avait ensuite refermé les doigts du vieux Highlander sur les pièces avant d'ajouter avec cœur :

— C'est bien peu, monsieur, et je ne souhaite pas vous offenser, mais j'aimerais beaucoup que vous les acceptiez.

Le fier Écossais avait rougi légèrement, avant de porter la main de Madeleine jusqu'à son visage dans un baise-main maladroit :

— J'accepte ces pièces pour la générosité qu'elles représentent et je vous remercie, milady. Je vous souhaite bonne route et que Dieu veille sur vous.

Tandis qu'ils s'éloignaient de la grotte, Grant éclata de rire :

— Je crois que vous avez gagné un admirateur en la personne d'Angus Gillies. Si j'avais offert de le payer, il m'aurait passé son épée à travers le corps !

— Ils ont été si généreux, je ne pouvais m'en aller sans leur montrer ma gratitude. J'espère qu'ils vivront assez longtemps pour les dépenser.

Il ne put masquer son étonnement et Madeleine soutint son regard :

— J'ai parfaitement conscience de la précarité de leur situation, monsieur, même si je suis une étrangère et que je ne parle pas gaélique.

Elle ralentit l'allure pour se laisser distancer de quelques pas, marquant ainsi la fin de cette conversation. Grant ressassa ses paroles et se surprit à s'interroger sur le déconcertant sang-froid de cette jeune lady. Après l'agression des tuniques rouges, n'importe quelle femme se serait effondrée, à juste titre, mais celle-ci avait repris la route le lendemain même pour battre la campagne en compagnie d'un parfait inconnu… Leur épuisant voyage ne l'avait guère ébranlée, pas plus que leur rencontre avec les Highlanders, alors qu'elle ne comprenait pas un mot de gaélique.

— Vous venez de rire tout haut, Mr Rathmore.

La demoiselle le rejoignit au petit trot :

— Puis-je savoir ce qui vous a amusé ?

— Je me faisais la remarque que vous étiez une femme très étonnante, Miss Madeleine d'Evremont.

La jeune Française haussa ses jolis sourcils noirs et l'examina de ses grands yeux bleus :

— Qu'est-ce qui vous fait dire une chose pareille ?

— Vous voyagez seule avec un homme dont vous ignorez tout, à travers un pays déchiré par la guerre, et faites montre d'un sang-froid absolument exceptionnel.

— Je ne vois pas en quoi fondre en larmes au moindre obstacle pourrait m'être utile dans la situation présente.

— C'est très vrai, milady. Et cela compliquerait grandement mon travail !

Cette remarque la fit rire :

— Je veux bien le croire ! C'est précisément ce que m'a dit mon père avant d'accepter que je l'accompagne dans ses périples. Il avait besoin d'une gouvernante avisée et non d'un arrosoir. Ce sont ses propres mots.

— Votre père et vous étiez proches ?

Elle retroussa son nez délicat :

— Pas particulièrement. Pour être franche, il lui arrivait d'être parfaitement insupportable, mais ma seule autre option aurait été d'habiter avec ma tante, qui vit recluse.

— Je ne vous connais pas depuis très longtemps, Miss d'Evremont, mais je sais déjà qu'une telle vie n'aurait jamais pu vous convenir !

Elle répondit à sa taquinerie par un sourire en coin et Grant en fut très satisfait.

— Non, admit-elle, même si je pense que papa aurait parfois préféré ne pas m'avoir emmenée. Surtout lorsque j'exprimais mon désaccord.

— *Aye*, les querelles avec nos parents sont souvent les plus difficiles, reconnut-il avec compassion.

— Pardonnez-moi cette question, mais vous disputiezvous avec les vôtres ? Vous disiez hier que votre père voulait vous dissuader de vous battre ?

— En effet.

Grant serra les dents, mais il était incapable de fermer son esprit aux regrets qui le hantaient depuis des mois. Logan Rathmore avait eu raison ; la cause était perdue depuis le début et le châtiment pour leur folie, sanglant.

— Alors pourquoi avez-vous rallié le prince Stuart ?

Grant poussa un long soupir :

— Un de mes amis tenait absolument à y aller. Je n'avais jamais eu l'intention de m'engager dans l'armée, mais il est revenu à la charge tous les jours jusqu'à me persuader qu'il était de mon devoir de remettre un Stuart sur le trône. Au bout du compte, j'ai cédé. Je savais que mes parents ne l'accepteraient pas, alors je ne leur ai laissé aucune chance de m'arrêter. Je me suis enfui.

Il grimaça à ce souvenir.

— Comme un voleur dans la nuit. C'est mon plus grand regret… Je n'ai pas pris le temps de leur faire mes adieux et je le paierai toute ma vie, car je ne pourrai plus jamais rentrer chez moi.

— Je vous en prie, ne dites pas cela. Je suis convaincue qu'un jour…

— Non.

Grant l'interrompit, car sur ce point, au moins, il était certain d'avoir raison :

— Même si je pouvais m'assurer leur pardon, j'ai perdu Ardvarrick, ainsi que ma famille, dès l'instant où j'ai choisi de partir. Tout ce qui m'est cher et tous ceux auxquels je tiens seront un jour sévèrement punis pour mes actes, c'est presque inévitable. Mais une chose est certaine : si je rentre chez moi, l'armée britannique me suivra. Le mieux que je puisse faire pour préserver mon foyer, c'est garder mes distances. C'est pour cette raison que je cherche à gagner la côte est : pour naviguer vers la

France. J'ai des amis là-bas, des contacts que j'ai noués lors d'un bref séjour à Paris, quand j'avais dix-neuf ans. Mon père m'avait envoyé à l'étranger pour élargir mes horizons.

— Je suis heureuse d'apprendre que vous avez des connexions sur place, répondit-elle. Et avez-vous fait part de vos intentions à votre famille ? Ils seront sans doute soulagés de savoir que vous avez survécu à la bataille.

— Non.

Dévoré par la culpabilité et la honte, Grant serrait les dents si fort qu'il en eut mal à la mâchoire. Il ne cessait d'imaginer la déception de son père, le chagrin de sa mère, en découvrant la façon dont il était parti. Sans un mot. Il leur avait désobéi et rallié le prince Stuart, mais même l'euphorie des premiers jours, de la capture d'Édimbourg et de la victoire à Prestonpans, n'avait jamais totalement estompé ses remords.

— Cela ne servirait à rien, maintenant que je suis en fuite, si ce n'est à les inquiéter davantage, répondit-il. Je préfère attendre d'être en sécurité à l'étranger.

Son ton était sans appel et Maddie comprit que le sujet était clos. Elle voulait l'encourager à écrire à ses parents, au moins pour les rassurer, leur dire qu'il avait survécu à Culloden, mais ce n'étaient pas ses affaires. Ils ne se connaissaient pas assez et la jeune Française doutait qu'il apprécie son ingérence, mais tenir sa langue lui demanda tout de même un énorme effort. Elle demeura silencieuse et laissa le sentier les mener jusqu'au sommet de collines arides constamment balayées par un vent puissant. Ce fut avec un profond soulagement que Maddie retrouva la protection d'une vallée, puis d'une ancienne forêt, même s'ils durent plusieurs fois forcer le passage entre les arbres.

Après une longue progression qui parut durer des heures, ils firent halte pour permettre aux poneys de se reposer et grignotèrent des galettes d'avoine et des tranches de fromage que les Highlanders leur avaient offertes en dépit de leurs maigres réserves. Ils s'assirent côte à côte derrière un large rocher afin de se protéger du vent et, même si aucun d'eux ne chercha à aborder le sujet de leur précédente conversation, l'atmosphère était détendue et agréable.

— Si j'ai bien retenu les conseils d'Angus, nous devrions bientôt atteindre Tarland, l'informa Grant. Ensuite, nous n'aurons plus que quelques milles à couvrir jusqu'au fleuve.

— Dans ce cas, je suggère que nous repartions dès que vous vous serez reposé.

Maddie entreprit d'empaqueter les restes de leur repas.

— Nous n'avons plus de fromage, mais nous pouvons garder nos dernières galettes pour plus tard. Après tout, rien ne dit que nous pourrons trouver un logement ce soir.

Ce ne fut qu'au bout d'une nouvelle heure de chevauchée qu'ils débouchèrent sur une large vallée. Les deux cavaliers firent halte à l'orée de la forêt et Maddie aperçut au loin un petit village. Des volutes de fumée blanche s'élevaient tranquillement des cheminées.

— Avons-nous atteint Tarland ? s'exclama-t-elle. Dieu merci ! Quel soulagement, nous allons enfin pouvoir emprunter une véritable route !

Elle poussa son poney en avant, mais Grant saisit l'animal par la bride :

— Attendez.

L'homme scrutait le village, les sourcils froncés.

— Il y a beaucoup de mouvements en bas, c'est inhabituel.

— C'est peut-être le jour du marché.

Madeleine voulait se montrer optimiste, mais son instinct commençait lui aussi à l'alerter, tandis qu'elle observait les minuscules silhouettes s'affairer en contrebas, comme dans une fourmilière.

— Attendez ici.

Grant mit pied à terre et se déplaça discrètement jusqu'à la bordure de la forêt. Maddie ne s'arrêta que le temps d'attacher les poneys avant de le rejoindre.

— Je suis presque sûre de voir des points rouges entre les maisons, murmura-t-elle en plissant les yeux.

Elle saisit le bras de son compagnon :

— Grant ! Ce sont des soldats. Et il y en a des centaines.

— *Aye.* Et depuis Tarland, ils patrouillent sans doute le long du fleuve sur plusieurs milles, en amont comme en aval.

Elle l'entendit jurer entre ses dents, puis il la prit par la main et la ramena sous le couvert des arbres.

— Qu'allons-nous faire ?

— Pour l'instant, le plus important est de nous éloigner du village. Venez. Nous allons devoir revenir sur nos pas et les contourner. Avec un peu de chance, si nous traversons la forêt, ils ne nous repéreront pas.

Ce ne fut que lorsqu'ils rejoignirent leurs poneys que la jeune femme prit conscience qu'ils se tenaient toujours par la main. Quand elle tenta de se dégager, il la retint avec douceur et demeura immobile un moment, fixant ses doigts délicats :

— Ce revers va considérablement rallonger notre voyage. J'en suis profondément désolée, Madeleine.

L'humilité dans sa voix et la façon dont il avait murmuré son prénom firent chavirer quelque chose au fond d'elle. Madeleine eut soudain l'impression qu'une force invisible lui comprimait le cœur, et cela l'effraya. Elle avait envie de le rassurer, ce qui l'angoissa plus encore :

— Vous ne pouviez pas savoir.

Délicatement, elle retira sa main.

— Si nous avions suivi la route de la vallée, comme

je vous l'avais demandé, nous nous serions retrouvés nez à nez avec eux. La situation aurait alors été bien pire.

— Êtes-vous en train d'admettre que vous aviez tort, Miss d'Evremont ?

Madeleine sentit ses lèvres tressaillir, mais elle se retint de sourire et répliqua d'un ton faussement sévère :

— En effet, Mr Rathmore. À présent, remettons-nous en selle et partons d'ici avant que je ne change d'avis !

Ils firent demi-tour et traversèrent à nouveau les bois en sens inverse, jusqu'à ce que Grant estime qu'ils s'étaient suffisamment éloignés pour ajuster leur cap.

— Nous allons prendre vers l'est, décida-t-il. Nous pourrons franchir le fleuve en aval un peu plus bas, sans doute au-delà d'Aboyne. Ainsi, nous approcherons de la vallée de Muick par le sud.

La jeune Française réfléchit à sa proposition, puis acquiesça :

— Combien de temps cela nous rajoutera-t-il ?

— Cela dépendra de l'endroit où nous pourrons traverser le Dee sans être vus.

— Nous pourrions tenter de passer au couvert de la nuit.

— C'est une possibilité. Mais je crains que tout ceci ne rallonge notre périple d'au moins une journée.

— Seigneur. Ce travail est en train de devenir bien plus compliqué que ce pour quoi vous vous étiez engagé, Mr Rathmore.

— *Aye*, mais vous avez promis de me dédommager. Par ailleurs…

Il lui coula une œillade complice, ses iris noisette scintillant d'une lueur taquine :

— Je ne puis abandonner une damoiselle en détresse.

Maddie détourna le regard lorsqu'elle sentit sa poitrine se comprimer à nouveau. Si seulement il voulait bien cesser de lui sourire de cette façon ! Elle inspira profondément pour retrouver son calme :

— Je vous l'ai dit, monsieur. Je suis parfaitement capable de me défendre.

— Oui, ce n'est pas la première fois que je vous entends faire une telle déclaration, milady. Très bien, dans ce cas, mettons-nous en route !

Les paroles de Grant et son rire chaleureux suffirent à dissiper le malaise grandissant de Madeleine. En vérité, maintenant qu'elle y pensait, elle l'aurait bien volontiers châtié à grands coups d'éventail pour avoir osé la taquiner de la sorte.

Hélas, le reste de la journée ne leur fournit plus d'occasions de badiner. Ils poursuivirent leur chemin, à l'abri des versants boisés, mais demeurèrent aux aguets de crainte de tomber sur une patrouille de l'armée. Heureusement pour eux, les tuniques rouges qui sillonnaient les collines ne voyaient guère l'intérêt de se montrer discrets et parcouraient la forêt aussi silencieusement qu'un troupeau de bœufs, offrant à Grant et Maddie le temps de se dissimuler dans la brande.

Toutefois, ce jeu du chat et de la souris les ralentit considérablement ; à la tombée de la nuit, le fleuve n'était toujours pas en vue.

— Le ciel est bas… Il fera bientôt trop sombre pour distinguer où nous mettons les pieds, fit remarquer Grant. Nous devrions songer à nous arrêter. Cherchons une hutte ou une cabane pour nous abriter pendant quelques heures.

— Je pense que nous serons plus en sécurité dans la forêt, contra Maddie. Nous avons vu tant de soldats aujourd'hui… Nul doute que tous les refuges des environs seront réquisitionnés pour la nuit.

Elle jeta un coup d'œil aux alentours avant de tendre l'index vers un pan de la colline.

— Il y a un surplomb rocheux là-bas. Il pourrait nous offrir une bonne protection contre les éléments ; et la brande est suffisamment épaisse pour nous dissimuler efficacement.

Grant acquiesça :

— Voilà qui conviendra parfaitement.

Il ne leur fallut guère longtemps pour s'occuper de leurs chevaux et s'installer confortablement contre la paroi de pierre, emmitouflés dans leurs capes. Maddie fourragea dans sa sacoche et en tira ce qu'il restait des galettes d'avoine.

— Elles sont en miettes, je le crains, dit-elle en ouvrant le tissu pour les offrir à Grant. Mais au moins, nous ne mourrons pas de faim.

— Quel dommage que la région soit trop dangereuse pour allumer un feu, maugréa-t-il. Mais j'ai tout de même quelque chose pour nous protéger du froid.

Il tira une petite flasque de sa poche et la tendit à Madeleine, qui se contenta de la regarder avant méfiance.

— Qu'est-ce que c'est ?

— *Uisge Beatha*, répondit-il avec un sourire. Du whisky.

Elle prit le flacon, la porta à ses lèvres et but une gorgée. L'eau-de-vie glissa dans son gosier, y allumant un ardent brasier.

— Oh !

Elle inspira profondément, savourant l'âpreté du puissant arôme :

— On peut dire que ça réchauffe !

Il éclata de rire :

— Vous n'aviez jamais bu de whisky ?

— Jamais. Et quelque chose me dit que c'est le genre de boisson à consommer avec parcimonie.

— Vous avez tout à fait raison.

Elle avala une nouvelle gorgée, laissant cette fois le liquide rouler sur sa langue.

— C'est fort, mais pas désagréable.

Madeleine rendit la flasque à son propriétaire, qui lui adressa un large sourire.

— Nous allons faire de vous une véritable Highlander, *lass* !

Jugeant préférable d'ignorer son effronterie, la jeune Française se mit à grignoter une galette.

Bientôt, l'obscurité les enveloppa tel un voile et un récital de chuchotements nocturnes emplit l'air : le renâclement des poneys attachés non loin d'eux se mêlait au crissement des insectes et au bruissement des petits animaux, que venait ponctuer le hululement intermittent d'un hibou. Cette mélodie composée de dizaines de sons avait quelque chose de rassurant et Madeleine, bercée, se trouva profondément rassérénée, assise aux côtés de Grant. Elle pouvait sentir leurs épaules se frôler.

— Cet abri était un excellent choix, Miss d'Evremont, commenta son compagnon d'un ton approbateur.

Il lui offrit une nouvelle fois sa flasque.

— Je ne pense pas que nous aurions pu dénicher meilleur endroit, même en cherchant une heure de plus.

La jeune Française prit une autre goulée du puissant spiritueux. Le whisky ne manquait pas de la réchauffer jusqu'aux os.

— J'ai une certaine expérience, expliqua-t-elle. Mon père et moi avons plus d'une fois été contraints de dormir à la belle étoile.

— Pour fuir les brigands ?

— La plupart du temps. En d'autres occasions, c'est la justice que mon père cherchait à éviter.

— Le moins que l'on puisse dire, c'est que vous avez mené une existence pittoresque, milady !

Madeleine haussa les épaules :

— Papa disait toujours qu'il se contentait de faire ce qui était nécessaire pour survivre, mais il m'est arrivé de souhaiter une vie un peu plus conventionnelle.

— Je crains que vous ne trouviez la vie *conventionnelle* terriblement monotone.

Elle rit :

— C'est fort probable.

— Désirez-vous encore un peu de whisky ?

— Non merci. Je ne préfère pas. Il vaut mieux que je garde les idées claires.

— Je ne suis pas en train de chercher à vous enivrer, Miss d'Evremont.

— Vous ne seriez pas le premier homme à essayer, répliqua-t-elle avec agacement, gênée qu'il ait si aisément deviné ses pensées.

Brusquement, l'obscurité et leur isolement lui parurent bien plus dangereux.

— Mon père a prévu pour moi une union très avantageuse, vous savez, ajouta-t-elle. Un noble issu d'une branche mineure de la dynastie des Bourbons. Je n'ai donc aucune intention de me jeter au cou du premier venu.

Pour toute réponse, son compagnon souffla un rire moqueur. Comment osait-il ! Au bout d'un instant, elle poursuivit :

— Ce n'est pas toujours facile, il faut bien l'admettre. Certains de mes prétendants étaient *terriblement* tentants.

Elle ajouta d'un ton hautain qui, elle le savait, ne manquerait pas de l'irriter :

— Très riches et excessivement séduisants.

Madeleine sourit dans l'obscurité en l'entendant grogner d'exaspération.

— Je ferais sans doute mieux de vous rassurer, rétorqua-t-il alors. Je trouve les femmes indépendantes et directives fort peu désirables. Elles ne m'intéressent pas du tout. En particulier les étrangères au passé douteux.

Madeleine tressaillit, mais elle ne pouvait décemment pas lui en vouloir de riposter.

— Dans ce cas, c'est parfait, conclut-elle.

Consciente qu'il ne serait guère sage de poursuivre sur cette voie, elle ajouta :

— Puisque ce point est clos, nous devrions songer à monter la garde pendant que l'autre se repose. Souhaitez-vous que je commence ?

Ils se mirent d'accord et Grant prit le premier tour. Madeleine s'emmitoufla dans sa cape et s'étendit à même le sol, glissant l'une de ses sacoches sous sa tête en guise d'oreiller.

— Indépendante et directive, marmonna-t-elle pour elle-même en tâchant de s'installer confortablement.

Elle ressassait les paroles de son compagnon et regrettait à présent de l'avoir taquiné. Même l'assurance d'être à l'abri de ses avances ne parvenait pas à la réconforter.

Grant resserra sa cape autour de ses épaules et demeura assis en silence, aux aguets, l'oreille tendue, mais leur conversation ne cessait de tourner dans son esprit. Ainsi, il n'était ni suffisamment séduisant ni suffisamment riche pour Miss Madeleine d'Evremont ! Comme si cela avait la moindre importance pour lui ! Cette fille était bien trop gâtée, emportée et têtue pour qu'il songe une seconde à s'en enticher ! Plus vite il la ramènerait à ses amis de Glen Muick, mieux il se porterait !

Chapitre 4

— Madeleine. Réveillez-vous, milady. Nous devons repartir.

Quelqu'un avait posé une main chaude sur son épaule et la secouait avec douceur. Madeleine se redressa en se frottant les yeux, clignant des paupières dans la clarté grège.

— C'est presque l'aube. Je devais vous relever pour monter la garde, Grant. Pourquoi ne m'avez-vous pas réveillée ?

— Vous dormiez si paisiblement, j'ai songé qu'un repos prolongé vous serait bénéfique.

Il lui tendit une outre d'eau :

— Dès qu'il a fait suffisamment clair, j'ai marché un peu pour repérer les environs. La bonne nouvelle, c'est que le fleuve est bien plus proche que nous le pensions lorsque nous avons fait halte hier soir. Je crois que nous pouvons tenter une traversée tout de suite.

— Excellent.

Elle secoua la tête pour chasser les dernières traces de sommeil et se hissa sur ses pieds.

— Les Garrons sont déjà sellés ; nous pouvons partir immédiatement.

Maddie voulut protester quand elle apprit qu'il avait tant fait pendant qu'elle dormait, mais ne souhaitant paraître ingrate, elle se contenta de le remercier. Il l'avait de nouveau appelée par son prénom, ce matin, et elle par le sien. Cela lui semblait si naturel et réconfortant qu'elle éprouvait de la réticence à chambouler ce sentiment de camaraderie naissant.

Ils se remirent en selle et se frayèrent un chemin parmi les arbres qui recouvraient la pente de la colline jusqu'à atteindre la berge en contrebas. La pâle lueur de l'heure qui précède l'aube nimbait le paysage de nuances de cendre et de soufre et rebondissait sur le ruban ardoise du fleuve qui serpentait à travers la vallée, scintillant comme du vif-argent.

— L'eau est peu profonde ici, indiqua Grant à voix basse tandis qu'ils approchaient de la rive. Le lit est rocheux, nous devrons donc avancer avec prudence, mais les arbres et les méandres naturels du Dee devraient nous dissimuler en partie. Avec un peu de chance, personne ne surveillera ce tronçon à une heure aussi matinale.

Il s'arrêta devant le bord et se tourna vers elle :

— Vous êtes prête ?

Madeleine déglutit nerveusement. Si des soldats montaient la garde dans les parages, ils ne tarderaient pas à les découvrir.

Elle acquiesça :

— Passez devant, monsieur.

— Parfait. Suivez-moi de près.

Ils descendirent prudemment le léger dénivelé pour pénétrer dans l'eau et les deux poneys au pied sûr, visiblement habitués à ce genre d'exercice, franchirent le fleuve sans difficulté. Pour Madeleine, en revanche, la traversée sembla durer une éternité. Elle percevait le moindre chant d'oiseau dans les branches, le moindre gargouillis de l'eau qui dansait sur le lit rocailleux… Elle était tendue, le dos rigide, craignant à chaque instant d'entendre un cri. Un tir.

Les Garrons grimpèrent d'un pas léger le dévers pierreux formant la berge opposée et se hissèrent sur la terre ferme. Un instant plus tard, ils avaient retrouvé le couvert sécurisant des arbres. Ce ne fut qu'alors que Maddie prit conscience qu'elle avait retenu son souffle pendant toute la traversée. Elle ferma les yeux et s'agrippa à la crinière du poney, sentant sa tête basculer vers l'avant.

— Madeleine ? Tout va bien ?

En un éclair, Grant apparut à ses côtés et l'attrapa par le bras. La jeune Française saisit sa main libre et la serra dans la sienne, tirant du réconfort de sa présence, si réelle et si robuste.

— Oui. Je suis juste soulagée que nous soyons de nouveau dissimulés. Je crains de ne pas faire un très bon soldat…

— Vous avez fait preuve d'un grand courage.

Et soudain, Grant porta ses doigts à ses lèvres. Le geste était si inattendu que Madeleine sursauta. Elle avait pris l'habitude que son compagnon de route la taquine ; elle s'était préparée à une énième réplique insolente… mais pas à cela. Il y avait tant de douceur dans ses paroles que la jeune femme sentit son cœur s'envoler et ses yeux se remplir de larmes, sans parvenir à comprendre pourquoi.

Grant s'éclaircit la gorge et libéra gentiment sa main.

— Nous ferions mieux d'avancer, dit-il d'une voix étrangement rauque.

Il prit la tête et les mena à travers bois et sous-bois, Maddie sur ses talons. Mais la demoiselle était incapable d'oublier son délicat baisemain. Elle se surprit à souhaiter revivre cet instant, cette délicieuse et douloureuse légèreté dans la poitrine qui l'avait laissée troublée et haletante. Tournant les yeux vers le cavalier devant elle, elle l'étudia longuement. Elle lui avait offert un prix extravagant pour l'escorter à bon port, mais étrangement, elle n'avait pas l'impression que l'argent avait motivé son besoin de la réconforter. Il semblait le genre d'homme à toujours donner le fond de sa pensée… Cela signifiait-il qu'il la trouvait réellement courageuse ? Elle repoussa cette idée, craignant de trop supposer, mais espérait que c'était vrai.

Les deux cavaliers poursuivirent leur route toute la matinée et jusqu'en milieu d'après-midi. Grant discuta avec les métayers d'une petite ferme, à qui il acheta des banniques et du fromage, qu'ils mangèrent en faisant halte environ un mille plus loin.

— D'après ces gens, nous ne devrions pas être à plus de dix milles de Loch Muick, expliqua Grant.

— Savent-ils où nous nous rendons ?

— Non, je n'ai posé aucune question directe. Mais dans tous les cas, je ne pense pas qu'ils nous dénonceraient. Ils n'ont pas dissimulé leur mépris pour les tuniques rouges.

Puis il ajouta pour la rassurer :

— Dans quelques heures, vous serez en sûreté.

Maddie se contenta d'opiner avant de grignoter un bout de fromage. Ils avaient trouvé un joli coin de berge surplombant la rivière Muick, à l'abri du vent et tapissé d'herbe tendre, pour s'asseoir et se sustenter. L'endroit était étrangement paisible et la jeune Française en fit la remarque :

— C'est à peine si nous avons eu un rayon de soleil de tout notre voyage ! Le ciel est resté de plomb depuis que j'ai quitté Inverness. Ce doit être notre première éclaircie. Je crois bien que je n'avais jamais vécu dans un pays aussi froid et humide.

— Ah, mais il n'y a pas de plus belle région au monde que les Highlands quand le soleil brille, murmura Grant en s'étendant sur le dos, les mains croisées derrière la nuque.

— C'est sa rareté qui en fait toute sa valeur, déclara-t-elle pour le taquiner. Mais j'ai l'impression que des vents mordants soufflent toute l'année.

Madeleine attendit qu'il défende âprement son foyer, mais en tournant la tête, elle le découvrit profondément assoupi. Une vague de tendresse la submergea. Il était resté éveillé toute la nuit pour monter la garde. Pas étonnant qu'il soit épuisé !

Avec douceur, elle récupéra le pain entamé qu'il avait abandonné sur ses genoux et le rangea.

— Dormez, à présent, murmura-t-elle en tendant la main pour repousser une mèche de cheveux auburn du front de son compagnon. C'est à mon tour de veiller sur vous.

Lorsqu'ils atteignirent enfin leur destination, le soleil descendait lentement vers les montagnes de l'ouest. Lochall House était un vaste domaine niché aux abords d'un large vallon, dans un écrin de verdure qui lui donnait l'allure d'un véritable havre de paix. L'architecture de la maison était ancienne : un bloc rectangulaire avec deux tours carrées disposées diagonalement aux coins de la bâtisse, mais une couche d'un bel enduit à la chaux et l'ajout visiblement récent d'une aile supplémentaire en avaient adouci les contours.

— Voilà une image réconfortante, lança Maddie en tirant sur les rênes pour admirer le paysage avant qu'ils ne descendent vers la vallée.

Grant fit halte à ses côtés et Madeleine vit son regard acéré parcourir les champs entretenus avec soin et la fumée s'élevant des cheminées d'un petit village situé au bord du loch. Visiblement, ce recoin des Highlands avait pour le moment été épargné par le conflit.

— Les apparences peuvent être trompeuses, la prévint-il. Nous devrons procéder avec prudence.

Par chance, ses craintes se révélèrent infondées. À leur arrivée, on les invita à entrer dans un salon où leurs hôtes les attendaient.

— Miss d'Evremont ! Quelle joie de vous voir ici, saine et sauve.

Lady Lochall se précipita vers Madeleine, un sourire

chaleureux sur son visage doux et les mains tendues en signe de bienvenue.

— Merci, milady.

Maddie jeta un regard autour d'elle, avant de commenter d'un ton anxieux :

— J'avais espéré trouver mon père avec vous…

— Hélas, non, ma chère enfant. Nous n'avons reçu de lui qu'une lettre nous informant de votre arrivée prochaine. Il semblerait qu'il ait été contraint de regagner la France pour régler une affaire familiale urgente.

— Quel dommage qu'il n'ait pas songé à prévenir sa fille plus tôt, lança Grant avec amertume.

Lord Lochall se tourna vers lui, haussant les sourcils avec curiosité, et Maddie s'empressa de faire les présentations.

— Voici Mr Grant Rathmore, milord. Il a très aimablement accepté de m'escorter jusqu'ici depuis Kildrummy.

— Seriez-vous par hasard un parent de Logan Rathmore, d'Ardvarrick ? l'interrogea Lord Lochall.

Grant s'inclina :

— Son fils, milord.

Madeleine fut surprise de voir leur hôte se radoucir. De toute évidence, la réponse de Grant l'avait rasséréné et la jeune Française se demanda soudain si son guide était d'un rang supérieur à ce que son apparence laissait croire.

— J'en déduis que vous ne cherchez pas à rentrer chez vous, monsieur, s'enquit à nouveau Lord Lochall, l'air grave. Miss d'Evremont dit que vous venez de Kildrummy ? C'est un sacré bout de chemin dans la mauvaise direction.

— Non, je ne retourne pas à Ardvarrick. Je souhaite gagner la côte est et embarquer pour la France.

— Eh bien ! s'exclama Lady Lochall. Quel dommage qu'Yves d'Evremont ne l'ait pas su avant, Mr Rathmore, car…

— Ma chère, ne mettons pas la charrue avant les bœufs, la coupa Lord Lochall avec un froncement de sourcils.

Nous ne devrions pas accabler ces jeunes gens avec d'aussi pénibles affaires.

— Non, non, bien sûr, pardonnez-moi !

Lady Lochall gloussa et, tout en papillonnant autour d'eux, les invita à prendre place dans le salon.

— Mais vous disiez avoir reçu un courrier de papa, milord, insista Madeleine, préférant demeurer debout aux côtés de Grant. Je trouve étrange qu'il n'ait pas pris le temps de m'écrire directement.

— Sans doute a-t-il estimé la situation à Inverness trop instable pour risquer de vous faire parvenir une lettre, conjectura placidement Lord Lochall. Et d'après son message, son retour en France fut quelque peu précipité.

— Oh ! Yves ne changera jamais ! s'exclama gentiment Lady Lochall. Chaque fois que nous avons de ses nouvelles, il est pris par une affaire urgente ou d'une importance vitale pour la France, et toujours hautement confidentielle !

— Vous donnez l'impression de bien connaître mon père, milady, fit remarquer Maddie.

— Oh ! mais oui ! Nous connaissions Yves d'Evremont avant qu'il n'épouse votre chère maman. Nous avons gardé le contact au fil des ans, même si nous ne l'avons pas revu depuis quelque temps.

Lady Lochall gratifia le sujet d'un gracieux geste de la main avant d'ajouter :

— Nous étions présents pour son mariage, à Dijon. Vous rappelez-vous, milord ? C'était il y a une éternité et, hélas, nous n'avons pratiquement plus recroisé ce cher Yves depuis lors. Oh ! c'était une *si belle* époque… Mais oublions cela pour l'instant ! Votre papa ne nous avait donné aucune indication quant à la date de votre arrivée, c'est pourquoi vous nous trouvez si démunis ! Les chambres n'ont pas encore été préparées. Yves disait que vous viendriez avec votre domestique.

— Elle n'a pas souhaité s'aventurer si loin.

Maddie fit un geste pour désigner son compagnon de route :

— C'est pourquoi j'ai été soulagée de pouvoir embaucher Mr Rathmore pour m'escorter jusqu'ici.

Ce dernier saisit sa main au vol et la porta à ses lèvres.

— Ce fut un honneur pour moi que de pouvoir vous servir, Miss d'Evremont !

La jeune Française remarqua aussitôt l'éclat taquin de ses prunelles, mais ce fut son baisemain qui la poussa à se dégager quelque peu brusquement. Elle pouvait encore le sentir… comme de petites aiguilles brûlantes transperçant sa peau et remontant le long de son bras. C'était une sensation déconcertante. Une fois de plus, elle se retrouva haletante et troublée, le cœur battant férocement dans sa poitrine.

Un domestique servit des rafraîchissements, retenant l'attention de Lord et Lady Lochall, et Maddie en profita pour lancer un regard noir à Grant.

— Je ne vous paye pas pour badiner avec moi, monsieur, siffla-t-elle entre ses dents.

Elle se détourna, mais pas avant de voir la surprise obscurcir son visage. La jeune Française se sentit immédiatement contrite. Quelle mouche l'avait donc piquée pour qu'elle le réprimande sur quelque chose de si frivole ? Et il était parfaitement impoli de lui rappeler de la sorte qu'il était à peine plus que son domestique. Vraiment, si elle continuait ainsi, elle finirait par devenir une affreuse harpie.

Lady Lochall s'approcha d'un air affairé :

— Allons, allons, venez. Vous prendrez bien le temps de vous asseoir et de partager un peu de vin avec nous, pendant que nous faisons préparer vos chambres !

Elle entraîna Madeleine jusqu'à un large divan et s'installa à ses côtés :

— Ma chère, quelle aventure vous avez dû vivre ! Seule

à Inverness, avec une guerre pratiquement sur votre seuil ! Dieu merci, vous avez pu nous rejoindre sans encombre. Laissez-moi vous regarder, car la dernière fois que je l'ai fait, vous étiez encore dans votre berceau ! Oui, vous avez le teint de votre mère. Quel drame qu'elle nous ait quittés si jeune ! Je suis certaine qu'elle n'aurait jamais autorisé Yves à vous entraîner jusqu'en Écosse en ces temps troublés. Mais parlons de choses plus gaies. Vous êtes ici, à présent, en sécurité. Et c'est tout ce qui compte. Tenez, goûtez à l'un de ces petits gâteaux, ils sont excellents. Et très légers, nous ne voudrions pas vous couper l'appétit pour le dîner.

Lady Lochall poursuivit de la sorte sans interruption et Madeleine réagit chaque fois que nécessaire, consciente que le maître de la maison s'entretenait avec Grant du même genre de banalités. De toute évidence, on ne lui offrirait aucune autre explication quant aux arrangements pris pour lui permettre de regagner la France. Du moins pas ce soir.

Grant répondait mécaniquement aux tentatives de conversation de son hôte, masquant ses véritables pensées derrière une expression d'intérêt poli. Son accès de colère contre Madeleine d'Evremont s'était rapidement mu en une résignation déçue. Ayant amené la jeune femme saine et sauve à Lochall House, il s'était autorisé à baisser sa garde et, d'humeur espiègle, avait déposé un baiser sur sa main. Il avait aussitôt compris qu'il avait commis une erreur, car le simple fait d'effleurer sa peau de ses lèvres lui avait embrasé les sens. Il avait dû lutter contre lui-même pour ne pas l'écraser contre son torse et l'embrasser à en perdre haleine. Les remontrances immédiates de la demoiselle l'avaient brutalement rappelé à la réalité. Leur relation n'était guère plus qu'un contrat… qui venait de prendre fin. Il était en faute et tâcherait de ne plus se mettre dans une telle situation.

Quand enfin un valet de pied entra pour annoncer que les chambres étaient prêtes, hôtes et invités se levèrent. Lady Lochall désigna le domestique d'un geste :

— Samuel va vous escorter jusqu'à vos quartiers, Mr Rathmore. Vous devriez y trouver tout ce dont vous aurez besoin. S'il manque quoi que ce soit, n'hésitez pas à demander. Je vais prévenir notre chef de reculer l'heure du dîner pour vous laisser le temps de vous rafraîchir. Retrouvons-nous ici dans, disons, deux heures ? Cela conviendra-t-il, cher monsieur ?

Grant s'inclina :

— Vous êtes la bonté même, milady.

Il emboîta le pas au valet de pied et quitta le salon. Il devait s'admettre soulagé que les Lochall le traitent comme un gentilhomme. Et, après tout, pourquoi ne le feraient-ils pas ? Il était toujours Grant Rathmore, héritier d'Ardvarrick, quoi que Miss Madeleine d'Evremont pense de lui !

Quand Grant fut parti, Madeleine eut soudain une terrible impression d'abandon. Elle était frustrée et malheureuse de ne pas avoir eu l'occasion de lui présenter ses excuses, mais masqua sa peine derrière un sourire lorsque Lady Lochall la prit par le bras.

— Je tiens à vous escorter moi-même jusqu'à votre chambre, Miss d'Evremont. Vous vous sentirez bien plus à votre aise lorsque vous aurez eu le temps de vous rafraîchir et de vous reposer.

Sans cesser de bavarder, son hôtesse la mena jusqu'à un large escalier. Maddie leva les yeux, espérant apercevoir Grant en haut des marches, mais il avait déjà disparu dans les méandres des couloirs de la demeure. Elle s'efforça de se concentrer sur ce que disait Lady Lochall.

— J'ai demandé à Tomson, ma femme de chambre, de chercher des toilettes qui pourraient vous convenir. Elles appartenaient à ma fille, avant son mariage, et je crois que vous faites à peu près la même taille, bien qu'elle fût sans doute un peu plus grande que vous. Tomson est une formidable couturière et fera en sorte d'ajuster les tenues à votre silhouette.

— Oh ! mais je ne saurais abuser de votre générosité, milady !

— Ma chère Madeleine… si vous m'autorisez à vous appeler ainsi ? C'est un plaisir de vous aider, je vous assure. Votre père avait laissé entendre que vous risqueriez de voyager léger et je suis certaine que vous apprécierez de vous débarrasser de vos habits de cavalière. Ne tenez-vous pas à vous faire belle pour ce charmant Mr Rathmore ?

Madeleine s'arrêta net. Elle éprouvait de l'embarras à l'idée que leur hôtesse ait vu Grant lui faire ce baisemain, mais elle était tout bonnement mortifiée par la façon dont elle l'avait rabroué.

— Lady Lochall, je vous prie de croire qu'il n'existe aucune inclination entre Mr Rathmore et moi-même. Je l'ai *rémunéré* pour me conduire jusqu'ici.

Elle se força à rire pour adoucir ses propos :

— Allons ! Dans quelle époque vivons-nous si une femme ne peut plus engager d'escorte sans faire jaser son entourage ?

Lady Lochall parut sur le point de réagir, mais quelque chose dans l'attitude de Madeleine l'en dissuada. Elle se contenta de soupirer en secouant la tête et elles gagnèrent ensemble le premier étage.

Les deux heures ne furent pas de trop pour que Madeleine soit enfin suffisamment présentable pour rejoindre le salon. Lady Lochall s'était montrée quelque peu optimiste en comparant la petite silhouette de Madeleine à celle de sa fille, et la pauvre Tomson avait dû recourir à tout son savoir-faire, ainsi qu'à une bonne dose de patience, pour ajuster une toilette en satin vert à la jeune Française. La domestique apportait la touche finale à la coiffure de Maddie lorsque Lady Lochall frappa à la porte :

— Puis-je entrer ? Je viens chercher Miss d'Evremont pour le dîner. Avez-vous terminé, Tomson ?

— À l'instant, milady, répondit la femme de chambre en reculant d'un pas pour examiner son œuvre d'un œil critique. Je pense que ça devrait convenir.

Maddie se leva du tabouret et se mit à rire, le rouge aux joues, devant les exclamations ravies et les applaudissements de Lady Lochall.

— Cette robe n'avait jamais été aussi belle. Tomson, vous êtes extraordinaire ! s'enthousiasma Lady Lochall.

— Elle l'est sans le moindre doute, milady, approuva Madeleine. Et je vous suis profondément reconnaissante de l'avoir autorisée à m'aider dans mes préparatifs. Pardonnez-moi de l'avoir gardée si longtemps.

— Ne vous souciez point de cela, mon enfant, nous avons une autre femme de chambre et c'est elle qui s'est occupée de m'habiller, puisque c'est tout ce dont j'avais besoin aujourd'hui. Et je suis ravie de ce que Tomson a pu réaliser pour vous ! Nous chercherons de nouvelles toilettes pour vous dès demain. Et inutile de protester, ma chère Madeleine ! Ces vêtements prennent la poussière dans mes coffres, j'aime autant que vous puissiez en profiter.

Maddie ne put que bégayer des remerciements, que Tomson interrompit en rappelant d'un ton sévère que milady et son invitée étaient attendues pour le dîner.

— Oh ! Seigneur, vous avez raison. Merci, Tomson. Venez, ma chère, ces messieurs doivent déjà patienter !

Grant avait été conduit dans une chambre destinée aux convives, petite, mais luxueuse. Confiant son manteau à un domestique en lui demandant de le nettoyer du mieux qu'il pourrait, il s'était ensuite servi de l'aiguière remplie d'eau chaude pour se débarrasser de la saleté du voyage, avant de s'étendre sur le lit. Il s'était endormi presque immédiatement et ne se réveilla que bien plus tard, lorsque quelqu'un frappa doucement à sa porte. Il s'assit et un petit homme en costume noir pénétra dans la chambre :

— Pardonnez-moi de vous déranger, monsieur, je suis Bailey, le valet de Lord Lochall. Il m'a dit de vous apporter votre tenue pour la soirée.

— Ma quoi ?

Le domestique ignora sa question et déposa les vêtements sur une chaise avec déférence.

— J'ai pris la liberté de la choisir pour vous, monsieur. Je pense qu'elle vous ira très bien. J'ai estimé votre taille en me basant sur la coupe de votre… manteau.

— C'est fort aimable à vous, le remercia Grant, l'esprit encore embrumé par le sommeil.

La façon dont le valet avait prononcé ces derniers mots suggérait qu'il n'approuvait guère qu'un invité de Lord Lochall porte un habit miteux orné d'un trou causé par une balle de mousquet.

Bailey déposa une paire de bas en tartan sur la pile, puis se tourna vers Grant :

— Est-ce que cela sera tout, monsieur ?

— *Aye*, grogna Grant en jetant ses longues jambes au bas de son lit. Merci. Je n'ai pas besoin d'aide pour me vêtir.

L'homme s'inclina solennellement et, avant qu'il ne sorte, Grant ajouta :

— Ayez la gentillesse de remercier Lord Lochall pour sa générosité et sa considération.

À l'heure dite, il se présenta dans le salon et y retrouva Lord Lochall en train de l'attendre. Grant se fendit d'une profonde révérence et désigna sa tenue d'un geste de la main :

— Merci beaucoup de m'avoir fourni des vêtements propres, milord, je suis votre obligé.

— Ce n'est rien.

Grant vit l'ombre d'un sourire se dessiner sur le visage

mince et acéré de son hôte quand ce dernier lui tendit un verre de vin.

— J'imagine que vous avez troqué votre uniforme contre ces guenilles avec lesquelles vous êtes arrivé ?

— Cela m'a paru moins risqué, oui.

— Étiez-vous à Culloden ?

La question sans détour désarçonna quelque peu Grant, mais il s'efforça de répondre calmement :

— *Aye*. Dans l'infanterie.

— Officier, je suppose ?

Mais Grant secoua la tête :

— J'ai quitté Ardvarrick sans un sou et me suis engagé sans faire jouer mon rang. Je ne pouvais décemment pas dépenser l'argent de mon père pour une cause qu'il ne soutenait pas.

— Est-ce pour cette raison que vous ne rentrez pas chez vous ?

Grant hésita :

— Disons que j'ai dans l'idée d'élargir un peu mes horizons avant de regagner mon foyer.

Il n'était pas certain que son hôte l'ait cru, mais il ne pouvait se contraindre à admettre qu'il avait trop honte pour affronter sa famille. Il n'avait emmené aucun homme d'Ardvarrick avec lui, mais Jamie Cowie était parti avec plus de vingt jeunes gens de Contullach, le domaine voisin. Hélas, à peine une poignée d'entre eux en avait réchappé. Comment pourrait-il rentrer chez lui quand d'autres, des garçons qu'il avait connus toute sa vie, n'auraient plus jamais cette chance ?

Il repoussa ces sombres pensées et tenta de se concentrer sur son hôte, qui lui racontait des souvenirs de son propre Grand Tour. Grant l'encouragea à poursuivre, posant ici une question, partageant là une remarque, jusqu'à ce que ces dames arrivent.

Grant fut heureux de devenir simple spectateur pendant

quelques minutes. La belle Madeleine avait troqué sa tenue de cavalière élimée contre une robe d'un satin céladon, fermée à l'avant par des nœuds jonquille, et un châle en mousseline drapant ses frêles épaules. Ses boucles folles avaient été disciplinées et savamment rassemblées avec un ruban assorti. Grant ne manqua pas de remarquer la charmante nuance rouge qui colora ses joues lorsque Lord Lochall complimenta son apparence, mais nota également que la jeune femme paraissait distraite, comme si quelque chose la tracassait. À peine Lady Lochall eut-elle réclamé l'attention de son époux que Madeleine vint à sa rencontre.

— Je suis terriblement navrée pour la façon dont je vous ai parlé tout à l'heure, murmura-t-elle en baissant les yeux.

— N'y songez plus, milady.

— Je me suis montrée d'une grossièreté impardonnable. Je vous présente mes plus sincères excuses.

Il haussa les sourcils et répondit d'un ton léger :

— Peut-on vraiment se montrer grossier envers un simple employé ?

Les prunelles de Madeleine bondirent vers lui et il se maudit d'avoir laissé paraître son amertume.

— Vous savez que j'ai bien plus de considération pour vous que cela, murmura-t-elle.

— Ah, c'est à présent à moi de solliciter votre indulgence.

Il résista à la tentation de porter à nouveau sa main à ses lèvres et se contenta de sourire :

— Faisons la paix, milady, et oublions tout cela. Soyons de nouveau bons amis.

— Oui.

Comme par magie, le visage de la jeune Française s'illumina et Grant eut l'impression que le soleil venait de percer à travers les nuages :

— Oui. Merci.

Lady Lochall appela Madeleine, qui dut la rejoindre. Grant la regarda s'éloigner, heureux de la voir retrouver son entrain coutumier. Ses yeux bleus étincelèrent de gaieté lorsqu'elle rit à un commentaire de son hôtesse. C'était une vision enchanteresse et Grant aurait été ravi de l'observer en silence pour le restant de la soirée. Mais les bonnes manières exigeaient qu'il participe à la conversation, aussi fit-il de son mieux. Fort heureusement, ils ne tardèrent pas à gagner la salle à manger. Il avait toutefois espéré se voir épargner l'image distrayante d'une Madeleine rayonnante et pleine de vie et dut s'admettre contrarié sur ce point… car elle fut placée juste en face de lui.

Malgré tout, le dîner fut excellent. Ils n'avaient fait que des repas très frugaux depuis leur nuit dans la grotte des Highlanders et Grant dut faire appel à tout son sens des convenances pour ne pas engloutir ses plats d'une bouchée. Un rapide coup d'œil lui apprit que Madeleine s'en tirait bien mieux que lui. Elle paraissait fort à son aise dans sa toilette d'emprunt et picorait avec grâce tout en conversant gaiement avec son hôtesse, comme s'il n'y avait rien de plus naturel au monde.

C'était réellement une femme exceptionnelle, songea-t-il. Et très jolie, décida-t-il, quoique d'une beauté différente des stéréotypes habituels. Elle n'était pas du tout son genre, bien sûr, il n'avait jamais apprécié les petites brunes au caractère bien trempé et à la langue acérée.

— Et qu'en est-il de vous, Mr Rathmore ?

La voix de Lady Lochall l'interrompit dans ses réflexions et le ramena brutalement dans l'instant présent.

— Dites-nous tout, comment en êtes-vous arrivé à escorter notre jeune amie jusqu'ici ?

De l'autre côté de la table, Madeleine lui lança un regard d'avertissement, dont il prit note avec un sourire avant de répondre à son hôtesse :

— Nous avons fait connaissance à Kildrummy,

milady. La femme de chambre de Miss d'Evremont venait de lui faire faux bond et personne au relais ne semblait en mesure de l'escorter. J'ai donc décidé de lui offrir mes services.

Maddie se détendit, soulagée qu'il n'en ait pas dévoilé davantage au sujet de leur première rencontre. Elle ne tenait pas à ce qu'on lui rappelle la façon dont les soldats l'avaient attaquée ni sa propre naïveté, qui l'avait poussée à se mettre dans une situation si périlleuse.

— Je lui suis profondément reconnaissante de m'avoir permis d'arriver ici saine et sauve, intervint-elle. Notre voyage n'a pas manqué d'obstacles. Mr Rathmore doit être soulagé d'être enfin débarrassé d'un tel fardeau.

— Vous ne sauriez jamais être un fardeau pour moi, milady.

Sa réponse lui coupa le souffle. Il avait parlé d'un ton badin, comme par simple politesse, mais ses yeux tenaient un tout autre discours. Madeleine avait déjà vu cet éclat dans le regard de gentilshommes auparavant… lorsqu'ils étaient sous le charme d'une femme. Il ne semblait pas avoir dit cela pour plaisanter, mais… il ne pouvait tout de même pas être sérieux ! Madeleine sentit un frisson d'excitation dévaler sa colonne vertébrale.

Lorsqu'elle était entrée dans le salon, elle avait trouvé Grant d'une élégance folle dans sa veste courte en tartan et sa culotte colorée. Il n'avait emporté aucune tenue de rechange, aussi en avait-elle déduit que Lord Lochall lui avait fourni celle-ci. Les vêtements étaient un peu étroits pour sa carrure, avait-elle noté ; la veste n'avait pas été conçue pour les larges épaules de Grant et Madeleine n'avait pas eu l'audace d'observer son pantalon de trop près, car le tissu serré laissait peu de place à l'imagination.

Le simple fait de songer aux puissants muscles de ses cuisses suffit à provoquer une nouvelle bouffée de chaleur dans tout son corps et Maddie eut l'impression d'avoir pris feu. Elle ne pouvait se permettre un tel écart de conduite ! Il fallait absolument qu'ils gardent cette conversation sur un terrain sûr, sans quoi elle risquait de perdre la raison.

Elle se contenta donc de glousser :

— Vous me flattez, Mr Rathmore. Mais je n'ai pas oublié combien j'ai été difficile à convaincre lorsque vous m'avez recommandé d'éviter la route principale.

— Mais vous avez bien fait de vous ranger à l'avis de votre guide, Miss d'Evremont, intervint Lord Lochall. J'ai entendu dire que les tuniques rouges pouvaient se montrer quelque peu… indisciplinées.

— C'est ce qu'il paraît, oui, répondit Maddie en fixant son plat.

— Nous avons eu beaucoup de chance, pour notre part, les informa Lady Lochall. Ormskirk, le capitaine des Dragoons, est un jeune homme fort bien élevé et il impose à ses soldats une conduite exemplaire.

— Cela ne signifie cependant pas qu'il ne représente pas une menace, nuança son époux en jetant un coup d'œil rapide aux domestiques encadrant la porte. Nous devons tous rester prudents. Miss d'Evremont, souhaitez-vous reprendre un peu de ragoût ? Vous semblez l'avoir particulièrement apprécié.

La conversation revint sur la nourriture, mais quand ces messieurs les rejoignirent au salon, plus tard dans la soirée, Maddie bondit sur la première occasion de s'entretenir avec Grant.

Les domestiques s'étaient retirés et leurs hôtes débattaient des mérites de servir un bordeaux, le vin préféré de Lord Lochall qui n'entrait dans le pays que par contrebande, ou un blanc rhénan, le favori de son épouse. Maddie approcha de Grant, qui étudiait les portraits sur le mur, et le remercia dans un souffle.

Il se tourna vers elle :

— Pour quoi ?

— Pour ne pas leur avoir révélé ce qu'il s'est passé à Kildrummy. J'ai honte de m'être mise dans une situation aussi dangereuse.

— Je ne pense pas que vous auriez pu l'empêcher, même avec davantage de prudence.

— Je me suis montrée bien trop confiante. Si j'avais dîné dans ma chambre, au lieu d'insister pour jouir d'une salle privée, cela m'aurait évité d'attirer leur attention.

— J'en doute fort. Ces hommes étaient soûls et déterminés à asseoir leur domination sur les lieux. Je remercie la providence d'être arrivé à temps pour intervenir.

— Moi aussi.

Elle sourit et posa brièvement une main sur son bras avant de se détourner et de rejoindre Lady Lochall devant la cheminée.

Elle l'avait à peine effleuré, mais combiné à son sourire, ce simple contact avait affolé le cœur du Highlander. Il pouvait le sentir battre contre les parois de son torse tandis que des aiguillons brûlants consumaient sa peau à travers sa manche, à l'endroit où elle l'avait touché. L'étrange et bouillonnante chaleur se répandit dans tout son corps et ébranla profondément la quiétude de son esprit.

Grant expira lentement. Voilà qui était pour le moins inopportun. La jeune lady lui avait signifié sans ambages qu'elle n'apprécierait guère ses attentions… Il serait donc naïf de lire plus que de la simple reconnaissance dans son geste. Bien qu'elle lui ait présenté ses excuses avant le dîner, il savait qu'elle ne le considérait guère plus que comme un serviteur.

— Rathmore, que faites-vous seul dans les ombres ? Approchez, je vous en prie, asseyez-vous avec nous et laissez-moi remplir votre verre.

L'invitation de son hôte le tira de ses pensées. Il étira ses lèvres en un sourire poli et traversa la pièce pour rejoindre le petit groupe.

— Vous admiriez le portrait de mon mari, n'est-ce pas ? lui demanda Lady Lochall. Nous l'avons fait réaliser il y a plusieurs années de cela. Nous en avons un autre dans le salon du matin, une œuvre d'Allan Ramsay, d'Édimbourg. Il est de bien meilleure qualité. Il l'a peint il y a environ deux ans. Mais peut-être ne l'avez-vous pas vu ? Il est au-dessus de la porte.

— Je l'ai vu, milady. J'ai également remarqué son partenaire, un portrait de vous, sur le mur opposé. Je les ai trouvés très ressemblants.

Grant jugea préférable de ne pas préciser que le même artiste, Allan Ramsay, avait peint son portrait. Son père l'avait probablement remisé au grenier, désormais, ôtant de sa vue l'image de son héritier disgracié afin de le sortir de sa vie. Sa folie ne lui avait pas seulement coûté Ardvarrick, mais aussi sa famille. La sournoise lame du regret le frappa au cœur comme une dague.

Lady Lochall demandait à Madeleine si quelqu'un avait déjà réalisé son portrait.

— Oui, à Rome, mais j'ignore ce qu'il est advenu de cette peinture. Sans doute se trouve-t-elle dans la maison de ma tante, à Dijon. Mon père avait arrangé son transport jusqu'en France, mais je n'y suis pas retournée depuis lors.

Lady Lochall poussa un profond soupir et lui prit les mains :

— Oh ! ma pauvre enfant ! Être contrainte de sillonner l'Europe comme une vagabonde.

Mais Madeleine parut quelque peu gênée par cet élan de compassion.

— Considérez les choses sous un autre angle, milady, intervint Grant. Avec tous ces voyages, Miss d'Evremont n'a guère eu l'occasion de s'ennuyer !

Comme il l'avait espéré, Madeleine rit :

— Non, en effet ! Voilà qui m'aurait contrariée plus que tout !

Elle lui coula une œillade reconnaissante et Grant se cala dans un fauteuil en sirotant son vin, se demandant si quelqu'un s'était déjà ennuyé en compagnie de la pétillante Madeleine d'Evremont.

Chapitre 5

Le lendemain, Maddie trouva à son réveil une nouvelle toilette étendue sur le divan de sa chambre. La jeune domestique qui se présenta avec une tasse de chocolat lui expliqua :

— Mrs Tomson a travaillé jusque tard dans la nuit et milady m'a demandé de vous l'apporter ce matin, avec ses compliments. Mais vous dormiez profondément et elle m'avait ordonné de ne pas vous réveiller.

— S'il vous plaît, transmettez mes sincères remerciements à Lady Lochall et à Mrs Tomson.

Maddie prit la tasse de breuvage fumant avec gratitude, mais la femme de chambre demeura où elle se trouvait. Esquissant une révérence, elle ajouta :

— On m'a chargée de vous aider à vous préparer, milady. Souhaitez-vous que je fasse monter l'eau chaude tout de suite ?

Quand Madeleine fut enfin lavée et apprêtée, elle gagna le rez-de-chaussée, où elle rejoignit Grant ainsi que les Lochall dans le salon du matin, une pièce divinement ensoleillée. La jeune Française s'empressa de remercier ses hôtes pour leur gentillesse.

— Un petit déjeuner dans l'intimité de ma chambre, une domestique à mon service, des tenues à ma mesure… Vous me gâtez terriblement. Sachez que je savoure pleinement les fruits de votre générosité, surtout après les difficultés de ces dernières semaines.

— J'en suis heureuse, répondit Lady Lochall. Je tomberais en pâmoison si l'une de mes filles se retrouvait dans votre situation. Devoir voyager ainsi, sans la protection d'un parent et par cette époque si sordide… Quelle angoisse !

— Je dois admettre que j'étais anxieuse lorsque la guerre est arrivée aux portes d'Inverness sans que j'aie reçu la moindre lettre de papa. Je ne peux que remercier Mr Rathmore de m'avoir escortée jusqu'ici.

Elle adressa un sourire à l'intéressé avant d'ajouter :

— Je crains de vous avoir grandement retardé dans vos déplacements, monsieur. Nul doute que vous serez heureux de reprendre la route aujourd'hui. Je vous suis reconnaissante d'avoir patienté, j'aurais été navrée de ne pouvoir vous dire adieu en personne.

Mais Lady Lochall intervint :

— Oh ! ma chère, nous sommes parvenus à convaincre Mr Rathmore de demeurer parmi nous jusqu'à demain, pour profiter d'un répit plus que mérité.

— Oh ! Je suis très heureuse de l'apprendre ! s'exclama Madeleine, sincèrement ravie à cette perspective. Si cela ne bouleverse pas trop vos plans, bien sûr ?

— Pas le moins du monde, répondit Grant. Une journée de plus ne changera rien à mes projets.

— Et ainsi vous pourrez vous tenir mutuellement compagnie ce soir encore, entre jeunes gens, déclara Lady Lochall avec un sourire rayonnant.

Madeleine sentit ses joues la brûler et se tança intérieurement de laisser paraître une telle faiblesse. Elle se détourna pour prendre place dans un fauteuil et entreprit de lisser avec soin les plis de sa robe :

— En parlant de projets, quand pensez-vous recevoir une nouvelle lettre de mon père, milord ?

Elle remarqua la légère hésitation dans l'attitude de Lord Lochall et ajouta :

— Nous pouvons discuter sans risque en présence de Mr Rathmore.

Leur hôte opina du chef avant de répondre d'un ton las :

— Dans son message, votre père nous disait qu'il lui faudrait du temps pour arranger votre retour en France, Miss d'Evremont. Il insistait pour tout organiser lui-même, mais nous ignorons toujours les détails de ses plans. Dès que nous en saurons plus, nous ferons en sorte que vous puissiez poursuivre votre voyage.

Le sourire de Lady Lochall s'élargit encore :

— D'ici là, ma chère Madeleine, nous sommes ravis de vous garder avec nous, n'est-ce pas, mon ami ?

— Absolument. Je…

Il s'interrompit lorsque les portes s'ouvrirent avec fracas et qu'une voix franche et affable retentit dans le salon :

— Ah, vous étiez bien chez vous en fin de compte, milord ! Je me doutais que je vous trouverais ici !

Le dos tourné vers l'inconnu, Lord Lochall leva les yeux au ciel en marmonnant une parole exaspérée avant d'adresser un regard d'excuse rehaussé d'un avertissement à ses invités. Maddie étudia l'homme courtaud et élégamment vêtu qui venait de faire irruption dans la pièce, sa mine ronde affichant une expression de consternation amusée.

— Seigneur, milady, mille excuses ! J'ignorais que vous aviez des visiteurs. Pourquoi diable votre majordome ne m'en a-t-il pas informé ?

Il aboya un rire et ajouta :

— Ha ! Mais peut-être est-ce ma faute ! Je n'ai pas laissé à ce pauvre bougre le temps d'en placer une. Moi qui pensais ne pas prendre de risque en venant ce matin… Je n'ai pas jugé nécessaire de me faire annoncer !

Il avait prononcé ce petit discours d'une traite tout en s'avançant dans la pièce pour baiser la main de Lady Lochall.

Cette dernière se remit de sa stupeur et lui répondit avec amabilité :

— Mr Sumington, quel plaisir de vous voir ! Merci de nous rendre visite.

— Ah, vous êtes la bonté même, comme toujours, milady.

Le nouveau venu lui adressa un sourire rayonnant avant de se redresser et de tourner un regard inquisiteur vers Maddie :

— Eh bien, vous ne me présentez pas à vos jeunes amis ?

L'étiquette imposait à Lord Lochall de procéder à des présentations en bonne et due forme. Il décrivit Madeleine comme une jeune protégée de son épouse avant de désigner vaguement Grant comme le fils d'une vieille connaissance. Puis il expliqua à ses invités que Mr William Sumington était leur voisin.

— Voisin et *ami*, Lochall ! rectifia l'intéressé avec bonhomie. Quand j'y pense, nous nous fréquentons depuis… quoi ? Quarante ans, au moins ? C'est pour cette raison que je suis venu ! Avec de si vieux amis, on a tendance à jeter l'étiquette par les fenêtres !

— En effet, commenta Lady Lochall avec un sourire avant de l'encourager à poursuivre.

— Pour tout vous dire, milady, Mrs Sumington meurt d'envie de tenir un bal. Vous connaissez mon épouse, j'ai eu beau lui répéter que ce n'était pas le moment d'organiser ce genre d'événement, elle s'est convaincue qu'un peu de danse mettrait du baume au cœur de la jeunesse ! J'ai deux fils et deux filles, voyez-vous, Miss d'Evremont, et ils aimeraient beaucoup passer du temps avec des gens de leur âge, en dehors de leur fratrie. Nous avons donc convenu d'inviter nos amis proches et nos voisins à nous rejoindre jeudi.

Lord Lochall l'interrompit en levant la main :

— Jeudi ? Vous voulez dire demain ?

— *Aye*, milord, c'est tout à fait cela. Voilà pourquoi je me retrouve à battre la campagne aujourd'hui : pour apporter toutes les invitations à temps. C'est au pied levé, j'en ai conscience, et la plupart de nos connaissances ne seront probablement pas disponibles pour notre petite réunion improvisée, mais j'espère qu'une poignée d'entre eux pourra venir. Au moins suffisamment pour former plusieurs paires de danseurs. Mais j'ai bien l'impression que c'est la providence qui m'a conduit jusqu'ici, conclut-il en adressant un large sourire à Madeleine et Grant, car nous avons justement besoin d'un peu de sang neuf !

L'enthousiasme envahissant de Mr Sumington n'était guère du goût de Maddie, mais quand Lord Lochall l'interrogea du regard, elle opina discrètement du chef.

— Mon épouse et moi-même serons ravis de participer, cher ami, et d'emmener Miss d'Evremont. Cependant, Mr Rathmore devra reprendre la route dans la matinée.

— Hélas, Lord Lochall dit vrai, intervint Grant. Sans quoi, j'aurais été fort enclin à me joindre aux festivités.

— Ah, voilà qui est bien dommage, mais tout à fait compréhensible, déclara Mr Sumington. Toutefois, si vous deviez changer d'avis, sachez que vous serez plus que bienvenu, jeune homme ! Plus que bienvenu. Bien, je crains de n'avoir que trop abusé de votre temps et de celui de vos invités. Je vais prendre congé. Non, non, ma chère lady, je ne puis rester pour des rafraîchissements, je n'ai pas encore fait le tour du voisinage. Mais nous aurons tout loisir de converser demain, n'est-ce pas ?

Et sur ce, Mr Sumington s'inclina profondément et s'en fut comme il était arrivé, laissant un silence stupéfait dans son sillage.

— Eh bien ! s'exclama Lady Lochall en s'écroulant dans son fauteuil avant de déployer son éventail pour se ventiler vigoureusement. Je jure que cet homme manque parfois cruellement de bonnes manières ! Entrer ici comme s'il était le maître des lieux… Je me demande bien pourquoi Roberts lui a permis de faire irruption de la sorte. Oh ! je suppose qu'il a encore laissé un des valets de pied accueillir les visiteurs. Je vais avoir une sérieuse discussion avec lui !

— Sumington n'en est pas moins quelqu'un de raisonnable, tempéra son époux.

Il se tourna vers Grant :

— Même si j'aurais préféré qu'il n'ait pas vent de votre présence ici. Il ne manquera pas de partager l'information avec tout Sumington Lodge et il ne faudra pas longtemps pour que quelqu'un le mentionne lors du bal.

— Pas un bal, le corrigea Grant avec un sourire rassurant. Votre voisin a insisté sur le fait que ce n'était qu'une réunion à l'improviste.

— Certes, mais les nouvelles vont vite, par ici, fit remarquer Lady Lochall, anormalement sérieuse. J'avais espéré davantage de discrétion quant à la présence de Miss d'Evremont parmi nous. Elle n'aurait été que la fille d'un vieil ami en séjour chez nous. Oh ! ma chère, quel dommage que je n'ai pas eu la présence d'esprit de lui dire que vous étiez en deuil. Cela vous aurait évité des tracas. Nous aurions pu vous inventer une relation.

Mais en dépit de l'inquiétude manifeste de son hôtesse, son discours tira un rire à Maddie.

— Ce qui est fait est fait, milady, répondit-elle. Nous tâcherons de faire au mieux en dépit des circonstances.

— Vous avez tout à fait raison, Miss d'Evremont, acquiesça Lord Lochall. À présent, si vous voulez bien m'excuser, je dois m'occuper de ma correspondance. C'est une belle journée et mes écuries sont à votre disposition, Mr Rathmore, si vous désirez échapper à ces quatre murs ?

— C'est très aimable, milord, mais j'ai bien assez

chevauché ces derniers temps, répondit Grant avec un rire dans la voix.

— Dans ce cas, je vous recommande une promenade dans les jardins. Je les ai récemment fait réagencer selon mes propres plans.

— Peut-être Miss d'Evremont souhaiterait-elle vous accompagner ? suggéra Lady Lochall. Bien qu'il ait plu à verse pendant la nuit, les nouveaux chemins sont très bien drainés. Vous devriez pouvoir les emprunter sans risque. Et vous y trouverez un petit recoin de verdure sauvage qui devrait vous plaire.

Madeleine hésita, mais lorsque Grant se joignit à l'invitation, elle céda et s'empressa de remonter chercher un châle.

Dehors, l'air était frais, mais un soleil éclatant baignait pelouses et massifs et, à l'ombre des hautes haies, il régnait une agréable chaleur.

Grant était douloureusement conscient de la proximité de la jeune femme à son bras, mais il s'efforçait de ne pas oublier qu'ils devraient bientôt se dire adieu. Il ne servirait à rien de s'autoriser à apprécier sa compagnie. Par ailleurs, rien ne le convaincrait de retarder davantage son départ. S'il demeurait trop longtemps en Écosse, le danger finirait par le rattraper.

— Dites-moi, que pensez-vous de nos hôtes ? l'interrogea Madeleine, interrompant ses réflexions tandis qu'ils arpentaient les chemins bien entretenus. Croyez-vous que nous puissions nous fier à eux ?

Il hésita :

— Je le crois oui. Ce sont de vieux amis de votre père et il vous a expressément confié à leurs soins.

— Hélas, il arrive que mon père manque cruellement de discernement en ce qui concerne les gens, lui expliqua-t-elle. J'ai remarqué la rose blanche et le chardon sur les verres à vin au dîner, hier soir. Je sais qu'ils sont parfois utilisés pour affirmer son soutien à la cause jacobite, mais Lord Lochall en parle toujours avec beaucoup de circonspection.

— Il est possible que ma présence soit à l'origine de sa prudence. Et sans doute préfère-t-il que ses domestiques ignorent tout de son allégeance ou d'un quelconque plan, pour sa propre sécurité autant que pour la leur.

— Vous devez avoir raison, admit-elle.

Elle poussa un soupir avant de lever la tête vers le ciel comme pour boire le soleil :

— C'est un tel soulagement de pouvoir enfin échapper à la maisonnée et discuter librement.

— Dois-je en déduire que vous me faites confiance ? s'étonna-t-il, étrangement satisfait à cette idée.

Le visage de Madeleine s'adoucit et elle lui sourit :

— Comment pourrait-il en être autrement, quand vous avez tant risqué pour m'aider ? Oh ! cela me rappelle…

Elle s'arrêta et tira une petite bourse en cuir rouge de sa poche, qu'elle lui offrit.

— Qu'est-ce ?

Il ne fit aucun geste pour la prendre.

— Les dix guinées que je vous dois, voyons. J'avais promis de vous dédommager à notre arrivée.

— Cela m'était complètement sorti de la tête, reconnut-il.

Elle tendit davantage le bras vers lui :

— S'il vous plaît, acceptez cet argent, Grant. Vous l'avez honnêtement gagné.

Mais le Highlander n'aimait pas l'idée d'ôter son pécule à une damoiselle qui en aurait besoin pour rentrer chez elle.

— Ce n'est pas nécessaire, j'ai suffisamment de fonds pour atteindre la côte.

C'était un mensonge et, d'un regard appuyé, Madeleine lui fit comprendre qu'elle le savait.

— Je tiens à ce que vous l'acceptiez. Nous nous étions mis d'accord sur la somme.

Grant remarqua l'inclinaison déterminée de son menton délicat, mais il secoua la tête :

— Je n'en veux pas.

— Un long voyage vous attend, vous en aurez besoin.

— Je me débrouillerai, rétorqua-t-il avec impatience. Rangez votre argent, Madeleine.

Elle se redressa, un éclat furieux dans les yeux :

— Je refuse d'avoir une dette envers un homme !

Sur ces mots, elle fourra la bourse dans la poche de Grant et s'en fut à grands pas, contrariée.

Stupéfait, Grant la regarda s'éloigner, le scintillement du soleil dansant sur le tissu fluide de sa robe à chaque oscillation de ses hanches.

— Madeleine, attendez !

Grant marmonna un juron et se lança à sa poursuite :

— De toutes les femmes impulsives et entêtées... Arrêtez-vous, bon sang !

Il la saisit par le bras, tira la bourse de sa poche de son autre main et la lui fourra de nouveau entre les doigts :

— Je vous ai dit que je n'en voulais pas et je refuse de l'accepter. J'ai des amis non loin d'Aberdeen et je sais qu'ils m'aideront, *si* je ne parviens pas à financer mon passage. Vous, en revanche, aurez sans doute besoin de chacune de vos pièces pour payer la traversée et rejoindre votre père. À présent, cessez ces enfantillages et rangez cet argent !

Le regard de Madeleine brûlait de fureur et il vacilla, s'attendant à une nouvelle tirade courroucée, mais à sa grande surprise, elle demeura coite. Quand soudain les flammes dans ses iris se fondirent en deux perles larmoyantes aux coins de ses yeux, Grant sentit sa propre colère se liquéfier :

— Oh ! Madeleine !

Il prit son visage entre ses paumes avec douceur et effaça ses larmes de ses pouces :

— Je vous prie de me pardonner. Pour rien au monde je ne souhaiterais vous voir pleurer.

— J-je ne pleure p-pas, bégaya-t-elle en s'écartant avant de tapoter ses joues avec son mouchoir en dentelle. J'abhorre ce genre de faiblesse !

Cela lui tira un sourire.

— Je n'en doute pas, murmura-t-il.

Elle jetait des regards autour d'elle à la façon d'un petit animal traqué ; Grant lui dit d'un ton apaisant :

— Si nous rentrons maintenant, votre agitation risque fort de faire jaser notre entourage. Nous ferions mieux de reprendre notre promenade.

Elle ne lui opposa aucune résistance lorsqu'il saisit sa main et la plaça sur son bras. L'entraînant avec délicatesse, ils s'éloignèrent de la maison et s'aventurèrent le long d'un sentier qui courait entre des rubans de haies basses sertis de massifs colorés.

— C'est moi qui devrais vous présenter mes excuses, dit-elle au bout de quelques instants. Je n'aurais pas dû m'emporter. Mon père déplorait souvent ma nature impétueuse. Il disait que je tenais cela de ma mère.

— J'ai hérité ma fougue de la mienne, commenta-t-il avec amusement. Elle possède autant de feu que le laisse suggérer sa chevelure. C'est une vraie rousse.

Maddie sentit un rire lui échapper entre deux larmes :

— Il semble que nous soyons destinés à nous quereller, dans ce cas.

— Ne pourrions-nous conclure une trêve ? Après tout, je repars demain matin.

— Vous avez raison. Nous devrions éviter les sujets qui fâchent jusqu'à la fin de la journée.

Une demi-heure à arpenter les jardins suffit à restaurer leur camaraderie, si bien qu'ils en oublièrent de regagner la maison. Ils sillonnèrent chacun des nombreux chemins du parc et, même alors, Grant se surprit à vouloir retarder le moment où ils devraient rentrer.

— Lady Lochall a mentionné un recoin de verdure sauvage, se souvint-il. Si vous n'êtes pas trop fatiguée, nous pourrions tenter de le trouver.

— Cela me plairait, répondit-elle. Même si je ne comprends pas l'intérêt de créer artificiellement un jardinet sauvage à l'intérieur d'un domaine, quand la nature en a tant à nous offrir dehors !

Quand Maddie retrouva enfin sa chambre pour se changer pour le dîner, elle fut surprise de se sentir revigorée et bien plus heureuse qu'elle ne l'avait été depuis des semaines. Elle avait beaucoup apprécié sa marche dans les jardins avec Grant, une fois leurs différends mis de côté. Ils n'en avaient d'ailleurs plus fait mention et Madeleine s'était résignée au fait qu'il refuserait toute rémunération pour l'avoir escortée jusqu'à Lochall House. Elle imputait la faute à son incommensurable sens de l'honneur et se demandait toutefois si elle pourrait trouver un moyen de l'encourager à accepter l'argent sans le blesser dans son orgueil. Mais elle rechignait à risquer la fragile amitié qui s'était épanouie entre le Highlander et elle. Il partirait demain dans la matinée et elle tenait absolument à ce qu'ils se séparent en bons termes.

Une nouvelle toilette ajustée à ses mesures l'attendait sur le divan : une délicate robe en satin vanille rehaussée d'exquises broderies représentant des fleurs et des oiseaux chatoyants. Maddie ne put s'empêcher de roucouler de plaisir en la découvrant. Quand la femme de chambre l'eut aidée à se changer, Madeleine s'assit devant son miroir et décida de s'autoriser un peu de frivolité en matière de coiffure. Au lieu de brosser ses cheveux bruns en arrière et de les nouer étroitement sur sa nuque, elle laissa onduler un ruisseau de boucles soyeuses sur son épaule.

— Et voilà, murmura-t-elle en tournant la tête de droite et de gauche pour examiner l'effet obtenu. Pensez-vous que cela conviendra ?

La femme de chambre tapa dans ses mains avec un soupir d'extase :

— Oh ! milady, vous avez l'air d'une princesse !

— Merci !

Maddie se leva et lissa les plis de son jupon :

— Allons voir si Lord et Lady Lochall sont du même avis que vous !

Quand elle atteignit le hall, un domestique la mena jusqu'au salon et Madeleine pénétra dans la pièce sans attendre, avant de s'arrêter brusquement, soudain inquiète à l'idée d'en avoir trop fait.

Grant, qui balayait la salle du regard à cet instant, sentit son souffle se coincer dans sa gorge. De ses boucles de jais jusqu'à ses souliers pointant un nez brodé sous sa robe de satin, nimbée de l'éblouissante clarté du soleil estival qui éclaboussait le salon par les hautes fenêtres, Madeleine était une vision angélique. Ses épaules ivoirines émergeaient de son corsage, dénuées d'ornements, mais sa peau sans défaut n'en avait guère besoin. Des yeux, il suivit leur courbe, puis la délicate inclinaison de son cou et remonta pour contempler son visage.

Elle n'était pas de ces beautés classiques tant recherchées ; sa bouche était trop large, son menton trop déterminé, mais la charmante nuance rouge sur ses joues, ses hautes pommettes et son petit nez droit attiraient aisément le regard. Et ses iris aussi scintillants que deux saphirs avaient quelque chose d'envoûtant.

Grant vit l'admiration dans les yeux de Lord Lochall lorsque l'homme vint la saluer et n'en fut pas surpris. Elle était magnifique et n'aurait eu aucun mal à devenir une favorite de la bonne société.

— Ma chère, je suis heureux de constater que votre promenade dans les jardins vous a fait le plus grand bien, déclara le maître de maison avec un baisemain.

— Je dois admettre que trouver cette splendide nouvelle tenue dans ma chambre à mon retour y a aussi fortement contribué, milord, répondit la jeune Française. Je ne pourrai jamais vous remercier suffisamment, vous et Lady Lochall, pour toute la bonté dont vous avez fait preuve.

— Sottises, ma chère, c'est bien le moins que nous puissions faire pour vous, intervint Lady Lochall en balayant sa gratitude d'un geste de la main.

Elle tourna le regard vers l'horloge :

— Oh ! nous allons être en retard ! Allons dîner.

Madeleine avait passé sa plus merveilleuse journée depuis qu'elle avait quitté Inverness. Les mets succulents et l'aimable disposition de leurs hôtes la mirent profondément à son aise, et sa sémillante complicité avec Grant Rathmore rendit la soirée mémorable. Peut-être était-ce la conscience de son départ, le lendemain matin, qui leur permit d'enfin se détendre l'un en présence de l'autre.

Les conversations allaient bon train, ponctuées de leurs plaisanteries, dont ils riaient de bon cœur, tels de vieux amis. De quoi ils parlèrent, Madeleine ne s'en souvint guère, d'aucun sujet important, mais le temps fila en un clin d'œil. Lord et Lady Lochall semblaient heureux de laisser les jeunes gens bavarder. Ce fut seulement lorsqu'ils regagnèrent l'intimité du salon, un peu plus tard, que la discussion prit un autre tournant.

Ces messieurs venaient de rejoindre les dames quand un domestique pénétra dans la pièce avec un pli pour Lord Lochall.

— Une missive, à cette heure-ci ? s'étonna son épouse.

Lord Lochall ne répondit pas immédiatement, mais

quelque chose dans son attitude mit Madeleine sur ses gardes et elle attendit avec angoisse qu'il en lise le contenu.

— Elle porte la signature d'Yves d'Evremont, finit-il par déclarer en se tournant vers Madeleine. Il nous envoie des instructions pour vous permettre de rentrer en France.

Tout en l'observant depuis l'autre bout de la pièce, Grant réfléchit aux nombreuses possibilités pour un tel voyage. Il existait une multitude de petits villages de pêcheurs sur la côte qui constitueraient un lieu de rendez-vous parfait pour un navire français. Il songea à l'accompagner, afin de s'assurer qu'elle montait à bord sans encombre… Peut-être même pourrait-il naviguer en sa compagnie ? Il serait soulagé de la savoir hors de danger et de retour avec sa famille.

— Papa vous a écrit ?

Elle fixait Lord Lochall avec impatience, les paumes serrées l'une contre l'autre :

— Il a arrangé mon passage vers la France ?

— Absolument, ma chère.

Lord Lochall parcourut à nouveau la lettre du regard :

— Naturellement, il l'a rédigée de la façon la plus obscure possible, au cas où cette missive tomberait entre de mauvaises mains, mais ses instructions sont claires pour moi. Les Français soutiennent le Jeune Chevalier et, en dépit des efforts qu'a déployés la marine britannique, des corsaires français se faufilent entre les mailles du filet.

Madeleine opina :

— Père m'en avait parlé. Quand dois-je partir ? Oh !

Elle eut un rire gêné et se tordit les doigts :

— Pardonnez-moi, milord, je dois vous paraître bien ingrate.

— En aucun cas, ma chère. Il est naturel que vous soyez impatiente de retrouver votre père. Toutefois, vous devrez demeurer parmi nous encore quelques jours. J'ai moi-même quelques préparatifs à faire.

— Quels préparatifs ? s'enquit-elle, perplexe.

— Voyager dans cette partie de l'Écosse est déjà difficile en temps normal, mais de nos jours, nous devons nous montrer prudents, répondit Lord Lochall. Je dois vous trouver un guide et des lieux d'étape où vous ne risquerez pas d'être livrée aux Dragoons.

Grant approcha et vint se tenir à côté du fauteuil de Madeleine :

— J'irai avec elle. Il n'y a pas plus de cinquante milles entre ici et la côte ; avec un peu de chance, nous pourrons couvrir cette distance en deux jours.

— Malheureusement, ce ne sera pas aussi simple, répondit Lord Lochall avant d'ajouter d'un ton las : les dispositions d'Yves d'Evremont le sont rarement.

Madeleine s'agitait avec impatience sur son siège et Grant déclara d'une voix tranquille :

— Je puis me retirer, milord, si vous souhaitez discuter en privé avec Miss d'Evremont.

— Non, non, s'il vous plaît, restez, intervint Madeleine en tendant une main pour le retenir. Milord, je n'ai aucun secret pour Mr Rathmore. Je suis convaincue que nous pouvons lui faire confiance. Et il aura besoin de tout savoir, s'il doit être à nouveau mon guide.

— Ah, mais c'est là où le bât blesse, ma chère, je ne suis pas certain que Mr Rathmore sera en mesure de vous escorter. Les dispositions que votre père a prises vont vous conduire dans la direction opposée : vers l'ouest et le Ross-shire. Ses instructions sont très claires. Un navire français est en route pour l'Écosse avec à son bord une grosse quantité d'or pour soutenir la cause du prince. Yves a pu vous assurer une place sur le vaisseau pour son voyage retour, mais vous devrez vous présenter au lieu de rendez-vous, à la Saint-Jean. Le capitaine devrait pouvoir vous attendre pendant quelques jours, mais il sera risqué pour lui de s'attarder dans ces eaux trop longtemps.

— Et où dois-je retrouver ce bateau ? lui demanda Maddie.

Lord Lochall secoua la tête :

— Votre père est trop rusé pour inscrire ce genre d'information sur papier. Un de ses contacts vous fournira les dernières instructions pour achever votre voyage. Vous devrez le rencontrer à Kinloch, au bord du Loch Òrail.

— Comment !

Grant n'avait pu retenir une exclamation de surprise en entendant ce nom. Lord Lochall savait combien la région en question lui était familière, mais Madeleine tourna vers lui un regard interrogateur. Il comprit qu'il lui faudrait s'expliquer :

— Je connais bien Loch Òrail. Ce n'est qu'à une journée de cheval d'Ardvarrick.

— Oh ! je vois, acquiesça Maddie, l'air grave. Et vous préférerez sans doute ne pas trop vous approcher de votre foyer. Je le conçois.

Elle se tourna de nouveau vers Lord Lochall :

— Mais pourquoi dois-je parcourir une telle distance ? Kinloch doit se trouver à au moins une centaine de milles d'ici.

— Presque cent cinquante, la corrigea Grant.

Madeleine prit la lettre que Lord Lochall lui tendait et la lut à son tour avant de bondir sur ses pieds.

— Oh ! papa ne changera jamais ! s'exclama-t-elle en gesticulant avec colère. Il transforme les tâches les plus simples en entreprises pharaoniques !

Elle se mit à arpenter la pièce d'un pas rapide, en proie à une grande agitation :

— Non, c'est hors de question. Cent cinquante milles ! C'est pure folie. Je suis convaincue qu'il serait plus avisé de voyager vers la côte est. Je trouverai un navire pour la France là-bas. Les bateaux en partance pour l'Europe ne manqueront pas, c'est certain.

— Mais ses instructions sont claires, insista Lord Lochall. Votre père…

— Mon père m'a *abandonnée* !

Madeleine s'immobilisa et tourna vers son hôte un regard brûlant de fureur contenue :

— Il m'a laissée à Inverness, conscient qu'une bataille était imminente. Il ne m'a pas offert le moindre indice quant à ses projets. Il ne m'a même pas prévenue qu'il rentrait en France ! Je n'en savais rien avant de recevoir cette lettre demandant que je trouve le moyen de vous rejoindre. Et voilà que, maintenant, il exige que je fasse marche arrière, que je retourne à Inverness et au-delà, que je risque ma vie dans l'espoir de dénicher un navire français dans je ne sais quel port à l'ouest, et que ce dernier ait la bonté de m'attendre ! Je pense que je m'en tirerai à bien meilleur compte en prenant mes propres dispositions.

Elle se tourna vers Grant :

— Vous cherchez à gagner la France, n'est-ce pas ? Accepteriez-vous de m'emmener ?

Elle le fixait droit dans les yeux, haletante et les joues rouges, tel un petit brasier de colère. Grant savait que s'extirper seul d'Écosse serait bien assez dangereux sans en plus se charger d'escorter une femme. Le père de la demoiselle avait des contacts et sans doute avait-il déboursé une coquette somme pour assurer son passage jusqu'en France, tandis que Grant ne pourrait compter que sur son sang-froid et son intellect.

Lady Lochall intervint :

— À mon sens, ce serait la solution la plus logique.

Elle aussi le dévisageait, à présent, et Grant sut qu'il ne pourrait lutter. Il inclina la tête :

— Si vous êtes déterminée à suivre votre propre voie, alors oui, je vous accompagnerai.

— Très bien.

Madeleine opina :

— Nous partirons à l'aube. Je…

— Oh non, certainement pas, la coupa-t-il aussitôt. Si vous tenez à ce que je vous escorte, nous devrons préparer notre voyage correctement.

— Mais vous aviez prévu de nous quitter demain. Ma présence ne changera pas grand-chose à vos projets.

— Je vous supplie de faire preuve de bon sens, milady ! Cela change considérablement la donne, au contraire. Je dois en discuter avec notre hôte ; il a certainement des connaissances qui nous seront utiles.

Ils échangèrent un long regard, aucun ne fléchissant. La jeune Française était toujours tendue et nerveuse, ses yeux scintillant d'une lueur dangereuse. Grant savait qu'elle luttait autant contre son propre tempérament que contre lui. Lord Lochall s'éclaircit la gorge :

— Je ne puis vous empêcher de voyager vers l'est, Miss d'Evremont, puisque vous semblez décidée, et je vous aiderai du mieux que je le pourrai. Toutefois, je pense que Rathmore dit vrai. Vous devriez retarder votre départ d'au moins une journée supplémentaire.

— Je ne vois aucune raison d'attendre, répliqua-t-elle avec un geste impatient de la main. Je souhaiterais me mettre en route dès que possible.

— Je n'en doute pas, ma chère, mais je crains que vous ayez fait forte impression auprès de notre voisin, Mr Sumington. Étant donné que vous avez accepté son invitation au bal, demain, votre absence risquerait de ne pas passer inaperçue.

Grant vit la colère quitter lentement Madeleine. La lueur courroucée de son regard s'était éteinte et elle semblait considérer les paroles de son hôte. Quand elle tourna la tête vers lui, les sourcils haussés, il acquiesça :

— Lord Lochall dit vrai. Vous devriez y aller. Nous pourrons partir dès le lendemain matin.

Madeleine opina. C'était donc décidé. Les vives émotions

de cette dernière demi-heure l'avaient épuisée ; la jeune Française s'excusa bientôt auprès de ses hôtes et se retira pour la nuit.

Hélas, une fois seule dans l'intimité de sa chambre, elle se découvrit trop agitée pour trouver le sommeil. Elle avait honte de s'être emportée de la sorte, d'avoir haussé le ton contre ses généreux bienfaiteurs en apprenant ce que son père avait prévu pour elle.

Lord et Lady Lochall étaient de vieux amis de son père ; ils savaient combien Yves d'Evremont pouvait se montrer tour à tour capricieux, contradictoire et autocratique. Elle avait lu de la compréhension et de la compassion dans leur regard tandis qu'elle fulminait contre son père, mais pas dans les yeux de Grant. Une fois de plus, elle lui avait démontré qu'elle était prompte à s'emporter et elle regrettait profondément de ne pas avoir fait preuve de plus de retenue.

Le temps s'écoula et Madeleine était étendue dans la pénombre qui passait pour la nuit à cette époque de l'année, mais même la chaleur douillette de son lit ne parvint à l'apaiser. Elle souhaitait désespérément présenter ses excuses à Grant. Elle devait lui expliquer les raisons de sa colère.

Chapitre 6

Une heure plus tard, Madeleine ne dormait toujours pas… Au contraire, elle ne s'était jamais sentie aussi agitée. Elle entendit des murmures dans l'escalier, puis des pas fermes dans le couloir. C'était Grant, en train de regagner sa chambre, elle le savait. La jeune Française tendit l'oreille pour percevoir les bruissements des domestiques se retirant pour la nuit ; les mouvements feutrés, les portes qui se fermaient. Elle attendit que la maisonnée soit enfin silencieuse, puis se glissa hors du lit et s'enveloppa de la robe de chambre que lui avait prêtée son hôtesse. Elle était un peu longue et Madeleine dut en tenir les pans pour ne pas trébucher en remontant le couloir à pas de loup. La jeune Française se figea devant la dernière porte avant de frapper doucement, reculant d'un pas lorsque le battant pivota. Elle poussa un soupir de soulagement en découvrant qu'elle ne s'était pas trompée de chambre.

— Madeleine !

Grant était à peine plus qu'une ombre se découpant dans la lueur rougeoyante de l'âtre derrière lui, une haute silhouette en chemise débraillée et pantalon serré.

La demoiselle déclara aussitôt :

— Bien, vous ne dormez pas encore.

Elle le contourna et se faufila à l'intérieur de la pièce.

— Quelle est cette folie ?

Grant jeta un œil dans le couloir obscur avant de fermer la porte sans un bruit.

— Vous ne devriez pas être ici. Si quelqu'un vous voit, il en sera fini de votre réputation.

— J'en ai conscience, mais il fallait que je vienne, j'avais besoin de vous parler.

— Il n'y a rien qui ne puisse attendre demain matin.

— Au contraire !

Elle se mit à faire les cent pas dans la chambre.

— J'étais en colère, tout à l'heure. J'ai honte de la façon dont je me suis emportée. Je tenais à ce que vous le sachiez et à ce que vous compreniez *pourquoi* j'étais dans une telle fureur.

— Au diable tout ceci, vous n'avez rien à m'expliquer !

— Mais j'y tiens !

Grant avait conscience qu'il aurait dû la congédier sur-le-champ, mais en contemplant la délicate créature qui lui faisait face, avec ses longues tresses noires défaites cascadant sur ses épaules, ses petites mains étroitement serrées l'une contre l'autre et ses prunelles d'azur implorantes fixées sur lui, Grant s'en trouva incapable. Il soupira :

— Vous êtes là, le mal est fait. Autant vous asseoir.

Grant lui désigna un des deux fauteuils de chaque côté de l'âtre et Madeleine s'y installa. Il la couvrit de son manteau, puis prit place dans l'autre.

— À présent, dites-moi ce qui vous a paru suffisamment urgent pour vous pousser à me rendre visite en catimini à une heure pareille ?

— Il est à peine minuit, répliqua-t-elle avec son animation habituelle.

— Cela ne change rien à la situation, Madeleine, et vous le savez.

— Certes, mais…

Elle se tortilla sur sa chaise avant de déclarer d'une seule traite :

— Je ne puis supporter que vous ayez une mauvaise opinion de moi. Du moins… plus mauvaise qu'elle ne l'est déjà.

Un sourire réticent étira les lèvres de Grant :

— Ce n'est pas le cas, Madeleine. Vous êtes… légèrement impétueuse, peut-être.

— Vous m'avez qualifiée de femme impulsive et entêtée, répondit-elle. Et vous aviez raison.

Une ombre tourmentée passa sur le visage de la jeune Française et Grant sentit qu'elle avait besoin de parler.

— Mais ce n'est pas pour cela que vous êtes ici.

Il se coula contre son dossier et ajouta :

— Allons, dites-moi tout.

Mais son invitation ne parut pas l'aider. Elle bondit sur ses pieds et se remit à arpenter la pièce. La clarté morose des braises mourantes projetait sur les murs son ombre troublée.

— Maddie, je comprends votre inquiétude. Il est tout à fait naturel que l'idée d'un périple si long et ardu vous angoisse et que vous éprouviez de la colère envers votre père pour l'avoir ne serait-ce que suggérée.

— Ce n'est pas cela, admit-elle en balayant son propos d'une main distraite. Ce ne serait pas mon premier voyage comme celui-ci. J'ai l'habitude d'être livrée à moi-même. C'est juste que cette fois…

Elle ralentit.

— Mon père est un rêveur, voyez-vous. Régulièrement, il se lance à la poursuite d'une nouvelle lubie, un projet censé lui apporter fortune, gloire, ou même les deux.

Elle ajouta d'un ton amer :

— Il s'est occupé de moi de façon… décousue, pour ne pas dire chaotique.

— Je croyais qu'il avait prévu une union très avantageuse pour vous ? Un prince de sang, si je me souviens bien.

Elle lui jeta un regard méprisant. Ainsi, la diablesse

n'avait prétendu cela que dans l'objectif de l'irriter, comme il l'avait soupçonné.

Elle poussa un profond soupir et admit :

— Je suis une gouvernante et une hôtesse efficace, mais je sais qu'à ses yeux je n'ai guère plus de valeur.

— Dans ce cas, pourquoi restez-vous avec lui ?

— Où irais-je alors ? Mon unique alternative serait de retourner chez ma tante dans sa lugubre demeure de Dijon.

Elle secoua la tête, comme si elle comprenait soudain qu'une telle alternative ne serait finalement pas si terrible :

— Mais je dois bien reconnaître qu'une existence moins tumultueuse ne me déplairait pas, en cet instant. Je suis lasse de fuir. Lasse de devoir sans cesse regarder par-dessus mon épaule, guettant des ennemis dans l'ombre. Papa avait promis que ce séjour en Écosse serait un voyage d'agrément, pour revoir de vieux amis. Ce n'est qu'en arrivant à Inverness que j'ai commencé à le soupçonner d'être impliqué dans une nouvelle intrigue, sans doute au service de la France contre les Britanniques.

— Pour soutenir Charles Stuart ?

— Oui. Une fois que nous nous sommes installés à Inverness, papa s'est mis à disparaître pendant des jours, voire des semaines entières. Nous recevions des visites tard dans la nuit. Je pouvais entendre des voix au rez-de-chaussée longtemps après m'être retirée.

— Ce n'étaient donc pas de vieux amis, murmura Grant. Sa disparition était-elle réellement une surprise ?

— Pas tout à fait, hélas. Lorsque Inverness est tombée aux mains des partisans du prince, en février, les visites nocturnes ont cessé, mais papa continuait de s'absenter pour une nuit de temps en temps, parfois plus. Et puis un jour, je n'ai plus eu la moindre nouvelle pendant des semaines et je me suis mise à m'interroger sur ses affaires. Et juste quand je commençais à craindre qu'il ne lui soit arrivé malheur, j'ai reçu une lettre de sa part m'ordonnant de quitter la ville de toute urgence et de trouver le moyen de me rendre à Glen Muick.

— Et il ne vous a rien dit à son sujet ? Sur ce qu'il faisait ni où il était ?

Elle s'était immobilisée près du large lit et lissait machinalement l'un des épais rideaux.

— Il avait rédigé cette missive à la hâte. Il me demandait de me présenter à Lochall House et de patienter là-bas. Je pensais qu'il me rejoindrait ici et que nous rentrerions en France ensemble.

— Mais au lieu de cela, il s'attend à ce que vous entrepreniez ce périlleux voyage toute seule.

Il était incapable de masquer la note réprobatrice dans son ton.

— Oui.

Il vit la silhouette de Madeleine s'affaisser quand elle prononça ce simple mot d'une voix lourde de fatigue. Elle avait baissé sa garde et, bien qu'elle lui tourne le dos, il eut soudain un aperçu de la jeune femme vulnérable dissimulée sous cette façade bravache. Il se leva et approcha, posant ses mains sur ses épaules.

— Mais vous n'êtes plus seule, désormais, Madeleine. Je suis à vos côtés.

Il la fit pivoter doucement pour lui faire face et plaça son index sous son menton, l'obligeant à affronter son regard :

— Je vous ramènerai en France saine et sauve, n'ayez crainte.

Elle le dévisagea, ses pupilles immenses et scintillantes dans la pénombre. Puis soudain, dans ce long et silencieux instant, quelque chose changea. La pièce parut se charger d'une lourde tension, comme par un jour d'orage. Mais ce n'était pas seulement dans l'air… Grant pouvait le sentir de façon presque physique et Madeleine aussi, il le sut en la voyant écarquiller légèrement les yeux. Elle inspira, les lèvres entrouvertes en une invitation inconsciente, appelant un baiser. Des fils invisibles se refermaient étroitement autour d'eux, les attirant l'un vers l'autre. Elle posa ses mains sur son torse comme dans une vaine tentative de le repousser.

Elle murmura :

— Je ferais mieux d'y aller.

Mais ni lui ni elle n'esquissèrent le moindre mouvement. Grant aurait pu croire qu'elle espérait qu'il la retiendrait. Lui demanderait de rester. Il avait l'impression qu'un étau d'acier lui comprimait la poitrine, l'empêchant de respirer. Un désir rugissant le submergea telle une déferlante de flammes et lui fit tourner la tête, brouillant ses pensées. Il l'agrippait toujours par les épaules et pouvait sentir les coins de ses os sous ses doigts. Elle semblait si délicate, si fragile, et il comprit qu'il allait devoir lutter contre lui-même… pour les préserver tous deux. Grant dut faire appel à toute sa volonté pour se forcer à la libérer… Il s'écarta d'un pas et passa une main dans ses cheveux pour se redonner une contenance.

— Oui. Vous *devez* partir. Seigneur, Madeleine, à quoi diable pensiez-vous, en vous présentant ici ?

Il n'avait pas voulu se montrer si dur, mais il luttait pour regagner la moindre parcelle de contrôle sur lui-même. La jeune Française recula comme s'il l'avait frappée. Son expression blessée fut un tel châtiment qu'il préféra se détourner d'elle pour s'empêcher de la prendre dans ses bras. Il lui fallait une défense, n'importe laquelle, et il s'agrippa à sa colère comme à une bouée de sauvetage. Maudite soit-elle ! Ignorait-elle donc à quel point elle était désirable ? Combien se présenter à sa porte enveloppée d'une fine couche de satin pouvait s'apparenter à de la séduction ?

Elle murmura :

— Je vous l'ai dit, je voulais m'excuser et…

— Bon sang, femme, pensez-vous que ce soit une raison suffisante pour vous comporter de façon si indécente ?

Ce fut à son tour d'arpenter la pièce à grands pas furieux. Il pouvait encore sentir ce désir ardent bouillonner dans ses veines et il lui fallait absolument l'évacuer.

— Vous êtes si naïve, Madeleine. Vous n'êtes plus une enfant ! Vous connaissez les risques qu'une demoiselle encourt en se jetant au cou d'un homme.

— J-je ne me suis pas jetée à votre cou ! Je suis venue en t-tant… en tant qu'amie !

Il aboya un rire féroce et se tourna vers elle brusquement :

— Une amie ?

Elle était si proche. Beaucoup trop proche.

— Pensez-vous qu'un ami ferait ceci ?

Il l'attira contre lui, l'écrasa contre son torse et l'embrassa sans douceur. Grant avait souhaité la punir, lui montrer son erreur, mais contrairement à ce qu'il avait espéré, elle ne chercha pas à se dégager. Il se contraignit à rompre le baiser et la repoussa. Déboussolé, hors d'haleine, il s'efforçait de reprendre pied tandis qu'elle restait devant lui, immobile, les yeux écarquillés. Lentement, Madeleine porta sa main à sa bouche et effleura ses lèvres du bout des doigts. Puis, sans un mot, elle prit la fuite.

Pendant un long moment suivant son départ, Grant demeura figé sur place. Quelle sorcellerie l'avait donc poussé à l'embrasser ? Mais il était suffisamment honnête pour connaître la réponse à cette question. Il en avait eu envie depuis longtemps et s'était persuadé que le faire ce soir était justifié, que cette expérience lui montrerait les dangers de sa conduite et l'encouragerait à davantage de prudence. Il s'était comporté comme un barbare et un idiot ! Elle s'était présentée devant lui en toute amitié et ses actions odieuses venaient de réduire en poussière la fragile confiance qu'elle avait placée en lui.

Il se maudit intérieurement et frappa son poing dans sa

paume. Il avait également espéré qu'un baiser lui permettrait d'assouvir son désir et ainsi de s'en débarrasser. Mais là encore, il s'était terriblement fourvoyé. Il la désirait plus que jamais. Tout son corps était en émoi, son sang en feu… Il ne parviendrait jamais à s'endormir. La nuit s'annonçait douloureusement longue.

De retour dans sa chambre, Maddie verrouilla sa porte et s'adossa contre le battant en bois, le martèlement de son cœur affolé si puissant qu'elle peinait à reprendre son souffle. Heureusement, personne n'avait vu sa fuite précipitée le long du couloir obscur et elle ne perçut aucun son à l'extérieur. Elle était en sûreté !

En sûreté ? Le silence opaque de la pièce retentit à ses oreilles comme un rire moqueur. Elle s'empressa de grimper dans son lit et se roula en boule sous les draps. Qu'avait-elle fait ? Comment avait-elle pu se conduire de façon aussi inconsidérée ? Pénétrer dans la chambre d'un homme était un péché capital, elle le savait. Cela revenait à une tentative de séduction. Mais elle n'avait pas songé à cela une seule seconde en rendant visite à Grant, poussée par le besoin d'obtenir son absolution, terrifiée à l'idée de perdre son amitié. Il lui avait montré de la plus brutale des façons qu'elle l'avait déjà perdue. Naïve, indécente, avait-il dit… Et comment aurait-elle pu le contredire ? Elle ne méritait pas son estime.

Seigneur, vivre avec son père ne lui avait-il donc rien enseigné ? Elle avait pourtant tenu le rôle d'hôtesse de son domaine assez longtemps pour constater que les hommes méprisaient les femmes suffisamment sottes pour délaisser les principes de l'étiquette. Son père lui-même était un homme séduisant qui avait collectionné les conquêtes. Yves d'Evremont n'avait jamais pris la peine de le cacher à sa fille, pas plus qu'il n'avait masqué son dédain pour ces pauvres femmes, une fois que son intérêt pour elles s'était étiolé… ce qui survenait toujours bien avant qu'elles ne se lassent de lui.

Madeleine aussi avait eu quelques admirateurs, mais ne les avait jamais laissés aller plus loin que du simple badinage ou un chaste baiser sur ses doigts. Jusqu'à ce soir. Mais ce qui la choquait le plus n'était pas la façon dont Grant l'avait embrassée, mais les émotions que cette étreinte soudaine avait éveillées. Certes, cela l'avait surprise et troublée… mais elle avait eu l'impression de s'embraser. Quelque chose au fond d'elle avait subitement pris vie quand leurs lèvres s'étaient touchées.

Cela avait été une expérience grisante, palpitante. Au lieu d'éprouver de la colère et de l'indignation, elle avait rêvé qu'il capture à nouveau sa bouche. Pour être tout à fait honnête avec elle-même, elle avait même espéré qu'il la soulève de ses bras puissants, la jette sur le lit et… lui fasse bien plus encore !

Avec un grognement frustré, elle enfouit sa tête sous son drap et s'autorisa à revivre ces enivrantes et effrayantes sensations. Pour la toute première fois de sa vie, elle comprenait pourquoi les maîtresses de son père l'avaient suivi sans relâche, prêtes à tout pour obtenir une miette de son attention. Tels des papillons autour d'une flamme, incapables de résister à son attrait. Elle avait toujours eu pitié de ces femmes.

À présent, elle avait pitié d'elle-même.

Madeleine se réveilla le lendemain matin, d'humeur morose et aussi fatiguée qu'après une nuit sans sommeil. En laissant éclater sa colère devant Grant, mais également devant les Lochall, elle avait semé un véritable chaos dans son sillage… et fait montre d'une affreuse grossièreté. Que lui était-il arrivé, ces dernières semaines, pour que la demoiselle sensée et perspicace qu'elle était se transforme en dragon sanguin et téméraire ? Madeleine aurait aimé pouvoir se cacher dans sa chambre toute la journée, mais son bon sens lui rappela que cela ne ferait qu'empirer la situation. Elle devrait affronter son entourage tôt ou tard et mieux valait en finir rapidement.

La jeune Française se vêtit avec soin, puis gagna le rez-de-chaussée, mais lorsqu'elle atteignit le hall, elle tomba sur son hôtesse qui se dirigeait vers la grande porte.

— Ah, bonjour, Madeleine ! Vous trouverez ces messieurs dans le salon du matin. Allez-y, ma chère.

— Oui, merci, mais avant cela, m'autorisez-vous à vous présenter mes plus plates excuses ? Je me suis comportée d'une façon terriblement indélicate, hier soir, milady, lorsque vous m'avez appris les projets de mon père. Vous n'avez été que bonté et gentillesse depuis mon arrivée et c'était une bien piètre manière de vous remercier.

Lady Lochall lui tapota les mains :

— N'y songez plus, ma chère. Pour être franche, j'étais outrée d'entendre la proposition cavalière de votre père et je comprends que vous ayez perdu patience. Nous connaissons Yves depuis de nombreuses années et il a toujours été le plus exaspérant des hommes ! Je suis navrée de vous avouer que nous avons dû naviguer avec prudence dans notre relation avec lui afin d'éviter de nous retrouver impliqués dans ses stratagèmes. Mais lorsqu'il nous a demandé de venir en aide à sa fille, nous n'avons pu refuser. Et n'allez pas croire une seule seconde que nous regrettons notre choix ! Ce n'est pas le cas, je vous l'assure. Vous ressemblez beaucoup à votre chère maman, vous savez, paix à son âme.

— Vous le pensez ? Je me souviens à peine d'elle, j'étais si jeune lorsqu'elle nous a quittés. Mais papa me dit souvent que je n'ai hélas pas hérité de sa beauté.

— C'était une femme sans pareil, lui révéla Lady Lochall. Mais vous êtes sa digne fille et ne manquerez jamais d'admirateurs, j'en suis sûre. Et je trouve que vous avez son esprit et son intelligence.

— Vraiment ?

Maddie rougit :

— Merci, milady.

Son hôtesse lui adressa un petit sourire triste :

— Nous avions espéré, lorsqu'elle a épousé Yves, que leur union le stabiliserait, mais il n'a jamais été capable de tenir en place. Pardonnez-moi, ma chère, j'ai toujours pensé qu'Yves d'Evremont était un homme charmant, mais guère un père idéal, je le crains. Quand je songe qu'il a passé ces dernières années à vagabonder avec vous à travers toute l'Europe… Nous avons même appris qu'il avait acheté une maison de jeu et qu'il vous y avait installée comme hôtesse ! Dieu merci, cette folie-ci n'aura pas duré trop longtemps.

Maddie ne pouvait nier les faits, mais se surprit à défendre malgré tout son père :

— C'était une existence inhabituelle, pour le moins, milady, mais je n'étais pas malheureuse.

Elle rit avant d'ajouter :

— Et j'ai beaucoup appris. Peu de jeunes femmes peuvent se vanter de savoir jouer à la bassette ou aux dés.

— Oh ! Seigneur tout-puissant, ne mentionnez jamais cela en bonne société ! s'exclama Lady Lochall, choquée par sa déclaration. Je n'autorise même pas de parties de *lanterloo*[1] à ma table ! Mais oublions cela, je dois hélas vous laisser. Le jardinier m'attend, je dois choisir les fleurs pour le salon du matin. J'étais censée m'en occuper hier, mais j'ai passé la journée à inspecter le linge de maison avec la gouvernante. Et à mon retour, il me faudra discuter des menus de la semaine avec notre cuisinière.

1. Le *lanterloo*, ou *loo*, est un jeu de cartes avec atouts, souvent joué pour de l'argent.

Elle gloussa d'un air distrait :

— Ah, ma chère Madeleine, comme vous le constatez, il y a toujours des dizaines de petites choses à faire !

— Peut-être pourrais-je me rendre à la serre à votre place, milady, proposa Maddie, y voyant l'occasion idéale de repousser son inévitable confrontation avec Grant. Si vous me faites suffisamment confiance pour choisir les plus belles fleurs.

— Oh ! c'est si généreux, mon enfant ! Mais qu'en est-il de votre petit déjeuner ?

— Je n'ai pas très faim, je préfère de loin un bon bol d'air frais.

— Très bien, si vous en êtes sûre.

Lady Lochall rayonnait :

— Merci beaucoup, ma chère, j'accepte votre offre. Prenez mon châle, cela vous évitera de devoir courir à l'étage pour en chercher un.

Sa conscience apaisée à l'idée de venir en aide à son hôtesse, Maddie se hâta de franchir la porte et se dirigea vers la serre.

La discussion avec le jardinier dura un bon moment. Lorsque Madeleine témoigna de l'intérêt pour son travail, l'homme s'empressa de lui montrer avec ravissement les différents plants destinés à fournir la maisonnée en fleurs tout au long de l'année. Quand ils eurent décidé quels bouquets faire parvenir à Lady Lochall, la matinée était déjà bien avancée. Maddie se souvint que Lord Lochall avait invité Grant à chevaucher avec lui et, lâche comme elle l'était, se dit que cela lui offrirait un répit supplémentaire. Dans quelques heures, elle n'aurait plus d'autre choix que de l'affronter.

Madeleine arpenta tranquillement les jardins, profitant de cette solitude pour remettre de l'ordre dans ses pensées. Elle se sentait un peu mieux, à présent qu'elle avait présenté ses excuses à Lady Lochall, mais elle devrait trouver les mots pour apaiser Grant. De toute évidence, il ne l'escorterait plus en France, mais elle tenait à recoller les morceaux avant leur départ, si c'était encore possible.

Elle capta un mouvement du coin de l'œil et releva le nez pour découvrir à son plus grand désarroi que Grant avançait à grands pas dans sa direction. Jetant un œil alentour, Madeleine comprit qu'elle ne pourrait lui échapper. Aussi reprit-elle sa marche en s'efforçant de garder son calme.

— Miss d'Evremont.

Il la salua de façon formelle, avec un petit signe de tête, mais il bloquait le chemin et Maddie n'eut d'autre choix que de s'arrêter.

— Je vous pensais en promenade avec Lord Lochall, dit-elle.

— C'était le cas, mais nous sommes revenus plus tôt, car il désire discuter des préparatifs de notre voyage jusqu'en France.

— *Notre* voyage ? Mais je croyais…

— C'est pour cela que je suis venu vous trouver, l'interrompit-il, sa voix et son attitude graves et fermées. Je comprendrais parfaitement si vous ne souhaitiez plus que je vous accompagne.

— Ce ne serait pas raisonnable, en effet, après ce qu'il s'est passé la nuit dernière, bafouilla-t-elle.

Les joues en feu, elle ajouta avec précipitation :

— Je me suis conduite de façon scandaleuse !

— Je vous ai traitée de façon abominable !

Ils s'étaient exclamés en même temps et échangèrent un regard confus.

— C'était entièrement ma faute, dit-elle d'une petite voix. Je n'aurais jamais dû frapper à votre porte.

— Et je n'aurais jamais dû vous permettre d'entrer. Et je n'aurais certainement pas dû vous embrasser. Je le regrette. Amèrement.

Il regrette de m'avoir embrassée !

Maddie baissa la tête, les yeux fixés sur le chemin de graviers. Le silence s'étira, puis Grant approcha d'un pas et la jeune Française se retrouva à observer le bout poli de ses bottes.

— Miss d'Evremont… Madeleine ! Si je vous jure qu'une telle chose ne se reproduira pas, ne pourriez-vous changer d'avis et m'autoriser à vous escorter ?

Elle hésita. L'idée de devoir expliquer à Lord et Lady Lochall pourquoi ils avaient altéré leurs plans à la dernière minute ne l'enthousiasmait guère et, sans Grant pour l'accompagner, elle devrait attendre que Lord Lochall lui trouve un autre guide de confiance.

Le Highlander coupa le fil de ses pensées en ajoutant :

— Je vous en prie, Madeleine, songez-y. Nous nous rendons tous deux en France, il serait idiot de prendre des chemins séparés.

Un nouveau silence gêné s'étira entre les deux jeunes gens tandis que Madeleine menait un combat intérieur. Elle connaissait les dangers de sa relation avec Grant désormais, et d'après son père, avoir conscience du problème constituait la moitié de la solution.

— Vous avez raison, finit-elle par déclarer. Nous devons aborder cette situation avec pragmatisme.

Il parut aussitôt soulagé.

— Nous devrions trouver une femme de chambre pour vous accompagner. Peut-être l'une des domestiques de Lady Lochall ?

— Non, je préfère attendre d'être en France et embaucher une jeune fille de la région.

— Dans ce cas, emmenons-nous au moins une bonne jusqu'à la côte.

— Mais cela l'obligerait à refaire la route dans l'autre sens, toute seule, par ces temps troublés !

Madeleine frémit en se remémorant sa propre altercation avec les tuniques rouges.

— C'est trop dangereux. Non, nous irons plus vite en voyageant à deux. Nous regrettons vous et moi l'incident d'hier soir et cela devrait nous assurer que rien de similaire ne se produise, n'est-ce pas ?

Elle leva les yeux vers lui et ne put s'empêcher de remarquer ses sourcils froncés ni l'austérité de son regard, lorsqu'il s'inclina profondément :

— Milady, je vous en donne ma parole.

Mais au lieu de la réconforter, son engagement ne fit qu'accentuer sa déception. C'était une promesse qu'il n'aurait aucun mal à tenir, car il n'avait jamais réellement voulu l'embrasser… Elle n'avait plus qu'à espérer pouvoir garder la tête froide, elle aussi.

Chapitre 7

La femme de chambre fit rouler une dernière mèche de boucles soyeuses sur l'épaule nue de Madeleine et recula d'un pas :

— Et voilà, milady. C'est terminé.

Madeleine étudia son reflet d'un regard critique et ne put s'empêcher de ressentir un élan de fierté. Tomson avait déniché une nouvelle toilette en satin pour elle, de la couleur des bleuets et ornée de dentelle dorée. La jeune Française se leva et lissa les plis du jupon avec satisfaction. Cela ne faisait que quelques semaines qu'elle avait quitté Inverness, mais elle avait l'impression de ne plus avoir porté de si belle parure depuis des lustres. Elle était presque heureuse qu'ils aient décidé de retarder leur départ d'une journée.

Lady Lochall lui avait confié une étole de soie assortie à sa robe, qu'elle s'empressa de jeter sur ses épaules avant de descendre l'escalier. En arrivant dans le hall, elle aperçut une haute silhouette en costume traditionnel des Highlands qui se tenait dans l'ombre, près de la porte.

Songeant qu'il s'agissait de Lord Lochall, elle approcha en déclarant avec gaieté :

— Je constate que Lady Lochall n'est pas encore prête, ce qui veut dire que je ne suis pas en reta… Oh ! Grant. Mr Rathmore ! Je ne m'attendais pas à vous trouver ici.

— Manifestement, répondit-il avec un sourire. Lochall m'a convaincu de changer d'avis et de vous accompagner au bal. Je dois admettre que l'idée de rester seul au domaine à me tourner les pouces ne me séduisait guère.

— Je suis ravie de l'apprendre.

Et c'était la vérité. Maddie était sincèrement heureuse de savoir que Grant se joindrait à eux, mais à peine eut-elle fini sa phrase que le Highlander s'éloigna en prétextant devoir trouver les gants que Lord Lochall avait préparés à son intention. Elle le regarda quitter le hall à grands pas et sentit son cœur tomber dans sa poitrine. Ils s'étaient mis d'accord sur la nécessité de respecter les convenances et Grant s'assurait donc de ne pas demeurer seul en sa présence. Maddie soupira : ainsi soit-il. C'était tout ce qu'elle méritait.

Sumington Lodge surgit des brumes à l'extrémité d'une section de route étonnamment bien entretenue. Lady Lochall leur expliqua que leurs voisins et eux-mêmes la préservaient à leurs frais pour ce genre d'occasions. Leurs hôtes les accueillirent avec un entrain spectaculaire avant d'entraîner Grant et Madeleine dans une tournée de présentations.

— Les Sumington sont fort charmants et leurs amis plutôt affables, conclut Madeleine lorsque enfin Grant et elle purent s'extraire de la foule.

— Et, contre toute attente, fort peu curieux, s'étonna son compagnon. L'on pourrait presque croire qu'ils n'ont jamais eu vent d'un récent soulèvement dans les Highlands.

— Auriez-vous préféré qu'ils nous posent des questions indiscrètes ? contra-t-elle, mi-figue mi-raisin.

— En aucun cas ! Il me semble avoir saisi que ces gens étaient venus pour s'amuser. De toute évidence, nul ne souhaite gâcher une belle soirée avec des doutes et des soupçons au sujet des autres invités.

— À *notre* sujet, vous voulez dire.

Elle prit une mine sérieuse :

— Nous sommes les seuls étrangers ici, même si nous bénéficions de la protection de Lord Lochall.

Le Highlander lui lança un regard d'avertissement qui la mit sur ses gardes et Maddie se retourna aussitôt pour voir Mr Sumington se précipiter vers eux, son fils et sa fille aînés dans son sillage.

— Eh bien, eh bien, qu'est-ce que ceci ? Nous ne pouvons vous laisser languir d'ennui dans un coin quand la danse est sur le point de commencer ! Sukie et Douglas, ici présents, souhaiteraient vous avoir comme partenaires pour le premier quadrille.

De toute évidence, il ne leur serait pas permis de décliner l'offre, si bien que Madeleine étira ses lèvres en un sourire et s'en fut accomplir son devoir.

Pendant plus d'une heure, Grant s'efforça d'être un danseur charmant et distingué, mais il dut bien vite admettre qu'il aurait préféré se trouver n'importe où plutôt qu'à Sumington Lodge. Certes, leurs hôtes les avaient accueillis chaleureusement, balayant d'un revers de main ses excuses de s'être présenté sans prévenir et déclarant qu'ils étaient ravis qu'un convive supplémentaire vienne équilibrer les paires. Mais sa présence ne changeait pas grand-chose, car la vaste pièce était bondée et il se dit que Mr Sumington devait être comblé que tant de monde ait répondu à son invitation de dernière minute.

Grant avait laissé Lord Lochall le convaincre de les accompagner, songeant que cela l'aiderait à atténuer la tension entre Madeleine et lui-même, mais lorsqu'il l'avait vue descendre les escaliers, un peu plus tôt dans la soirée, il avait senti une nouvelle bouffée de désir le submerger et avait dû battre en retraite avant qu'elle le remarque.

Et voilà qu'il se trouvait contraint de la regarder danser et s'amuser avec d'autres, chacun de ses rires lui infligeant un cruel et irrationnel coup de poignard au cœur. Pourquoi donc était-elle si à l'aise avec ces hommes quand elle paraissait si gênée en sa présence ?

La musique prit fin et Grant escorta sa dernière partenaire jusqu'à son groupe d'amis avant de s'éloigner pour récupérer le verre de vin qu'il avait abandonné sur le rebord de l'une des fenêtres. Il n'aurait pas dû venir. Une bonne nuit de sommeil lui aurait été bien plus bénéfique, car il leur faudrait partir au point du jour. Lord Lochall leur avait recommandé de rallier un petit village de pêcheurs bien spécifique sur la côte est, où il était certain qu'ils n'auraient aucun mal à trouver un navire pour traverser la mer du Nord. Il aurait besoin de garder l'esprit clair et la tête froide... Les campagnes qui les séparaient de la mer grouillaient de patrouilles britanniques. Plus difficile encore, il lui faudrait à tout prix maintenir une distance protocolaire avec Madeleine. Il ne devait pas lui donner la moindre raison de penser qu'il ressentait une quelconque inclination pour elle.

Car ce n'était pas le cas. Pas du tout. La nuit dernière, il avait simplement succombé à la tentation à laquelle tout jeune homme se trouvait confronté lorsqu'une belle demoiselle entrait dans sa chambre en petite tenue. Même si, jusqu'alors, Grant n'avait jamais eu tant de difficulté à se contrôler. Les brunettes obstinées, gâtées et impulsives n'étaient pourtant pas sa tasse de thé. S'il décidait un jour de prendre femme, et si Dieu lui permettait de retrouver son statut social, il choisirait une jouvencelle discrète et docile avec laquelle il pourrait bâtir une union sereine et harmonieuse. Une beauté blonde et pâle, comme ses cousines anglaises qu'il avait rencontrées à Londres, quelques années plus tôt. Ou même une jolie rousse, comme sa mère. Sa future épouse serait une créature douce et généreuse, une bonne mère pour leurs enfants et une gouvernante compétente. Une demoiselle dont ses parents approuveraient.

Grant était si profondément plongé dans ses pensées qu'il ne remarqua la présence de Lady Lochall que lorsque celle-ci prononça son nom. Il sursauta et lui fit face, découvrant Madeleine au bras de milady, toutes deux haletantes et le visage rosi par la danse.

— Grand Dieu, j'avais oublié combien un quadrille *allegro* réclamait d'énergie ! s'exclama Lady Lochall en se laissant choir sur le banc de fenêtre avant de s'éventer vigoureusement.

Grant lui proposa aussitôt d'aller leur chercher des rafraîchissements, mais elle déclina :

— Lochall va nous ramener du vin, je suis certaine qu'il ne va plus tarder. Madeleine, ma chère, asseyez-vous avec moi ! N'êtes-vous point épuisée ?

Grant jeta un coup d'œil à Madeleine et dut masquer un sourire en constatant qu'il n'avait jamais vu quelqu'un faire montre de tant de vivacité.

— Pas le moins du monde, milady ! répondit-elle d'un ton rieur. Cela faisait bien longtemps que je n'avais plus passé une soirée aussi agréable ! Je trouve cela revigorant !

Cette fois, Grant ne put contenir son hilarité. De toute évidence, la demoiselle s'amusait follement. Madeleine était rayonnante et ses iris bleus étincelaient de vitalité, leur couleur rehaussée par le lustre de ses bijoux et le chatoiement de sa robe.

— La prochaine est un *strathspey*[1], déclara Lady Lochall en voyant les violonistes se remettre en place. Avez-vous

1. Danse et musique écossaise originaire du Speyside, une région à l'ouest d'Aberdeen.

vécu suffisamment longtemps dans le Nord pour connaître les pas, Madeleine ?

— Absolument, milady.

— Dans ce cas, vous devriez retourner sur la piste avec Mr Rathmore.

— Avec moi ? s'exclama Grant en imaginant la consternation de Madeleine à cette idée.

Mais loin de paraître horrifiée, la jeune femme se tourna vers lui, un sourire timide étirant ses jolies lèvres :

— Mais oui, monsieur, s'il vous sied d'être mon cavalier.

La demoiselle lui tendait un rameau d'olivier et Grant était heureux de l'accepter. Il lui offrit son bras et la mena jusqu'à la piste pour rejoindre les lignes de danseurs. C'était une mélodie plus lente et majestueuse que la précédente, qui laissa à Grant le temps de savourer les performances de sa partenaire. Madeleine était indéniablement gracieuse ; elle glissait et sautillait à travers la pièce et ses boucles noires luisaient à la lueur des chandelles, se mêlant à l'éclat des saphirs qui ornaient ses oreilles et sa gorge. Il décida soudain qu'elle aurait été parfaitement à sa place dans les plus belles salles de bal du pays. Ou même à la cour. Avec une telle partenaire, il était aisé pour Grant d'oublier, l'espace d'un instant, les horreurs des mois passés et le dangereux périple qui l'attendait. Son unique regret fut de voir la danse prendre fin si tôt. Tandis que les musiciens jetaient dans l'air les ultimes notes de la mélodie, Grant s'inclina devant Madeleine et la guida à travers la pièce, douloureusement conscient de la chaleur de sa main délicate sur son bras et du chuchotis de son jupon de soie frôlant ses jambes.

— J'ai passé un excellent moment, déclara-t-elle. Vous êtes un admirable danseur.

— Merci. Je crains de manquer cruellement de pratique.

Il n'avait guère eu l'occasion de danser au cours de cette dernière année.

— Je pense que personne ne l'a remarqué, le réconforta-t-elle, avant d'ajouter d'un ton taquin : vous avez endossé le rôle du parfait gentilhomme, ce soir.

— Dans ma tenue d'emprunt.

Maddie perçut l'amertume dans sa voix et voulut lui assurer qu'il était d'une élégance folle. Elle aurait aimé lui dire que la grâce de sa silhouette et son charisme naturel l'auraient élevé au rang de gentilhomme, même s'il avait été vêtu de haillons. Mais au lieu de cela, elle se mordit la lèvre. Il prendrait cela pour de la flatterie, quand elle ne faisait qu'énoncer une vérité. À ses yeux, Grant était de loin le plus bel homme de la pièce. Sa tenue était dénuée d'ornement et il s'était contenté de nouer ses cheveux auburn sur sa nuque avec un simple ruban, mais dans la veste en tartan et la culotte que le valet de Lord Lochall avait ajustés à sa mesure, Grant Rathmore aurait été parfaitement à sa place dans les plus grandes salles de bal.

— Je porte moi aussi des habits que l'on m'a prêtés, lui rappela-t-elle avec douceur. Je ne pourrai jamais assez remercier Lady Lochall de m'avoir fourni une si belle toilette.

— Les bijoux également ?

— Non, reconnut-elle, les saphirs sont un présent de mon père, pour mon introduction en société, il y a à peine plus d'un an. C'était l'une des rares occasions où il n'avait pas les poches vides et je suis parvenue à m'en sortir sans être contrainte de les vendre.

— J'espère que vous n'y serez jamais forcée. Ils vous siéent magnifiquement bien. Leur couleur est assortie à celle de vos yeux.

Madeleine ne sut que dire. La danse leur avait permis de retrouver une partie de leur ancienne complicité, mais elle avait conscience qu'ils ne devaient pas aller plus loin.

Elle ne pouvait laisser l'irrésistible attirance que cet homme exerçait sur elle reparaître.

Par chance, ils venaient d'atteindre la fenêtre où Lady Lochall les attendait et elle n'eut donc pas besoin de répondre. Lâchant le bras de Grant, Madeleine rejoignit milady qui ne tarissait pas d'éloges sur leur façon de danser. Maddie lui marmonna des remerciements et chassa d'un geste de la main un commentaire les désignant comme un couple magnifique. Elle s'apprêtait à changer de sujet lorsqu'elle remarqua que Grant fixait un point derrière elle par-dessus sa tête.

— Un maudit Dragoon. Prudence.

Son murmure inquiet la poussa à se retourner et Madeleine vit leur hôte approcher en compagnie d'un officier des tuniques rouges. Luttant contre la terreur qui s'insinuait en elle, Maddie les accueillit avec une expression de curiosité polie.

— Je vous présente le capitaine Ormskirk, qui vient d'arriver pour participer à cette belle soirée ! déclara Mr Sumington avec son habituelle bonhomie.

Maddie profita de l'introduction pour étudier le soldat. Il avait l'air d'un jeune homme sérieux ; les ridules aux coins de ses yeux et une petite cicatrice sur son menton suggéraient qu'il était un officier expérimenté, tandis qu'une coupure fraîche sur sa joue laissait penser qu'il avait récemment été au cœur de l'action. Elle vit le nouveau venu plisser légèrement le regard lorsque Grant lui fut présenté.

— Rathmore, dites-vous ?

Maddie retint son souffle.

— *Aye*, c'est bien cela, déclara Mr Sumington. Rathmore d'Ardvarrick.

Grant inclina la tête, semblant parfaitement à son aise :

— Vous connaissez peut-être mon père, le laird ?

Le laird ! Maddie dut dissimuler son choc sous un sourire factice. Était-il en train de mentir à l'officier ?

Mais quelque chose lui souffla que non. En y réfléchissant bien, cela expliquait bien des choses… L'attitude de Lord Lochall lorsqu'il avait appris l'identité de Grant et la facilité déconcertante de ce dernier à se mêler à la bonne société. Oh ! Seigneur ! Et elle l'avait traité à peine mieux qu'un vulgaire domestique !

Le capitaine Ormskirk dévisageait Grant comme s'il cherchait à se rappeler quelque chose. Madeleine retint son souffle, attendant la réponse du Dragoon.

— Non, finit-il par dire. Je n'ai jamais entendu parler d'Ardvarrick.

Leur hôte s'esclaffa et continua à bavarder :

— Le bon capitaine est arrivé en retard parce que son devoir le retenait ailleurs, mais à présent le voici prêt à se joindre à nous !

Mr Sumington se tourna vers Madeleine :

— Après avoir été témoin de votre performance pendant le *strathspey*, Miss d'Evremont, notre ami était impatient que nous vous présentions.

Le capitaine s'inclina profondément :

— En effet, milady, je suis honoré de faire votre connaissance.

— Peut-être aimeriez-vous danser, capitaine, suggéra Lady Lochall.

Madeleine comprit aussitôt que cette dernière tentait de détourner l'attention du soldat afin qu'il oublie Grant. Elle s'empressa de lancer un sourire charmeur à l'officier, qui plongea dans une nouvelle révérence.

— Hélas, milady, je souffre d'une blessure à la jambe qui n'a pas encore guéri et ne puis vous escorter sur la piste. Mais peut-être Miss d'Evremont accepterait-elle de prendre son dîner en ma compagnie ?

— Mais vous venez à peine d'arriver, monsieur !

— C'est vrai, mais j'ai été contraint de renoncer à mon dîner pour ne pas manquer la fête.

Il lui tendit son bras :

— Me feriez-vous cet honneur, milady ? J'ai aperçu une table de rafraîchissements dans la salle à manger.

Madeleine sut qu'elle ne pouvait refuser. Elle accepta gracieusement et s'éloigna au bras du soldat, donnant à tous l'impression qu'elle était ravie de s'être attiré les faveurs du capitaine des Dragoons.

— Faites-vous partie de la famille des Lochall, Miss d'Evremont ? s'enquit l'officier tandis qu'ils naviguaient à travers la foule.

— Je suis une amie proche, lui expliqua-t-elle en s'en tenant à l'histoire sur laquelle ses hôtes et elle s'étaient mis d'accord avant de sortir.

— Et comptez-vous séjourner longtemps ici ?

— Cela dépendra, répondit-elle prudemment. Je pense rester jusqu'à ce qu'il soit de nouveau possible de voyager sans risque.

— Dans ce cas, je crains que vous ne deviez demeurer à Lochall House encore un long moment, milady. De nombreux jacobites sont en fuite ; je ne recommanderais à personne de tenter sa chance sur les routes, par les temps qui courent.

Il la conduisit jusqu'à la salle à manger qu'ils trouvèrent pratiquement déserte, car la majorité des convives dansait toujours. Ils se servirent au buffet avant de s'installer à une petite table.

— Et le gentilhomme de votre groupe, Mr… Rathmore. Que savez-vous de lui ?

— Fort peu de chose, je le crains.

Elle adopta un ton hautain, comme si elle ne se souciait guère des autres invités de la maisonnée.

— Son père et Lord Lochall sont amis, il me semble.

Puis elle changea habilement de sujet et porta la conversation sur le capitaine lui-même. En le questionnant avec politesse, elle l'encouragea à parler et découvrit qu'il venait de Newcastle et qu'il était père d'une jeune famille. Elle s'apprêtait à l'interroger sur ses enfants, consciente que les nouveaux parents n'aimaient rien de mieux que de faire l'éloge de leur progéniture et persuadée que le thème les occuperait un long moment, mais hélas le capitaine déjoua ses plans :

— Nous avons bien assez parlé de moi, milady. Je serais heureux d'en apprendre davantage sur *vous*. D'Evremont. Est-ce un nom français ?

— En effet. Mon père est français.

— Il n'est pas avec vous ?

— Non.

Madeleine décida que la vérité serait moins risquée. Ou du moins, une histoire aussi proche que possible de la vérité :

— Papa est en France. Je suis en route pour le rejoindre.

— Je vois. Comme je vous le disais, milady, il est fort dangereux de voyager par ces temps troublés.

— Je crains qu'il soit plus dangereux encore de vivre en Écosse, actuellement, capitaine.

— Il est vrai. Et ce Mr Rathmore vous accompagne-t-il ?

— Seigneur Dieu, non !

Elle écarquilla les yeux en riant :

— Pourquoi diable avez-vous cru cela ?

— Une jeune femme ne devrait pas voyager seule.

— J'ai bien assez de ressources pour engager une escorte.

— Si vous le souhaitez, je pourrais arranger cela pour vous.

Elle répondit avec un geste nonchalant :

— C'est très aimable, mais ce ne sera guère nécessaire.

L'officier s'adossa dans son siège et la dévisagea :

— Vous paraissez… sur vos gardes, en ma présence, Miss d'Evremont.

— Je vais être honnête avec vous, capitaine. Ma dernière

rencontre avec des soldats s'est avérée une expérience fort déplaisante.

— Dans ce cas, je dois vous montrer que nous pouvons nous comporter comme des gentilshommes.

Il appela un valet de pied d'un geste de la main :

— Souhaitez-vous reprendre du vin ?

À la fin de leur repas, Madeleine souriait toujours, mais elle était épuisée d'avoir tant joué au chat et à la souris. D'autres invités s'étaient aventurés dans la salle à manger, avant de ressortir une fois rassasiés, mais le capitaine Ormskirk ne semblait guère impatient de partir. Elle esquiva ses questions avec légèreté et fit de son mieux pour le distraire avec des anecdotes amusantes, mais soigneusement modifiées, de ses voyages en Europe. L'officier l'écoutait, riait et paraissait charmé par ses histoires. Puis, finalement, il reposa sa serviette sur la table et se leva.

— Je dois dire que vous êtes une invitée des plus divertissantes, Miss d'Evremont, mais je crains de ne vous avoir que trop accaparée.

Elle lui sourit et répondit d'un ton badin :

— Nous sommes demeurés à l'écart bien plus longtemps que ne l'autorise l'étiquette, capitaine. Je me sens terriblement coupable d'avoir monopolisé votre attention. Mais je vous en prie, monsieur, ne m'attendez pas et allez bavarder avec les autres convives. La salle est comble, ne perdez pas de temps à m'escorter jusqu'à mon groupe.

— Mais j'y tiens, milady, répondit le soldat en prenant sa main pour la déposer sur son bras. Je ne puis vous laisser m'échapper aussi facilement.

Le capitaine s'était exprimé d'un ton léger, mais Madeleine eut l'étrange impression que sa phrase était chargée de sous-entendus.

Les violonistes jouaient un quadrille plein d'entrain et Madeleine aperçut Lord et Lady Lochall sur la piste.

Elle fit part de sa découverte à l'officier et lui proposa d'attendre ici que la danse prenne fin.

— Ah, mais je vois le quatrième membre de votre groupe seul dans un coin de la pièce, répliqua le soldat. Il serait plus poli de le rejoindre, vous ne pensez pas ?

De l'autre côté de la salle, Grant remarqua leur arrivée et capta le regard d'avertissement que lui lança Madeleine. Ce n'était guère nécessaire ; il était demeuré sur ses gardes dès l'instant où le capitaine des Dragoons était apparu. Madeleine lâcha délicatement le bras du soldat et approcha de la fenêtre, derrière Grant, comme à la recherche d'un endroit plus frais.

— Je suis heureux de constater que vous êtes encore parmi nous, monsieur.

Le capitaine Ormskirk salua Grant d'un petit signe de tête.

— Encore parmi vous ? répondit Grant d'un ton étonné, haussant les sourcils. Où irais-je, quand le reste de mon groupe profite de la fête ?

— Je me le demande aussi, Mr Rathmore, murmura le capitaine.

Il fit quelques pas vers la fenêtre :

— Je me souviens, à présent, où j'ai entendu votre nom récemment.

Grant le suivit sans manifester la moindre inquiétude. Le capitaine poursuivit :

— Voyez-vous, on nous a signalé un incident il y a peu, concernant des soldats qui patrouillaient le long du Don. Ils auraient eu une discussion avec un officier se faisant appeler Rathmore.

Grant l'observa avec une curiosité polie avant de secouer la tête :

— Il ne me semble pas avoir de relations portant ce nom dans l'armée.

— Non, c'était un rapport très étrange. Personne n'avait jamais entendu parler d'un colonel Rathmore.

Grant gloussa :

— Comme vous le voyez, capitaine, je n'ai rien d'un militaire.

L'officier des Dragoons se tourna vers lui et le regarda directement dans les yeux :

— L'incident a eu lieu au relais de Kildrummy. Je me suis laissé dire que le bouche-à-oreille avait dû altérer le récit et me demandais s'il ne s'agissait pas de vous, monsieur ?

— À Kildrummy ?

Grant secoua la tête :

— Je ne suis pas arrivé de cette direction.

Il rit et ajouta :

— Peut-être un voyou de jacobite s'est-il servi de mon nom ? Il est assez connu, dans la région. Et que reproche-t-on exactement à ce... colonel ?

Il vit le capitaine lancer un regard en biais à Madeleine, qui agitait son éventail d'un air indifférent, comme si elle commençait à s'ennuyer.

— Il a agressé trois troupiers et volé leurs armes.

— Voilà qui est sérieux, en effet, commenta Grant. Connaît-on le motif de l'attaque ?

Mais l'officier ignora sa question :

— Depuis l'incident, les patrouilles ont augmenté dans cette zone. Je ne serais guère surpris que l'on déploie davantage de soldats en résidence ici dans les jours à venir.

Le capitaine Ormskirk se plaça en face de la fenêtre et demeura immobile, comme admirant le crépuscule estival, ses mains jointes dans son dos. Grant échangea un regard silencieux avec Madeleine. Ils se tenaient tous les trois devant l'immense pan vitré, légèrement isolés du reste des invités et l'air se chargea soudain d'une tension menaçante. À quelques pieds d'eux, dans la salle de bal, la musique et la danse allaient bon train, mais Grant avait l'impression de les voir à travers un voile, comme provenant d'un autre monde. Le capitaine reprit la parole :

— J'ai cru comprendre que cette attaque concernait également une femme, même si le rapport officiel n'en fait aucune mention.

Il fixait toujours les jardins à travers la fenêtre :

— Je n'ai pu obtenir une version exacte des faits, mais si je me fie à ce que l'on m'a dit et à ce que je sais des hommes impliqués, les troupiers se sont conduits de façon honteuse et déshonorante.

— Si tel est le cas, répondit Grant en choisissant ses mots avec soin, l'on peut difficilement blâmer cet homme d'avoir voulu aider une dame.

— Certes. Ce genre de comportement est un affront à l'uniforme et mérite châtiment, Mr Rathmore. Toutefois, nous devons faire respecter la loi.

Madeleine retint une exclamation indignée et Grant secoua la tête dans sa direction pour lui intimer le silence.

Le capitaine Ormskirk poursuivit :

— J'ai reçu l'ordre de signaler la présence d'étrangers dans les environs. C'était l'une des raisons de ma venue. Quand j'ai appris que Sumington organisait une fête, je me suis dit que ce serait l'occasion de poser quelques questions. Je dois admettre que la soirée s'est avérée fort… instructive.

Grant leva instinctivement sa main à sa ceinture, mais il ne portait pas son épée. Madeleine et lui demeurèrent silencieux et, finalement, l'officier se tourna vers eux. Il approcha et prit la paume de Madeleine entre ses doigts :

— Fort agréable, également, mais hélas je dois maintenant prendre congé.

Il s'inclina profondément :

— Merci de m'avoir fait l'honneur de votre compagnie,

Miss d'Evremont. Dans d'autres circonstances, je suis certain que nous aurions eu plaisir à nous connaître davantage…

Il laissa sa phrase en suspens, mais ni Grant ni Maddie ne brisa le silence, si bien qu'il ajouta :

— J'aurais aimé pouvoir m'attarder, mais le devoir m'appelle. Je doute cependant de trouver le temps d'envoyer mon rapport avant demain soir.

Il se détourna à moitié, puis parla à nouveau :

— Oh ! au fait, j'ai entendu dire que les patrouilles avaient été renforcées autour d'Aberdeen et le long de la côte est. Je plains les pauvres bougres qui chercheront à fuir vers la France par cette voie dans les prochaines semaines.

Puis, avec un dernier hochement de tête, il s'éloigna.

— Il sait.

Madeleine se tourna vers Grant en s'évertuant à maîtriser le tremblement de sa voix :

— Je n'ai rien dit qui ait pu nous trahir, je le jure. Je croyais qu'en le gardant à mes côtés, cela vous protégerait. Que cela *nous* protégerait.

— Et je pense que vos efforts n'ont pas été vains. Il nous a mis en garde et nous a offert un peu de temps.

Il s'interrompit en apercevant Lord et Lady Lochall qui se frayaient un chemin jusqu'à eux.

— Le capitaine Ormskirk est parti, les avisa leur hôte d'un air lugubre. Je l'ai vu parler avec vous. C'est très fâcheux. Si j'avais su que Sumington avait invité des officiers, je n'aurais jamais songé à vous emmener à ce bal.

— Je ne pense pas que le capitaine figurait sur la liste des convives, répondit Grant. Il est venu en quête d'informations. Mais nous ne pouvons discuter ici, nous risquerions d'attirer encore plus l'attention. Nous devrions danser.

Maddie frissonna :

— Je doute que mes jambes parviennent à me porter…

— Mais bien sûr que si ! Suivez-moi. Montrons au monde que nous ne saurions nous laisser intimider.

Le sourire de Grant était chaleureux et réconfortant, et quand Madeleine plaça ses doigts dans sa paume, elle sentit une force nouvelle courir dans tout son corps. Tête haute, elle l'accompagna sur la piste de danse.

Chapitre 8

Ils ne reparlèrent de leurs plans qu'une fois à l'abri dans la voiture qui les ramenait à Lochall House. Grant ne perdit pas de temps et narra à Lord et Lady Lochall son échange avec le capitaine.

— Oh ! Seigneur, pourquoi cet homme a-t-il décidé de venir ce soir ? Quelle malchance ! s'inquiéta Lady Lochall en serrant étroitement la main de Madeleine. Il pourrait bien être en route pour Lochall House en ce moment même, à la tête de tout un régiment !

Mais son époux secoua la tête :

— C'est peu probable. Pourquoi aurait-il pris la peine de les mettre en garde, dans ce cas ?

— Je suis d'accord.

Grant acquiesça :

— Il n'a pas masqué son dédain pour la façon dont les soldats se sont comportés.

— Et je crois que Madeleine lui a fait forte impression, ajouta Lady Lochall.

— *Aye*.

Dans l'habitacle obscur du carrosse, Grant sourit de toutes ses dents :

— Elle a su le charmer à tous égards.

Madeleine protesta en rougissant. Cette soirée passée à peser le moindre de ses mots, à soigner chacune de ses réponses pour s'assurer de ne rien révéler d'incriminant, l'avait complètement épuisée. Elle intervint :

— Croyez-vous que nous puissions lui faire confiance ?

Elle entendit Grant pousser un soupir :

— Nous n'avons guère le choix, mais je pense que oui.

— Une chose est certaine, déclara Lord Lochall. Vous devrez partir demain à la première heure.

— Mais pas ensemble, rétorqua Madeleine d'un ton catégorique. Ils chercheront un homme et une femme. Et nous devons renoncer à la côte est.

La voiture s'était immobilisée dans l'allée devant la maison et Lord Lochall descendit avant d'offrir la main à ces dames.

— Il n'est rien que nous puissions faire ce soir et je pense qu'une bonne nuit de sommeil nous sera bénéfique à tous. Nous y verrons plus clair après quelques heures de repos.

Madeleine acquiesça et regagna sa chambre.

Elle était si nerveuse qu'elle doutait de parvenir à s'endormir… mais à peine eut-elle posé la tête sur son oreiller qu'une domestique la réveilla doucement. La petite horloge sur le manteau de la cheminée lui indiqua qu'il était encore tôt, mais le souvenir de l'incident de la veille lui revint soudain en mémoire et chassa les dernières brumes du sommeil. Elle se redressa et but son chocolat chaud.

La femme de chambre esquissa une révérence :

— Milord a demandé que vous le rejoigniez dans le salon du matin dès que vous serez prête, milady.

Il était temps d'abandonner les toilettes et d'enfiler une nouvelle fois ses vêtements de voyage, songea-t-elle. La tenue était quelque peu élimée à cause des conditions difficiles de leur dernier périple, mais bien plus pratique qu'une robe. Et de toute façon, elle ne pourrait guère emporter plus que ce qu'elle parviendrait à fourrer dans ses sacoches de selle.

Quand Madeleine descendit enfin, elle trouva les autres déjà rassemblés autour de la table. Lord Lochall congédia les domestiques et l'invita à prendre place.

— Nous déjeunons en privé, ce matin, l'informa-t-il quand la porte se referma derrière le valet de pied. Ainsi, nous pourrons discuter plus librement et décider de la meilleure façon de vous aider.

— Vous avez déjà fait bien plus que je n'étais en droit d'espérer, milord. Plus tôt je quitterai cette maison et mieux cela vaudra pour vous.

— Je ne crois pas que nous courrions un danger immédiat, la contra son hôte. Toutefois, d'après ce que nous avons appris hier soir, il serait plus sûr d'en revenir au plan d'origine de votre père.

— C'est aussi mon avis. Pensez-vous pouvoir me trouver un guide, milord, au moins pour la première partie du voyage ?

— Ce ne sera pas nécessaire, intervint Grant. Je connais bien la route.

— Vous ? s'exclama Madeleine avant de secouer la tête. Non, le capitaine Ormskirk a fait le lien entre nous. Il serait bien trop dangereux de voyager ensemble.

— Vous avez raison, c'est pourquoi nous utiliserons des noms différents.

— Je ne pense pas que cela changera grand-chose, rétorqua Madeleine, les nerfs à fleur de peau.

Le sourire du Highlander la rendait furieuse.

— Grant Rathmore, je vous l'ai dit, je ne *veux* pas que vous m'escortiez.

— Mais hélas, milady, vous avez besoin de moi, que vous le vouliez ou non.

Il soutint son regard courroucé un long instant avant d'ajouter d'une voix cajoleuse :

— Allons, Maddie, écoutez ce que j'ai à dire avant de prendre le mors aux dents. Trouver un guide fiable pour vous conduire d'ici jusque dans l'ouest des Highlands relèverait du miracle. J'admets que mes connaissances des environs sont limitées, mais dès que nous aurons franchi la Ness, vous pénétrerez dans mon domaine. J'ai grandi là-bas, la plupart des sentiers me sont familiers, vous aurez plus de chances d'atteindre Loch Òrail saine et sauve avec moi qu'avec n'importe qui d'autre.

— Mais vous disiez vous-même que les habitants de la région pourraient vous reconnaître.

— C'est un risque que nous devrons courir.

— Non, c'est trop dangereux. Les soldats seront à notre poursuite.

— Mais ils ne feront pas attention à deux frères qui voyagent ensemble.

Il sourit :

— N'ayez pas l'air si surprise. Comme vous l'avez si judicieusement fait remarquer, les tuniques rouges recherchent un homme et une femme. Dans ce cas, nous n'aurons qu'à changer cela.

Maddie réfléchissait à toute vitesse. Cela pourrait fonctionner. Elle était déjà habituée à chevaucher à califourchon, comme un homme. Mais il restait un obstacle :

— Je n'ai pas de vêtements…

Lady Lochall se pencha et lui tapota la main :

— Tout est arrangé, ma chère. Nous gardons plusieurs tenues et livrées de rechange pour nos domestiques. J'ai chargé Tomson d'en dénicher une à votre mesure. Vous devriez trouver votre déguisement dans votre chambre quand vous remonterez.

Maddie se coula contre son dossier, réfléchissant à ses options. Elle ne voulait pas accepter leur aide, ils avaient déjà tant fait pour elle. La meilleure solution pour toutes les personnes impliquées serait qu'elle s'éclipse discrètement et le plus rapidement possible, mais lorsqu'elle leva les yeux vers Grant, elle comprit qu'il avait deviné ses pensées.

Il déclara :

— Je ne vous laisserai pas faire ce voyage toute seule, Madeleine.

— Rathmore a entièrement raison.

Lord Lochall tapota sa serviette sur ses lèvres avant d'ajouter, ses mots lents et précis :

— Il est impératif que vous partiez avec quelqu'un qui connaît la route et qui de mieux qu'un homme né dans cette région ?

— Il semble que je n'ai guère le choix.

— Non, en effet, reconnut Grant. À présent, remontez et tâchez de vous transformer en un petit frère convaincant.

Moins d'une heure plus tard, Madeleine regagna le salon du matin, métamorphosée. Une cravate en lin et un gilet de serge céruléenne dissimulaient une chemise trop grande, qui elle-même masquait la silhouette féminine de Madeleine. Une veste d'un bleu assorti recouvrait le tout. Elle avait revêtu ses chausses en soie sous une culotte de cuir rêche qui avait appartenu à un ancien garçon d'écurie et ses bottes de cavalier noires étaient jugées suffisamment masculines pour qu'elle puisse les porter avec une paire de guêtres que Tomson avait dénichée pour elle. Un bicorne venait parfaire le déguisement. Madeleine le plaça sur sa tête en l'inclinant de façon élégante et avait rassemblé ses cheveux sur sa nuque avec un ruban.

Les Lochall n'ayant pas trouvé de manteau à sa taille, elle devrait se contenter d'une cape pour la protéger des éléments. Madeleine s'était d'ailleurs enveloppée dans le large vêtement pour quitter sa chambre afin d'éviter que son apparence surprenne les domestiques. Mais heureusement, Lady Lochall avait tout prévu et envoyé valets et bonnes travailler dans une autre aile de la maison. Personne ne l'avait encore vue dans sa nouvelle identité.

Inspirant profondément, elle releva le menton et pénétra dans le salon du matin d'une démarche arrogante :

— Eh bien, qu'en dites-vous ?

Au bout d'un long silence, Grant s'asséna une grande claque sur la cuisse en éclatant de rire :

— Dieu m'en est témoin, vous faites un jeune homme épatant !

Madeleine sentit ses lèvres s'étirer en un sourire espiègle. Ôtant son chapeau, elle effectua une révérence moqueuse :

— Merci, mon bon monsieur !

— Il va vous falloir des noms, déclara Lady Lochall en se prenant au jeu. Voyons, laissez-moi réfléchir. Douglas, Iain, Robert ?

— Pourquoi pas James ? proposa Maddie. Cela sonne bien.

— Non !

Le refus catégorique de Grant surprit tout le monde, si bien qu'il se trouva contraint d'expliquer :

— J'ai perdu un ami qui portait ce nom, à Culloden.

Et il se sentait toujours coupable d'avoir survécu quand tant de ses camarades avaient péri à Drumossie Moor.

— Oh. Je vous prie de me pardonner, répondit Maddie, contrite. Que suggérez-vous dans ce cas, comment devrais-je m'appeler ?

Il la détailla du regard, l'air songeur.

— Duncan, finit-il par dire. Et je serai Ross. Duncan et Ross… Malcolm. Qu'en pensez-vous ?

— Je pense que ces noms conviendront très bien.

— Nous sommes donc d'accord. Nous devrions nous mettre en route.

— Vous aurez besoin d'argent, intervint Lord Lochall. Permettez-moi de vous en donner.

Mais Madeleine secoua la tête :

— Merci, milord, mais ce ne sera pas nécessaire. Il me

reste les fonds que j'ai pu emporter avec moi d'Inverness. Ils devraient suffire pour nous deux.

Puis elle lança à Grant un regard de défi :

— Vous serez bien évidemment rémunéré pour m'avoir escortée.

— Tâchons d'abord de gagner la France, ensuite nous pourrons nous disputer à propos du paiement.

Il se détourna abruptement, de peur qu'elle ne lise son inquiétude sur son visage… Ce périple s'annonçait affreusement risqué. Il leur faudrait parcourir plus de cent-cinquante milles rien que pour rejoindre le lieu de rendez-vous. Leurs chances de rallier la France sains et saufs étaient bien minces.

Grant et Madeleine retrouvèrent leurs robustes poneys des Highlands sellés et prêts à partir devant Lochall House. Ils prirent congé de leurs hôtes et se mirent en selle, ne s'arrêtant que pour un dernier signe d'adieu lorsqu'ils atteignirent le virage menant à la route. Une épaisse bruine mouillait la campagne et Grant déclara qu'ils devraient s'en réjouir :

— La piste grimpe et devrait nous dissimuler dans ces nuages bas. Par ailleurs la pluie effacera nos traces. C'est un temps idéal pour échapper aux poursuites. Lord Lochall m'a recommandé de prendre vers l'ouest avant de retraverser le fleuve, afin d'éviter des patrouilles supplémentaires.

— Entendu.

Mais la jeune Française paraissait démoralisée. Dans l'espoir de raviver sa combativité, il ajouta :

— Eh bien, Madeleine, que se passe-t-il ? Vous ne m'avez pas contredit. Êtes-vous souffrante ?

Mais elle ne sourit pas :

— Je crains d'avoir mis Lord et Lady Lochall en grand danger.

— Hélas, je le crains également. C'est regrettable,

mais nous ne pourrons rien y changer. Le mieux que nous puissions faire pour les aider est de nous éloigner le plus possible de Lochall House. Et prestement. Quand le capitaine Ormskirk se présentera, ils diront que nous avons pris la direction d'Aberdeen et qu'ils ne savent rien de plus. Il est également probable qu'ils partent se cacher ailleurs pendant quelque temps.

Grant tendit la main vers Madeleine et lui asséna une claque sur l'épaule :

— Haut les cœurs, jeune Duncan ! Tout ira bien, ne craignez rien.

Le voyage fut rude. Le crachin ininterrompu transforma la piste en un ruisseau de boue, si bien que les poneys glissaient et trébuchaient en montant et descendant les collines. La nuit, ils s'abritaient dans des grottes ou sous des saillies rocheuses. Les provisions que Lady Lochall leur avait offertes leur permirent de tenir les deux premiers jours, après quoi ils durent chercher des fermes ou des relais pour acheter de quoi se sustenter.

Le temps finit par se dégager, à leur grand soulagement, et Madeleine sentit son moral s'améliorer quelque peu en apercevant au loin les murs de pierre vétustes du château d'Inverness autour desquels se pressaient les bâtiments de la ville.

— Baissez votre chapeau et remontez votre col, ordonna Grant. Je ne veux pas risquer que l'on vous reconnaisse.

— Personne ne s'attendra à me voir accoutrée de la sorte, répondit-elle en obéissant malgré tout. Par ailleurs, la plupart de mes connaissances ont fui dans les semaines qui ont précédé la bataille.

— Et personne n'a proposé de vous emmener ? s'étonna Grant.

— Non. Nous n'avions pas vraiment de connexion.

Papa ne l'encourageait pas. Nous ne demeurions jamais longtemps au même endroit, vous comprenez.

— Eh bien, pour ma part, j'ai vécu à Ardvarrick pendant la majeure partie de ma vie. Jusqu'à ce que je rejoigne l'armée, l'an dernier.

— Avez-vous perdu beaucoup d'amis pendant cette campagne ?

Une ombre passa sur le visage de Grant :

— De vrais amis ? Non, mais cela ne rend pas leur mort plus facile à accepter. Ni le fait que j'ai survécu et qu'eux n'ont pas eu cette chance.

Il s'était exprimé avec amertume et Madeleine était incapable de trouver les mots pour l'apaiser. Elle jugea donc préférable de changer de sujet.

— Je m'estimerai comblée si nous parvenons à dénicher une auberge respectable où passer la nuit, déclara-t-elle. J'aimerais beaucoup pouvoir me débarrasser de la crasse de notre voyage et mettre des vêtements propres. Pensez-vous que je pourrai prendre un bain ? Allons, qu'ai-je dit à présent pour provoquer votre hilarité ?

— Vous êtes mon petit frère, ne l'oubliez pas, lui rappela Grant, riant toujours. Vous seriez contrainte de prendre votre bain dans notre chambre commune.

Madeleine écarquilla les yeux :

— Seigneur ! Je n'avais pas songé à cela ! Ne pourrions-nous louer des chambres séparées ?

— Nous ne sommes que d'humbles voyageurs, non des membres de la royauté !

— *Vous*, peut-être, rétorqua-t-elle d'un ton taquin. Papa a un jour déclaré qu'il était affilié à une branche mineure de la famille des Bourbons.

— J'ai peur que cela ne soit pas d'une grande aide dans la situation présente, répliqua-t-il. Ce genre d'allégation risquerait d'éveiller beaucoup de soupçons.

— Vous avez raison et je crains de toute façon que ce ne soit là qu'une autre de ses histoires.

Maddie soupira avant d'ajouter :

— Eh bien, si nous devons partager une chambre, vous trouverez bien à vous occuper à l'extérieur pendant une heure ou deux !

Inverness avait changé de visage depuis le départ de Maddie. Les rues grouillaient de soldats et de nombreux bâtiments étaient maintenant déserts. Ils passèrent devant la demeure de Louis Haster, un vieil horloger chez qui Madeleine avait fait réparer la montre à gousset de son père.

L'homme la lui avait rendue en parfait état de marche et si bien lustrée qu'elle avait semblé comme neuve. Mais aujourd'hui, la boutique était vide, les fenêtres brisées et la porte défoncée pendait à un de ses gonds. La jeune Française en eut presque la nausée, préférant ne pas songer à ce qui avait pu arriver à cet homme si gentil.

— Au moins, les relais sont toujours en activité, constata Grant en jetant un œil autour de lui. Voyons si nous parvenons à trouver un logement décent pour la nuit.

Ils dénichèrent deux établissements relativement corrects et burent une chope de bière dans chacun d'eux afin de décider lequel conviendrait le mieux pour leur étape. Ils tombèrent d'accord et choisirent l'auberge de Bridge Street, car les tabliers des domestiques y étaient plus blancs et les salles publiques plus propres. Ils échangèrent avec le propriétaire qui leur apprit que l'endroit était complet. Toutefois, leur attitude joviale et quelques pièces supplémentaires convainquirent l'homme de leur louer une chambre privée et de jouir du luxe d'un bon feu de tourbe brûlant dans l'âtre.

Un bain n'était hélas pas possible. L'aubergiste ne put leur proposer que deux cruches d'eau chaude, dont

Maddie dut se contenter. Elle congédia Grant avant de se déshabiller et de se laver. Quand son compagnon revint du bar, la jeune Française avait mis ses vêtements à sécher devant la cheminée et tiré de sa sacoche une chemise de rechange qu'elle portait comme une blouse par-dessus ses chausses.

Elle rougit en le voyant entrer, consciente que sa tenue était à peine convenable, et s'empressa de déclarer :

— Un domestique a pris mon manteau pour le brosser et proposé d'en faire autant avec le vôtre, si vous le souhaitez.

— Quand nous nous retirerons pour la nuit, peut-être, mais pour l'instant nous devons nous préparer à descendre dîner. Le propriétaire a refusé de faire servir le repas dans la chambre et je n'ai pas voulu insister afin d'éviter d'attirer l'attention.

Maddie jeta un œil autour d'elle :

— En vérité, il n'y aurait guère la place pour cela, vous ne pensez pas ? Nous serions contraints de nous asseoir sur le lit pour manger.

Cette dernière phrase lui rappela un autre sujet délicat, mais elle feignit l'indifférence :

— En parlant de lit, nous devrions décider d'un arrangement pour les couchages.

Grant chassa l'idée d'un geste de la main :

— Je me suis occupé de cela. Je leur ai demandé de nous installer un lit d'appoint. J'ai expliqué au propriétaire que vous vous agitiez terriblement pendant votre sommeil. Au point de m'infliger de violents coups.

L'éclat mutin de ses prunelles la fit sourire.

— C'était finement négocié.

— D'un autre côté, reprit Grant d'un ton espiègle, le matelas est assez large pour nous deux, si vous préférez ?

— Merci, le lit d'appoint me conviendra parfaitement, répliqua-t-elle.

— En êtes-vous certaine ?

Les yeux du Highlander pétillaient d'amusement ; il la taquinait toujours. Le sourire de Maddie se mut en un regard froid.

— Absolument, rétorqua-t-elle d'une voix doucereuse. À moins que *vous* ne préfériez dormir à l'écurie ?

Grant s'apprêtait à lui répondre de la même façon, mais il s'interrompit en entendant quelqu'un gratter à la porte. Madeleine aboya un « Oui ? » impatient en ouvrant à une jeune domestique qui s'inclina nerveusement.

— Votre manteau, monsieur, marmonna-t-elle en lui tendant le vêtement avant de s'enfuir.

Grant gloussa :

— Eh bien, *Duncan*, je constate qu'il me faudra vous enseigner comment charmer une femme de chambre, si vous voulez un jour réussir à plaire à ces dames.

Elle lui lança un regard ulcéré :

— Je ne doute pas que vous soyez un expert dans ce domaine, *Ross* !

— Pas tout à fait, mais je serais ravi de partager avec vous mon savoir en la matière.

Il comprit, à la façon dont elle écarquillait les yeux et à la soudaine carnation rouge de ses joues, que cette pensée la perturbait. Elle songeait à leur baiser, tout comme lui en cet instant, et cela l'alerta.

Enfer et damnation, si nous n'y prenons pas garde, aucun de nous ne parviendra à dormir cette nuit !

Il mit immédiatement fin à sa taquinerie et se détourna en marmonnant :

— M'avez-vous laissé un peu d'eau propre ? Oui, bien. Vous feriez mieux de vous rendre présentable pendant que je me lave.

Chapitre 9

Ils descendirent prendre leur dîner dans la vaste salle commune. Tous deux faisaient preuve de réserve, mais la tension presque palpable qui les avait rendus si nerveux un peu plus tôt s'était dissipée. Grant avait tiré les rideaux du lit pour créer un paravent de fortune et préserver leur intimité pendant qu'il se lavait et que Madeleine achevait de se vêtir. Toutefois, lorsqu'il avait demandé à la jeune Française si elle était prête à descendre, elle lui avait répondu de façon si timide que Grant avait compris que son déguisement ne tromperait personne.

Il feignit l'agacement :

— Tss… Je ne puis laisser mon petit frère se présenter en public accoutré comme un galopin des rues !

Madeleine prit aussitôt la mouche, comme il l'avait anticipé.

— Ma tenue est très bien !

— Votre cravate est de travers ! Approchez, je vais la nouer pour vous.

Grant s'attarda à lisser tous les plis sans cesser de marmonner d'un ton exaspéré, si bien qu'une fois son œuvre achevée, la jeune femme avait retrouvé son esprit combatif et le foudroyait d'un regard noir.

— Voilà, déclara-t-il en reculant d'un pas pour examiner la demoiselle d'un œil critique. Il faudra nous en contenter.

— Nous en contenter ? Nous avons l'air cent fois plus fréquentables que la plupart de leurs clients !

— Rien de moins que ce que l'on attend de deux hommes respectables ! L'apparence est primordiale, petit frère !

Il ouvrit la porte et la tint pour lui permettre de sortir en premier.

— Allons, venez, Duncan ! En scène !

Comme il l'avait espéré, une étincelle de colère embrasa le regard de Madeleine. Elle carra les épaules, relevant son défi, quitta la chambre et descendit les escaliers avec la démarche arrogante et hautaine d'un jeune gentilhomme.

Ils dénichèrent une table vide où on leur servit rapidement boisson et nourriture d'étonnamment bonne qualité.

— Cela n'a rien de surprenant, répondit Grant lorsque Maddie en fit la remarque. La plupart des clients sont des hommes de l'armée. Des officiers avec une solde à dilapider. Cela devrait jouer en notre faveur. Ils ne s'attendront jamais à trouver des fugitifs cachés dans leurs rangs.

— Des fugitifs…

Elle grimaça :

— Oui, je suppose que c'est ce que nous sommes, désormais.

— Personnellement, j'en suis un depuis que les jacobites ont fui Culloden.

Il continuait de sourire d'un air amusé, pour ne pas éveiller les soupçons de quiconque regarderait dans leur direction.

— Si nous sommes pris, votre unique crime serait de vous trouver en ma compagnie.

— Dans ce cas, tâchons d'éviter cela, répondit-elle.

Maddie ne tarda pas à dissiper les derniers doutes de Grant quant à sa capacité à tromper leur entourage. Elle s'était installée sur la chaise en face de la sienne et paraissait détendue, levant sa chopine avec assurance. Seul le tressaillement furtif de ses lèvres révélait qu'elle n'était guère habituée à consommer de la bière. Il avait craint que les mains de la jeune Française soient trop délicates pour passer pour des mains d'homme, mais Madeleine avait eu la bonne idée de les frotter avec un peu de suie pour masquer sa peau laiteuse. Elle en avait également appliqué avec parcimonie sur son menton et ses joues, donnant l'impression convaincante, surtout dans la lumière tamisée, d'un premier duvet de barbe.

Ils savourèrent leur repas sans interruption, puis commandèrent du café et deux autres chopes de bière. Ils étaient tous deux réticents à l'idée de regagner leur chambre commune, mais fort heureusement, ils n'eurent aucun mal à trouver des sujets de conversation. Autour d'eux, les clients allaient et venaient, certains rentraient chez eux, d'autres allaient s'installer au bar dans la salle voisine, une fois leur dîner terminé. Bientôt, il ne resta plus qu'une poignée de tables occupées. Deux d'entre elles se trouvaient dans les coins, où des hommes discutaient à voix basse, mais une troisième table accueillait un groupe de soldats qui avait passé la soirée à boire. Ils semblaient à présent d'humeur turbulente. L'un d'eux, dans un uniforme d'officier, sa perruque de travers, héla l'aubergiste et réclama plus de vin.

— On a les moyens ! ajouta-t-il en agitant une bourse épaisse dans les airs. On a tous pris notre part, pas vrai, les gars ? Après tout, ce vieil imbécile n'en aura plus besoin là où il est.

— Ni de ses montres, major ! déclara un deuxième homme en riant tout en tapotant sa poche.

— *Aye*, c'était une rallonge plutôt bienvenue, hein, les gars ?

Leur hôte approchait et les soldats tentaient d'intimer le silence à leur camarade, mais ce dernier était trop ivre pour qu'un « chut » le dissuade de poursuivre :

— Et pourquoi je me tairais ? Ce maudit traître a eu ce qu'il méritait !

Un autre officier leva les yeux vers l'aubergiste et ajouta avec un rire nerveux, expliquant :

— Un vieil homme sur Castle Street qui a résisté pendant son arrestation… Un accident tragique.

Grant se demanda s'il ne serait pas plus sage de protéger Maddie de leur présence en quittant la pièce. Elle était toujours assise, les mains sur sa chope, le regard perdu dans le vide, mais le visage intensément concentré.

L'aubergiste, de marbre, déposa trois bouteilles de vin supplémentaires et s'éloigna. Quand il passa devant eux, Madeleine tendit le bras pour l'arrêter :

— Une autre bière, monsieur, s'il vous plaît.

Grant ne put masquer sa surprise.

— Est-ce bien raisonnable ? lui demanda-t-il en baissant la voix. Il est temps de nous retirer.

— Non.

Les sourcils froncés, elle jeta un coup d'œil de biais au groupe bruyant de la table voisine. Grant haussa les épaules. Plus ils demeureraient ici, moins ils seraient contraints de se côtoyer dans leur minuscule chambre commune. Cela leur éviterait d'autres moments gênants.

Les soldats continuèrent de s'enivrer, repoussant leurs chaises, déboutonnant leurs cols et desserrant leurs cravates pour se mettre plus à leur aise. Grant comprit qu'ils s'installaient pour une nuit de beuverie et il s'apprêtait à proposer à Maddie de se retirer quand, soudain, quelque chose tomba sur le sol. L'officier assis le plus près de leur table avait tiré un mouchoir de sa poche pour éponger son visage rubicond et une tabatière, prise dans ses plis, en chut.

Maddie se pencha pour la ramasser.

Elle tapota le bras de l'homme :

— Vous avez perdu ça, sergent.

— Oh ! merci, mon garçon ! C'est bien aimable.

— Ce n'est rien, monsieur. Tout le plaisir est pour moi. C'est un bel objet.

— *Aye.*

Le sergent la leva dans la lumière pour l'examiner :

— Je l'ai gagné à un jeune caporal, à Carlisle. Aux cartes. À la loyale.

— Aux cartes, hein ? C'est mon passe-temps préféré.

Grant se redressa légèrement, tendu et alerte. À quoi diable était-elle en train de jouer ?

De l'autre côté de la table, le major intervint d'un ton jovial :

— Tout va bien, sergent ? Vous vous faites des amis ?

— Ce jeune homme a remarqué que j'avais fait tomber ma tabatière, major Albright, répondit le soldat en montrant l'objet.

Maddie toucha le bord de son chapeau :

— Nous parlions de cartes, major.

— De cartes, hein ? Ça, c'est une excellente idée !

L'officier parcourut sa tablée d'un regard vaseux :

— Qui veut jouer ?

Mais la plupart de ses camarades refusèrent en riant. Deux d'entre eux souhaitèrent la bonne nuit à l'assistance et quittèrent la salle d'un pas chancelant pour regagner leurs chambres.

— Nous sommes encore quatre. Allons, debout, lieutenant !

Le major Albright planta son coude dans les côtes de son voisin, qui avait la tête posée sur la table et ronflait bruyamment, mais en vain.

— Mais nous ne sommes que trois réveillés.

— Si vous voulez, nous pourrions nous joindre à vous et faire une petite partie de *lanterloo*, proposa Maddie.

— De *lanterloo* ?

Le major leva les sourcils :

— Qu'est-ce qu'un jeune homme comme vous connaît d'un jeu pareil ?

Elle haussa les épaules avec modestie :

— Seulement les bases, je l'admets, mais j'ai toujours rêvé d'essayer.

Grant commençait à s'inquiéter sérieusement. Il intervint :

— Je vous prie d'excuser mon cadet, major. Je crains que la bière ne parle à sa place. Venez, Duncan, il se fait tard et nous devrions nous retirer.

— *Nay*, mon frère, nous devons bien avoir le temps pour une petite partie ? Pour essayer ?

Le regard que Madeleine lui lança était si féroce que Grant capitula et laissa le major les inviter à leur table. Il ignorait ce que la jeune Française avait derrière la tête, mais cela l'intriguait. Pour l'instant, il n'était pas excessivement inquiet. La demoiselle n'était pas suffisamment en danger pour qu'il ne parvienne pas à l'extraire de cette situation si nécessaire.

— Je pense que c'est l'occasion de gagner un peu d'argent, lui murmura Madeleine tandis qu'ils se levaient de leurs sièges. Proposez-leur une partie de *lanterloo* à cinq cartes.

Les présentations faites, l'officier endormi fut poussé sur le côté sans ménagement et Grant et Maddie prirent place à la table des soldats pendant que le major Albright redressait sa perruque et demandait à son camarade de ramener un paquet de cartes.

Après la coupe, Grant reçut la carte la plus basse et fut le premier à distribuer, déposant enfin le restant du paquet face cachée avant de dévoiler la dernière, qui servirait d'atout.

— Pique, murmura le major en étudiant sa main et en secouant la tête.

Grant gagna le premier tour, quand tout le monde passa, mais il ne put faire la levée suivante et se trouva contraint d'ajouter des pièces au pot. À mesure que la partie progressait, le silence tomba dans la salle, les joueurs concentrés sur leurs mains. Grant remarqua que Maddie jouait de façon solide, car elle passait et échangeait ses cartes avec beaucoup de talent. Elle fit plusieurs levées, perdit une fois et dut gonfler le pot, mais ne commit aucun impair susceptible d'éveiller les soupçons des soldats.

Toutefois, c'était elle qui tenait les cordons de leur bourse, et cela l'inquiétait un peu. La lueur combative qu'il apercevait parfois dans ses prunelles, ainsi que la détermination concentrée qui figeait son visage l'avaient convaincu qu'elle préparait quelque chose. Il espérait simplement qu'elle ne les ruinerait pas sur un coup de malchance. Il poursuivit la partie tout en gardant un œil sur Maddie. Le groupe commanda une nouvelle tournée de bière, mais à son grand soulagement, la jeune Française ne toucha pratiquement pas à sa chope. Leurs compagnons, en revanche, continuèrent de s'enivrer à un rythme soutenu, si bien que, lorsque le major révéla ses cartes en les posant sur la table avec une exclamation de triomphe, il était le seul joueur, à l'exception de Maddie et Grant, encore éveillé. Grant ne parvenait pas à savoir si c'était par leur talent ou simple chance qu'ils avaient perdu si peu d'argent.

Le major poussa son voisin du coude pour le réveiller, mais lorsqu'il proposa une nouvelle partie, celui-ci jura d'une voix pâteuse et regagna ses pénates en titubant.

— Vous accepterez bien de rejouer, Malcolm, déclara le soldat en rassemblant les cartes.

— Trois joueurs ne suffiront pas, commenta Grant en s'efforçant de masquer son soulagement. Je crois qu'il est temps pour mon petit frère et moi-même de vous souhaiter la bonne nuit, monsieur.

— Quoi ? Sottises !

Sa victoire avait galvanisé le major :

— Jouons à autre chose. Nous nous débrouillerons à trois…

— Ce ne serait pas équitable, objecta Madeleine d'une voix rauque.

— Dans ce cas, que diriez-vous d'un quadrille, si je parviens à réveiller mon sergent ?

— Pourquoi pas un piquet ? proposa Maddie. Juste vous et moi. Mon frère préfère fumer sa pipe près du feu avant d'aller se coucher, n'est-ce pas, Ross ?

Le major Albright gloussa :

— Duncan est un jeune homme plein d'entrain, Mr Malcolm, mais vous devriez lui tenir la bride plus haute. L'empêcher de s'attirer des ennuis.

— Le garçon est déterminé à foncer dans le mur. Il refuse de m'écouter.

Grant songea avec amertume que ses paroles contenaient plus qu'une once de vérité.

— Mais je vous le dis, major : je ne serai pas responsable de ses pertes.

Il fronça les sourcils en direction de Maddie, mais la jeune Française se contenta de sourire d'un air innocent.

L'officier semblait déçu :

— Ne préféreriez-vous pas jouer à sa place, Malcolm ?

— Vous pensez que je ne serai pas un adversaire à la hauteur, major ? s'exclama Maddie d'un ton faussement outré. Je pourrais vous surprendre !

Grant haussa les épaules et rétorqua :

— Si le gamin tient à vous céder toutes ses économies, je ne l'en empêcherai pas. Cela devrait lui donner une leçon.

Il porta sa chaise pour s'installer près du feu mourant et tira sa pipe, étendant ses longues jambes devant lui. Au bout d'un instant, il fit mine de sommeiller, mais gardait un œil sur Madeleine, alerte.

La jeune Française s'était débarrassée de son manteau et distribuait adroitement les cartes. En dépit de ce léger avantage, elle perdit la première partie de six tours. Grant tressaillit intérieurement. Voilà qui n'augurait rien de bon. La partie suivante s'avéra plus réussie, car Maddie parvint à marquer un repic. Le major réclama plus de vin, mais Grant nota que « Duncan » ne buvait toujours presque rien.

Le Highlander sentit son moral remonter quand Duncan déclara qu'il détenait un quatorze d'as, avant qu'une série de défausses malchanceuses lui fassent perdre le tour. Les autres tables de l'auberge se vidèrent et la salle était silencieuse à l'exception des joueurs qui tenaient le score. Grant était terriblement tendu, ses nerfs à vif. Il se tançait intérieurement de ne pas avoir convaincu Maddie de le laisser gérer leur argent, car alors il aurait peut-être pu dissuader la jeune femme de parier sur un coup de tête. Grant l'entendit annoncer une tierce, que le major contesta avec un juron, et il remarqua soudain que la pile de pièces à côté de son coude commençait à s'agrandir.

L'aubergiste vint remplacer les bougies fondues, mais aucun des deux joueurs ne lui prêta la moindre attention. Ils avaient atteint le dernier tour de la partie finale et leurs scores étaient pratiquement équivalents, mais ayant soigneusement observé les échanges, Grant était confiant dans la victoire de Maddie. En vérité, il comprenait à présent que la jeune femme avait réalisé un sans-faute et que, si elle l'avait souhaité, elle aurait sans doute pu doubler ses gains.

Où diable a-t-elle appris à jouer comme cela ?

Le major posa la même question à Duncan, qui remporta l'ultime levée. Il se tourna pour foudroyer Grant du regard :

— L'avez-vous aidé ?

— Certainement pas. J'ai délibérément placé ma chaise de cette manière pour ne pas voir vos mains. Et mon frère n'aurait de toute façon pas pu me consulter sans se retourner. Pour être honnête, j'aurais préféré qu'il perde à plate couture. Il va être insupportable, à présent !

Grant avait répondu avec nonchalance, d'apparence détendu et indifférent, mais intérieurement, il était prêt à intervenir. Si le soldat décidait de ne pas accepter la défaite, les choses pourraient très vite dégénérer.

D'un grognement, le major reconnut qu'il disait vrai et se tourna de nouveau vers Duncan. Il fronça les sourcils un instant avant de glousser, l'air incertain :

— Par Dieu ! C'est bien la première fois que je me fais battre par un gamin ! Vous avez eu beaucoup de chance.

— Pour être franc, monsieur, c'est la première fois que je gagne une partie, déclara Maddie en glissant les pièces dans sa bourse. On dirait que ma chance a enfin tourné !

— Eh bien, j'en suis ravi pour vous, bien que ma bourse se soit considérablement allégée par votre faute !

Le major Albright vida son verre de vin et se resservit, visiblement décidé à terminer la bouteille avant de se retirer.

Grant se leva et posa une main sur l'épaule de Maddie. Il était plus que temps de s'extraire de cette situation.

— Nous allons vous souhaiter la bonne nuit, major.

— Bonne nuit à vous, Mr Malcolm. Je vous conseille tout de même de garder un œil sur ce jeune chien fou ! Sa passion pour le jeu risque de lui attirer des ennuis.

— Je n'en ai hélas que trop conscience, marmonna Grant pendant que son « frère » remettait son manteau avant de le pousser hors de la pièce.

Il ne prononça pas un mot de plus avant d'avoir atteint la sécurité de leur chambre. Il verrouilla la porte et se tourna vers Maddie.

— Mais qu'est-ce qui vous est passé par la tête ? demanda-t-il dans un chuchotement furieux.

Elle s'était débarrassée de sa veste et allumait les bougies sur la cheminée :

— Je me suis dit que remplir notre bourse ne nous ferait pas de mal.

— C'était de la folie ! De la bêtise ! Non seulement

vous avez attiré l'attention sur vous, mais vous avez risqué nos économies dans un jeu de hasard.

— Oh ! il n'y a guère eu de place pour le hasard, ce soir. J'aurais pu rafler jusqu'à la dernière pièce de ce major Albright, mais j'ai jugé préférable de modérer ma victoire, pour qu'il ait l'impression de s'en tirer à bon compte.

Elle lança la bourse à Grant :

— Tenez, gardez ça. Je pense que nous avons désormais assez d'argent pour voyager confortablement jusqu'en France.

Son insouciance ne fit qu'embraser davantage sa colère. Il jeta l'escarcelle sur le lit et la saisit par les épaules :

— Ne voyez-vous pas combien ce petit jeu était dangereux ? Et s'ils s'étaient rendu compte que vous n'êtes pas un homme ?

— Je ne risquais rien. Mon déguisement…

— … n'est rien de plus qu'une illusion, et une illusion terriblement fragile ! Dans une salle enfumée, à la lueur des bougies, vous avez peut-être pu berner des soldats ivres, mais que se passera-t-il demain, lorsqu'ils vous croiseront de jour ?

Il frotta sa joue tachée de suie du bout des doigts :

— Pensez-vous que cette piètre mascarade suffira à vous sauver ?

— Je ferai en sorte de ne pas les croiser !

Elle le repoussa pour se libérer de sa poigne :

— Je devais faire quelque chose ! Ils étaient si bruyants et vulgaires. Vous les avez entendus rire de ce qu'ils ont fait à ce pauvre vieillard !

— Pardon ?

Elle l'avait perdu. Grant n'avait prêté aucune attention à la conversation des soldats, puisqu'ils ne semblaient pas être à leur recherche.

Madeleine se dirigea à grands pas furieux vers la

bassine d'eau et entreprit de laver la suie de son visage et de ses mains.

— L'argent qu'ils dépensaient avec tant d'insouciance, reprit-elle en lui jetant les mots à la figure par-dessus son épaule. Ils ont dit qu'ils l'avaient volé à un vieil horloger de Castle Street. Louis Haster. Je le connaissais. Nous sommes passés devant sa maison aujourd'hui... Les fenêtres étaient brisées, la porte enfoncée. C'était un homme doux, inoffensif. Et ils l'ont tué.

Elle saisit la serviette et frotta ses joues avec férocité :

— Quand j'ai vu que ces brutes dilapidaient son argent pour s'offrir une nuit de beuverie, j'ai compris que je devais intervenir. Les punir.

Elle enfouit son visage dans le linge, ses épaules s'affaissant, et Grant sentit sa propre colère s'envoler. Il approcha de quelques pas, puis s'arrêta. À bonne distance.

— Je suis désolé, Madeleine, je l'ignorais.

— Je sais.

Elle inspira profondément et replaça avec soin la serviette sur son portant avant de conclure d'une voix rauque :

— Je vous remercie de m'avoir permis de jouer.

— J'ai bien vu que vous étiez décidée.

Il tenta de détendre l'atmosphère en ajoutant :

— En vérité, vous étiez si déterminée qu'à moins de vous hisser sur mon épaule, je n'aurais guère pu vous arrêter.

— Vous seriez passé pour un grand frère parfaitement tyrannique.

Elle releva la tête, la lueur vacillante des chandelles jouant avec les ombres de son visage, dévoilant le sourire taquin qui incurvait ses lèvres. Si elle savait ! Les sentiments qu'elle éveillait en lui n'avaient absolument rien de fraternel. Même avec une chemise d'homme et une paire de chausses, elle lui paraissait très féminine. Et terriblement désirable.

Un torrent de pensées déferla dans son esprit, mais il se concentra sur la moins dangereuse.

Il dit d'un ton irrité :

— Vous avez encore de la suie sur le visage.

Il saisit un tissu humide posé près de la bassine et approcha :

— Laissez-moi faire.

Madeleine ferma les yeux et patienta, immobile, tandis qu'il relevait son menton d'une main et frottait doucement sa joue. L'émoi de la soirée l'avait épuisée. Elle s'était installée dans la grande salle, aussi tendue qu'un arc, consciente de chaque regard curieux qu'on leur lançait. Elle ne se faisait aucune illusion quant aux risques qu'ils encouraient et savait qu'elle devait à tout prix éviter d'attirer l'attention, mais les moqueries cruelles des soldats sur le sort du pauvre horloger l'avaient mise hors d'elle.

Une fureur sourde et froide l'avait animée tout au long de la partie de cartes et elle s'était efforcée de garder l'esprit clair, jaugeant les capacités de ses adversaires afin de gagner juste assez pour susciter leur intérêt, mais pas assez pour se valoir leur hostilité. Madeleine avait éprouvé une certaine satisfaction, et même d'une pointe d'excitation en comprenant qu'elle n'avait pas perdu son talent. Mais maintenant que la tension était retombée, la jeune Française se sentait vide. Elle pouvait comprendre la colère de Grant, mais se trouva trop fébrile, trop lasse, pour lutter.

— Là, voilà qui est mieux.

Il fit pivoter sa tête de droite et de gauche, inspectant son travail avant de la relâcher.

Maddie ouvrit les yeux, battant des paupières, et voulut le remercier… mais les mots se bloquèrent dans sa gorge. Grant la contemplait et elle demeura maladroitement figée, se rappelant la dernière fois où elle avait ressenti un tel émoi, comme si une tempête s'apprêtait à les emporter.

C'était la nuit où Grant l'avait embrassée… Le frisson à la fois pétillant et scandaleux de ce contact s'était répandu dans son corps.

À présent, tout son être exigeait qu'il recommence. Madeleine avait la bouche sèche, les seins douloureusement tendus contre les bandes de tissu qu'elle avait utilisées pour les aplatir. Elle mourrait d'envie de faire un pas en avant, d'enlacer son cou de ses bras et d'attirer son visage vers le sien jusqu'à ce que leurs lèvres se touchent. Elle rêvait d'oublier le monde qui les entourait dans un nouveau baiser enivrant et passionné.

Combien de temps demeura-t-elle ainsi, à se noyer dans le regard de Grant ? Lisait-il ses pensées ? Ressentait-il la même chose ? Le cœur battant comme un tambour de guerre, elle le vit lever une main vers sa joue, avant de rassembler ses doigts dans un poing qu'il baissa, lentement… Comme si ce simple geste requérait la totalité de sa volonté.

Brusquement libérée du sortilège qui les avait frappés, Madeleine s'empressa de reculer d'un pas, Grant se détournant de concert.

— Je vous demande pardon !

— Il est très tard !

Dans le silence tendu qui avait envahi la pièce, leurs paroles s'entrechoquèrent comme un coup de tonnerre.

Grant s'éclaircit la gorge :

— Je dormirai sur le lit d'appoint.

— Nous avions convenu que ce serait moi.

— C'était avant que vous dépouilliez ces soldats dans une extraordinaire démonstration de talent aux cartes !

Il désigna la porte d'un geste :

— Je vais placer le lit en travers, au cas où l'un d'eux tenterait de se faufiler pour récupérer sa mise.

Son ton était abrupt, témoin de son irritation.

Madeleine répondit doucement :

— Oh. Oui. Bien sûr.

— Les rideaux du baldaquin devraient vous offrir un peu d'intimité.

— Merci.

Elle grimpa sur le matelas et tira sur les draperies pour les fermer étroitement avant de revêtir sa chemise de nuit. Puis elle se glissa entre les couvertures et écouta les pas de Grant tandis qu'il circulait dans la pièce, puis le grincement du bois et des cordes quand il s'étendit enfin sur le lit d'appoint. Un silence gêné retomba sur la chambrée.

— Grant ?

Il ne répondit pas, mais elle savait qu'il ne pouvait pas s'être déjà assoupi.

— Je vous prie de me pardonner. Vraiment, je ne voulais pas rendre tout cela aussi difficile pour vous.

Grant entendit les mots, prononcés dans un souffle. Il perçut le regret dans sa voix. Parlait-elle de sa soirée à jouer aux cartes ou de ce qu'il s'était produit après, dans cette pièce ? De cet embrasement de désir qui les avait pris par surprise ? Une seconde, il nettoyait son visage comme si elle n'était qu'un gamin crasseux et agaçant, la suivante il se retrouvait à fixer ses lèvres, dévoré d'envie de l'embrasser. Il s'était senti attiré vers elle par une telle force qu'il avait bien failli en perdre l'équilibre. Dieu merci, ils avaient repris leurs esprits juste à temps ! Le lien qui les unissait dépassait de loin le simple badinage, désormais. Il semblait s'être consolidé dans le feu de leurs épreuves et Grant savait qu'il devrait faire preuve de beaucoup de prudence.

Il répondit :

— Vous feriez mieux de dormir. Nous devrons repartir de bonne heure, demain. J'ai déjà payé l'aubergiste. Ainsi, nous pourrons nous éclipser avant que le major Albright et ses camarades se réveillent.

— Entendu. Bonne nuit, Grant. Et merci.

— Merci ?

— De prendre si bien soin de moi.

Pour toute réponse, il grogna en se retournant sur le matelas dur et inégal. Il ne méritait aucun remerciement. Son sang bouillonnait si ardemment dans tout son corps que la jeune Française était probablement autant en danger dans cette pièce, avec lui, qu'à jouer aux cartes avec les soldats. Le simple fait d'imaginer Madeleine allongée dans ce maudit lit, si près qu'il aurait presque pu la toucher, faillit lui arracher un grondement de frustration. Il se retourna à nouveau, déterminé à la chasser de son esprit.

Malédiction ! La dernière chose dont il avait besoin était de se retrouver pris dans le filet d'une femme, en particulier aussi obstinée et impétueuse que Madeleine d'Evremont ! Il s'accrocha à cette pensée et se força à ressentir de la colère face à la capacité de la jouvencelle à contrarier ses plans… Mais petit à petit, il dut reconnaître qu'il éprouvait une certaine admiration pour la façon dont elle s'était jouée des soldats. Sans doute avait-elle appris les rudiments du piquet et du *lanterloo* à l'école, mais où avait-elle développé une telle maîtrise ? Décidément, il y avait bien plus chez cette jeune Française qu'il y paraissait.

Grant vira une fois de plus, frappant son oreiller pour tenter de le rendre plus confortable. Il devait se reposer, au lieu de songer à la femme endormie à quelques pieds de là. Il tâcha de se détendre et de rester immobile, mais l'étrange silence qui régnait dans la chambre lui apprit qu'il ne serait pas le seul à avoir une nuit agitée. Quand finalement le sommeil emporta Grant, ses cauchemars revinrent le hanter… Il fut assailli par les pires scènes de la guerre, celles qu'il avait tenté d'oublier, mais qui demeuraient marquées au fer rouge dans sa mémoire. La violence et la confusion de la bataille, la charge contre un mur d'uniformes, la vue de ses camarades tombant autour de lui, Jamie taillé en pièces et la terreur à l'idée de recevoir à tout instant un coup fatal. Puis il se retrouva, seul dans les ténèbres, en train de contempler la destruction d'un village, incapable d'intervenir, contraint d'écouter les hurlements et les appels à l'aide, ses narines emplies de la puanteur du charnier et de la fumée des maisons incendiées. Il était en Enfer et ne pouvait s'en échapper.

Puis soudain, loin au-delà du carnage, il entendit la voix de Madeleine murmurer son nom. Elle avait besoin de lui ; il devait la secourir. Mais il était impuissant, figé. Il tenta de l'appeler, mais aucun son ne sortit de sa gorge. Il ne pouvait l'atteindre…

— Grant, Grant, arrêtez. Réveillez-vous !

Il s'agitait dans son lit, empêtré dans ses draps, mais la voix de Maddie était toujours là, plus proche. Enfin, le voile du sommeil se dissipa. Il reconnut le matelas usé sous son dos et ouvrit les yeux pour découvrir une silhouette pâle, presque fantomatique, penchée sur lui et le secouant par les épaules.

— Madeleine.

Il s'assit et tendit les bras vers elle.

— Vous faisiez un cauchemar, dit-elle en prenant ses mains dans les siennes.

Il l'attira contre lui et elle le laissa faire. Il peinait encore à se convaincre qu'elle était saine et sauve.

— Pardonnez-moi, marmonna-t-il. Je vous ai réveillée.

— Non, non, je ne dormais que d'un œil.

Elle l'étreignit, juste assez longtemps pour que Grant s'assure qu'elle était réelle, puis quand sa terreur s'envola enfin, elle se dégagea avec douceur :

— L'aube approche, je pense que nous devrions partir maintenant, avant que d'autres ne s'éveillent.

— Bonne idée.

Mais lorsqu'elle voulut se lever, il resserra les doigts autour de ses paumes :

— Je veillerai sur vous, Madeleine. Vous monterez à

bord de votre bateau, saine et sauve, je le jure. Je vous protégerai ou je mourrai en essayant.

Il ne put lire l'expression de son visage et se demanda si elle le croyait.

— Merci, dit-elle finalement. Mais nous ferons en sorte de ne pas devoir en arriver là, Grant Rathmore.

Ses paroles achevèrent de dissiper les dernières craintes liées à son cauchemar. Elle lui avait parlé sans réserve et Grant ne put s'empêcher de pousser un soupir de soulagement. Ils étaient de nouveau amis.

Chapitre 10

Grant fut soulagé de pouvoir quitter l'auberge sans encombre. Avec son chapeau enfoncé sur sa tête et un cache-nez dissimulant le bas de son visage, Madeleine ne s'attira aucun regard curieux de la part des domestiques ni du garçon d'écurie ensommeillé qui assistèrent à leur départ. Ils franchirent le pont qui enjambait la Ness et prirent la direction de l'ouest. C'était une journée venteuse. Fortes averses et belles éclaircies semblaient se disputer âprement le ciel. Ils ne croisèrent que peu de voyageurs sur la route bien dessinée, principalement des fermiers en route pour vendre leurs produits au marché.

Ils venaient de dépasser les ruines d'une ancienne abbaye, à Beauly, lorsqu'un tonnerre de sabots foulant le sol à grande vitesse alerta Grant... Des cavaliers arrivaient dans leur dos. Madeleine l'entendit également et jeta un regard derrière eux.

— Des soldats, dit-elle, angoissée. Ils sont trois et ils approchent vite... Grant ! Je crois que ce sont les clients de l'auberge !

— Nos Garrons ne pourront jamais distancer leurs chevaux.

Grant étudia les alentours d'un coup d'œil et désigna le bois d'un signe de tête :

— Prenons par là, vers la rivière.

Grant fit volter son poney, quitta la route et les mena à travers un bosquet jusqu'à la berge.

— Ils ne nous ont peut-être pas vus, dit Maddie en sautant au bas de sa selle.

— Ils nous ont vus et ils vont nous suivre, rétorqua Grant en l'imitant.

Il lui prit les rênes des mains :

— Allez vous dissimuler là-bas, suffisamment loin pour pouvoir fuir, au besoin.

— Je ne vous laisserai pas...

— Faites ce que je vous dis ! ordonna-t-il. J'aurai plus de chance de m'en sortir si je n'ai pas à m'inquiéter pour vous.

Elle semblait sur le point de protester, mais finit par opiner, tourna les talons et disparut dans le sous-bois.

Juste à temps. Un moment plus tard, les cavaliers apparurent, se frayant un chemin à travers les arbres pour les rejoindre. Grant reconnut aussitôt le major Albright, ainsi qu'un lieutenant et le sergent dans son sillage. Ses complices de la veille.

— Comme nous nous retrouvons, Mr Malcolm !

— Major Albright.

Grant finissait d'attacher ses poneys à une branche, évaluant ses chances. Trois contre un, et chacun de ses adversaires était armé d'une épée et d'un pistolet, quand il ne possédait qu'une dague dissimulée dans sa manche et sa propre lame à la ceinture. Les officiers avaient toutefois l'œil vitreux typiquement associé à la gueule de bois, ce qui pourrait lui conférer un léger avantage.

— Où est votre frère ?

Grant désigna la rivière d'un signe de tête :

— Parti soulager un... heu... besoin naturel.

Les trois soldats mirent pied à terre et Albright ordonna au sergent de tenir les chevaux.

— Que nous vaut ce bon plaisir, major ? s'enquit

poliment Grant. Êtes-vous venu pour nous escorter sur un bout de chemin ?

— Quelque chose comme ça.

— Je suis honoré que vous ayez pris cette peine. Vous n'avez pas eu trop de mal à nous retrouver ?

Le major haussa les épaules :

— Ce n'était pas bien difficile. Des passants vous ont vu traverser le pont. Cela nous a donné votre direction et nous n'avions plus qu'à vous rattraper.

— Voilà qui est bien aimable, major, nous nous sentirons plus en sécurité en votre compa…

— Oh ! nous ne restons pas longtemps, le coupa l'officier d'un ton doucereux. Votre jeune frère m'a délesté d'une grosse quantité d'argent, hier soir, Mr Malcolm. Je veux le récupérer.

Grant haussa les épaules :

— Il l'a pourtant gagné à la loyale, comme vous l'avez reconnu vous-même.

— Peut-être, mais je me suis rendu compte que je n'étais guère enclin à me départir si facilement d'une telle somme.

— Mais vous étiez enclin à la mettre en jeu.

Le major dégaina son pistolet :

— Je vais être plus clair : rendez-moi mon argent.

— Hélas, Duncan garde sa propre bourse sur lui.

— Dans ce cas, nous allons attendre son retour.

— Comme vous voudrez.

Grant continua d'ajuster la sangle de sa monture, s'assurant de placer les Garrons entre les soldats et lui.

— Venez par ici, que je puisse vous voir.

Grant hésita, la main posée sur l'une de ses sacoches de selle :

— Merci, mais je préfère rester où je suis.

— Eh bien, pas moi ! Venez là. Tout de suite.

Grant jeta un dernier coup d'œil à sa sacoche, puis s'écarta d'un pas des poneys.

— Qu'y a-t-il dans ce sac ? demanda le major.

— Pardon ? Oh ! rien d'important.

— Il rechigne bougrement à s'en éloigner, marmonna le lieutenant.

— Allez voir ce qu'il y a là-dedans.

Le major agita son pistolet en direction de Grant :

— Vous, reculez.

Grant haussa les épaules et obéit. Le lieutenant approcha, son arme à feu au poing. Feignant la désinvolture, Grant attendit que le soldat passe à proximité et bondit, le forçant à se placer devant lui. Il en profita pour saisir la main de son adversaire qui tenait le pistolet et, d'une poigne de fer, la tordit violemment. L'arme tomba sur le sol pierreux dans un cliquetis de métal. Au même instant, le major fit feu. Grant sentit le lieutenant tressaillir juste avant de hurler quand la balle le toucha à la jambe.

Un homme à terre et un avec un pistolet déchargé. Voilà qui équilibrait quelque peu les chances.

Du coin de l'œil, Grant vit le sergent porter la main à son ceinturon pour dégainer son propre pistolet, mais le Highlander ne s'arrêta pas là. Il chargea le major, plus proche de lui, et lui asséna un puissant crochet dans la mâchoire qui envoya sa tête valser en arrière. Le major Albright s'écroula sur le sol, assommé.

Deux à terre.

Grant se tourna vers le dernier homme, s'attendant à trouver le sergent en train de pointer son pistolet sur lui. Mais au lieu de cela, il découvrit Maddie, debout au-dessus du corps du soldat, une branche aussi épaisse qu'un gourdin dans la main. Il se précipita vers elle et la jeune Française leva les yeux vers lui, blême :

— Est-il mort ? Je me suis faufilée derrière lui.

— Non, il respire. Beau travail !

Il se tourna vers les chevaux et leur frappa la croupe avec de grands cris pour les disperser aux quatre vents, puis il saisit le bras de Madeleine :

— Venez, fichons le camp d'ici.

Maddie jeta un dernier regard au corps à ses pieds et fut soulagé de voir son torse se soulever et retomber lentement. Ils passèrent devant le major, étendu de tout son long sur le sol, les yeux clos. Seul le lieutenant était encore conscient ; il agrippait sa cuisse et gémissait de douleur.

Maddie observa sa culotte trempée de sang et freina des quatre fers :

— Nous ne pouvons pas le laisser ainsi !

À cet instant, la tête du blessé s'affaissa sur le côté et il perdit connaissance. Grant se pencha sur l'officier et examina la plaie de plus près :

— C'est superficiel. Il survivra.

Puis il se redressa et aurait repris son chemin, mais Maddie était déjà en train d'ôter sa cravate.

— Il saigne profusément.

Elle s'agenouilla au chevet du soldat :

— Nous devrions étancher le sang.

Grant musela son impatience le temps qu'elle noue le tissu autour de la jambe du blessé. Dès qu'elle eut terminé, il la saisit par le bras et la força à se lever.

— Très bien, murmura-t-il, ça devrait tenir jusqu'à ce que ses compagnons reprennent leurs esprits. À présent, fichons le camp d'ici.

Maddie le laissa la hisser sur le Garron, qu'il lança au petit galop en direction de la route avant d'aller détacher son propre poney. Elle l'entendit se mettre au trot dans son dos et ils venaient tout juste de quitter le couvert des arbres lorsqu'un tir retentit.

Grant cracha un juron qui poussa Madeleine à se retourner sur sa selle ; son compagnon se tenait le bras et des gouttes couleur de vin coulaient entre ses doigts.

Derrière lui, sur la berge, elle aperçut le major qui avait rampé jusqu'à son comparse blessé et ramassé son pistolet.

— J'aurais dû jeter ces maudites armes dans la rivière ! fulmina Grant.

Il fit un signe de tête en direction de Maddie :

— Au galop ! Nous devons filer d'ici.

— Vous êtes touché !

— Plus tard. Talonnez !

Ils piquèrent des deux et leurs poneys s'élancèrent, aussi vite que leurs courtes pattes le leur permettaient. Maddie savait que sans leurs chevaux, et avec un blessé sur les bras, leurs ennemis ne seraient guère en mesure de les poursuivre avant un certain temps, mais cela ne suffit pas à étouffer la panique qui la submergeait. Un frisson d'effroi dansa le long de sa colonne vertébrale pendant toute la durée de leur fuite sur la piste rocailleuse.

Elle ignorait quelle distance ils avaient parcourue, quand finalement Grant ralentit l'allure. Ils chevauchaient non loin d'un loch et son compagnon trotta directement jusqu'au bord de l'eau avant de s'arrêter. Maddie remarqua aussitôt combien il était pâle. Elle se jeta au bas de son poney et se précipita pour le soutenir, car il manqua de tomber de sa selle. La jeune femme l'aida à s'asseoir et déboutonna sa veste :

— Pardonnez-moi si cela vous fait mal, mais nous devons évaluer la gravité de cette blessure.

Elle ignora le chapelet de jurons qu'il marmonna tandis qu'elle dégageait son épaule de son manteau. La manche de sa chemise était déjà trempée de sang. Elle tira une petite dague en argent de sa poche et découpa le tissu.

En dépit de la douleur évidente, Grant rit :

— Voyagez-vous toujours aussi bien préparée ?

— Bien entendu, répondit-elle en sectionnant la manche pour en récupérer la partie encore immaculée et la nouer autour de la blessure. Vous avez de la chance, la balle a manqué l'os et n'a fait que traverser. Elle est ressortie de l'autre côté de votre bras. Je vais avoir besoin de votre cravate pour maintenir le bandage en place.

— Étant donné que nous avons utilisé la vôtre sur la jambe du soldat, je suppose que je n'ai pas à me plaindre.

— C'est ma faute, murmura-t-elle, au bord des larmes. Si je ne m'étais pas arrêtée pour le soigner, nous serions en sécurité à l'heure qu'il est.

— Cessez de dire des sornettes, vous m'entendez ? aboya-t-il sur elle. Ce qui est fait est fait.

Il respirait avec difficulté, les yeux clos, et Madeleine examina son visage livide avec inquiétude :

— Nous devons vous trouver un docteur. Peut-être devrions-nous retourner à Beauly.

— Non, nous continuons. Je connais une demeure à moins de trois milles d'ici. Emmenez-moi là-bas.

Maddie ne songea pas une seconde à protester. Cette région était celle de Grant. Elle lui faisait confiance pour choisir la destination la plus appropriée et n'avait plus qu'à espérer que la famille en question serait bien chez elle. La jeune Française banda étroitement sa blessure, puis fourra son bras valide dans sa manche avant d'ajuster le manteau autour de ses épaules pour qu'il maintienne son membre contre son torse. Elle savait combien cela devait être douloureux pour lui, mais à l'exception d'une brusque inspiration lorsqu'elle l'aida à se mettre en selle, Grant n'émit aucune plainte.

Leur progression fut lente, mais Grant lui ordonna de quitter la piste pour s'engager dans un vallon où de hautes collines encadraient un petit loch. Madeleine jetait régulièrement un œil derrière elle, mais ne vit aucun signe de poursuite.

Le sentier était à peine plus qu'un tronçon de verdure au bord de l'eau, écrasé par le passage des moutons, mais après avoir parcouru un ou deux milles, le paysage s'adoucit.

Au bout du loch s'étendaient des plaines fertiles, et une maison pâle flanquée d'une petite tour s'élevait fièrement à l'orée d'un épais terrain boisé.

— Calder House, lui expliqua Grant. C'est la demeure de Sir Edmund McBinnie. Il me connaît bien.

Mais sa voix s'éteignit soudain et il bascula en avant, s'écroulant sur l'encolure de son poney. Poussant un cri angoissé, Maddie sauta au bas de sa selle et courut à son chevet. Avec difficulté, elle parvint à mener sa propre monture par la bride tout en maintenant Grant en selle sur la distance les séparant encore de la maison.

N'ayant plus l'énergie de contourner la demeure pour passer par les bâtiments de service, Madeleine prit le chemin le plus court et se dirigea vers la porte principale. Alors qu'elle approchait, les battants en bois épais s'ouvrirent et deux domestiques en livrée coururent vers eux. Elle les appela :

— Vite, je vous en prie ! Nous avons été attaqués et cet homme a besoin d'aide.

Grant commençait à glisser de son poney et les deux valets se précipitèrent pour le réceptionner.

— Votre maître est-il chez lui ?

Elle s'apprêtait à expliquer que Grant était une connaissance de la famille, lorsque deux ladies sortirent de la maison au pas de course.

— Oh ! Seigneur, maman, c'est Mr Rathmore !

— Oui, oui, je vois cela.

La femme la plus âgée, une matrone grisonnante, évalua la situation d'un regard et prit les choses en main :

— Robbins, installez Mr Rathmore dans la chambre bleue, voulez-vous ? Et demandez à Hanson et à Mrs Forbes de s'occuper de sa blessure.

Puis elle se tourna vers Maddie avec un sourire chaleureux :

— Vous êtes bien entendu invité à entrer, jeune homme.

Anne, ma chérie, conduisez les animaux à l'écurie, je vous prie. Et envoyez quelqu'un trouver votre père. Il est allé vérifier l'état de la ferme, ce matin.

Madeleine prit soudain conscience qu'elle s'agrippait toujours aux rênes des poneys et elle dut faire appel à toute sa volonté pour convaincre ses doigts de lâcher prise. Elle découvrit alors que parler lui demandait encore plus d'effort, mais elle se contraignit à prononcer les mots :

— Ai-je l'honneur de m'adresser à Lady McBinnie ?

— C'est bien moi.

La matrone la saisit par le bras :

— Venez, nous discuterons une fois que vous serez tous les deux en sécurité à l'intérieur.

Grant était sur le point de s'écrouler et d'autres domestiques accoururent pour aider à le transporter jusqu'à l'étage. Maddie les suivit en compagnie de son hôtesse, mais lorsqu'ils atteignirent le demi-palier, Lady McBinnie la retint avec douceur.

— Nous pouvons laisser Mr Rathmore aux soins du valet de mon époux et de ma gouvernante, soyez tranquille. Je vous assure qu'il ne pourrait être en de meilleures mains. Mais vous et moi devons discuter. Venez avec moi, mon cher.

Maddie, tremblante, regarda le cortège emmener Grant jusqu'à ce que la dame de la maison resserre sa poigne sur son bras et l'entraîne dans ce qui ressemblait à un boudoir privé. Quand Maddie traîna les pieds dans l'embrasure de la porte, Lady McBinnie la fixa droit dans les yeux :

— Votre déguisement ne m'a trompée qu'un instant, damoiselle. Venez.

Elles pénétrèrent dans le petit salon et Madeleine entendit la matrone verrouiller l'huis derrière elle.

— Bien, déclara alors Lady McBinnie en lui indiquant un fauteuil, à présent, auriez-vous l'amabilité de m'expliquer qui vous êtes et ce qui vous a conduite sur mon seuil, accoutrée de cette façon. Oh ! vous ne me choquez pas, ajouta-t-elle quand Maddie rougit, honteuse. J'ai conscience que notre beau pays est sens dessus dessous et plus rien ne saurait me surprendre, mais je souhaiterais connaître la vérité. Ainsi, je pourrai décider comment agir au mieux.

Elle s'assit, les sourcils haussés et le regard interrogateur. Maddie, perchée sur le bord de son fauteuil, se tordait les mains en cherchant par où commencer son récit :

— Mon nom est Madeleine d'Evremont. Je m'efforce de gagner la France pour rejoindre mon père et Mr Rathmore a offert de m'escorter. Il… Nous avons jugé plus prudent que je voyage sous l'identité d'un jeune homme. Nous nous faisions passer pour des frères.

— Je vois.

— Grant, je veux dire Mr Rathmore, s'est conduit en véritable gentilhomme, ajouta-t-elle rapidement. Il essayait seulement de me protéger. C'est d'ailleurs ainsi qu'il a été blessé. Des soldats ont cherché à nous dépouiller, peu de temps après avoir quitté Inverness. L'un d'eux lui a tiré dans le bras.

Madeleine baissa soudain la tête et frotta sa joue de ses doigts pour chasser une larme qui lui avait échappé.

Lady McBinnie lui adressa une moue compatissante :

— Je connais la famille Rathmore depuis des années et ce que vous me racontez correspond tout à fait à ce que j'attendrais du jeune Grant. Il a toujours été un garçon fort généreux. Et férocement loyal envers ses amis. Avez-vous berné les soldats avec votre déguisement ? Êtes-vous certaine qu'ils n'ont aucun soupçon quant à votre véritable identité ?

— J'en suis certaine, oui, mais je sais qu'ils vont nous chercher.

— Dans ce cas, vous allez devoir renoncer à cette mascarade et redevenir une dame. La première chose à faire sera donc de vous trouver une tenue plus adaptée.

Ah, ce doit être Anne, ajouta-t-elle lorsque quelqu'un gratta à la porte.

La matrone se leva pour ouvrir et la demoiselle que Maddie avait vue plus tôt entra dans la pièce. Elle semblait un peu plus jeune que Madeleine, mais elle était très jolie, avec son visage délicat encadré d'un rideau châtain clair de boucles soyeuses. Lorsqu'elle s'adressa à sa mère, sa voix était aussi joviale que son attitude :

— Les poneys sont à l'écurie, maman, et Seb est parti à cheval quérir papa. Comment va Grant ? Avez-vous appelé le docteur ?

— Je ne crois pas que sa blessure soit suffisamment sérieuse pour mettre ses jours en péril, mais Hanson et Mrs Forbes vont veiller sur lui et me préviendront si sa santé se dégrade. Je l'ai fait installer dans l'aile de l'ancienne nurserie.

— Oh ! parfait. Ainsi nous pourrons prendre soin de lui sans que personne ne sache qu'il est sous notre toit !

— Tout à fait.

Lady McBinnie se leva :

— À présent, ma chère, pourriez-vous emmener *Miss* d'Evremont jusqu'à votre chambre ? J'aimerais que vous lui trouviez une tenue à sa taille parmi vos toilettes.

La jeune lady se tourna vers Maddie, ses yeux gris écarquillés de surprise, mais elle se reprit bien vite :

— Avec plaisir, maman. Si vous voulez bien me suivre, Miss d'Evremont, nous avons un gabarit similaire, je suis certaine que je n'aurai aucun mal à dénicher une robe qui vous ira.

Elle sourit :

— À en croire mon père, j'ai plus de toilettes que je ne saurais en porter !

Elle entraîna Maddie dans son sillage, devisant gaiement, si bien qu'avant même de regagner la chambre, les deux demoiselles eurent l'impression d'avoir toujours été amies. Anne insista pour entendre l'histoire de Maddie dans sa totalité.

— Vous n'avez rien à cacher avec moi, lui dit-elle en tirant plusieurs robes de son armoire. Si vous voyagez avec Grant Rathmore, alors vous pouvez d'ores et déjà me compter comme votre alliée.

— Vous le connaissez bien ?

— Depuis ma naissance, répondit Anne. Nos familles sont amies depuis des années, vous voyez. En vérité…

Mais la demoiselle s'interrompit, les joues légèrement rouges, avant de renouveler sa demande de tout savoir de leurs aventures.

Madeleine protesta, mais Anne insista et la jeune Française capitula. À sa grande surprise, elle éprouva un réel soulagement à enfin pouvoir narrer tout ce qui lui était arrivé depuis que sa bonne l'avait abandonnée à Inverness. Elle jugea toutefois préférable d'omettre certains détails, comme les noms de ceux qui les avaient cachés. Ou la nécessité qui l'avait poussée à partager une chambre avec Grant. Ou leur baiser. Et elle insista avec force sur le fait qu'elle comptait rémunérer Grant pour l'escorter jusqu'à la côte.

Malgré tout, l'histoire était longue et complexe. Anne l'écouta avec attention et posa plusieurs questions tout en cherchant des tenues pour Madeleine, puis en l'aidant à s'habiller, si bien qu'à la fin de son récit, Maddie était tirée à quatre épingles.

— Les domestiques ne trouveront-ils pas mon changement d'apparence étrange ? s'enquit-elle en examinant son reflet dans le miroir. Ne craignez-vous pas les commérages ?

— Oh ! non ! Ils travaillent tous pour nous depuis des années, et leurs parents aussi, pour certains, la rassura Anne. Ils connaissent l'importance que nous accordons à la discrétion, vous pouvez leur faire confiance pour garder vos secrets. Dieu sait que nous en avons tous.

Maddie entendit le léger trémolo dans la voix d'Anne lorsqu'elle prononça ce dernier mot, un imperceptible soupir.

— Même vous ? demanda-t-elle avec douceur. Pardonnez-moi, je ne voudrais pas me montrer trop curieuse, mais… ressentez-vous de l'inclination pour Grant Rathmore ?

La façon dont Anne s'empourpra jusqu'à la racine des cheveux avant de lui lancer un regard affolé fut une réponse suffisante.

— Je vous prie de m'excuser, ajouta Maddie avec empressement. Je n'aurais pas dû poser une telle question, ce ne sont pas mes affaires !

— Je n'avais pas réalisé que j'étais si transparente, marmonna Anne avec une mine de chiot perdu. Je suis d'ordinaire si prudente.

Elle s'assit sur le bord de son lit :

— Il est vrai que j'apprécie Grant. Énormément. Mais il n'a jamais témoigné le plus petit intérêt pour moi. Il m'a toujours traitée comme sa sœur. Et c'est sans doute mieux ainsi, vous savez. Papa et maman étaient soulagés quand je leur ai assuré qu'il n'y avait aucun attachement fort entre nous. Ils feront tout leur possible pour aider Grant, bien sûr, mais ils ont entendu dire qu'il était parti rejoindre les rebelles, ce qui mettait sa famille et toutes les personnes liées à lui en danger. Ainsi, vous voyez, tout s'est arrangé pour le mieux, une union entre lui et moi n'aurait pas convenu.

— Je suis sincèrement désolée, murmura Madeleine.

— Ne vous en faites pas, répondit Anne en s'appliquant à sourire, même si ses yeux conservaient un éclat triste. Je me suis résignée au fait que mes sentiments ne seront jamais réciproques.

Elle ajouta d'un ton anxieux :

— Vous n'en toucherez pas un mot à mes parents, n'est-ce pas ? Ni à Grant ?

— Bien sûr que non, la rassura Maddie. Je serai muette comme une carpe.

— Merci. Je ne voudrais pas qu'ils s'inquiètent pour moi, vous comprenez, ce n'est vraiment pas nécessaire. Bien, à présent…

Elle bondit de son lit :

— Je dois avoir quelques rubans qui iront divinement avec cette robe cerise !

Quand les deux demoiselles redescendirent, peu de temps avant l'heure du dîner, Madeleine avait fière allure dans sa toilette purpurine bordée de dentelle blanche qu'elle portait par-dessus une chemise de lin blanc neige. Elles pénétrèrent dans le salon et y trouvèrent Lady McBinnie en compagnie d'un gentilhomme élancé en tenue des Highlands que la dame de la maison présenta comme son époux, Sir Edmund.

Ce dernier prit la main de Madeleine et s'inclina :

— Miss d'Evremont, j'espère que vous me pardonnerez de ne pas avoir été là pour vous souhaiter la bienvenue.

Ses manières chaleureuses rassurèrent la jeune Française, qui répondit avec un sourire :

— Étant donné que vous ignoriez tout de notre venue, il serait fort peu charitable de ma part de vous en tenir rigueur, milord. Je ne puis que vous remercier du fond du cœur, ainsi que Lady McBinnie, de nous accueillir sous votre toit.

Elle se tourna vers son hôtesse :

— Je dois vous demander, milady : comment se porte Mr Rathmore ? Et quand pourrai-je le voir ?

Mais ce fut Sir Edmund qui lui répondit :

— Je me suis enquis de sa santé avant de descendre, Miss d'Evremont. Sa blessure a été bandée et il semble n'y avoir aucun signe d'infection, mais il est très faible.

— Je souhaiterais lui rendre visite, insista Madeleine.

— Hélas, ma chère, je pense qu'il serait plus prudent

d'attendre un peu. Mrs Forbes lui a administré un léger sédatif, il se repose.

Un domestique entra dans la pièce pour annoncer que le dîner était servi et Lady McBinnie se leva :

— Vous pourrez le voir avant de vous retirer pour la nuit, je vous le promets, mais pour le moment, nous ferions mieux d'aller nous restaurer. Nous risquerions de gâcher les efforts de notre cuisinière en nous mettant en retard.

Maddie dut ravaler sa déception. Elle ne voulait cependant pas paraître ingrate et la faim la titillait grandement, aussi se laissa-t-elle persuader d'accompagner la famille dans la salle à manger, où elle dîna copieusement et but avec parcimonie. Ses hôtes ne dirent ni ne firent rien qu'elle jugea suspect. Ces gens étaient agréables et généreux et Madeleine commença à se détendre en leur compagnie, sans toutefois oublier que Grant se trouvait quelque part dans cette demeure, blessé par sa faute.

Une fois le repas terminé, ils regagnèrent tous le salon et Maddie se sentit enfin suffisamment en confiance pour partager ses inquiétudes, craignant que sa présence ne mette ses bienfaiteurs en danger.

— Ma chère, par les temps qui courent, le simple fait d'être en vie est dangereux, répondit Sir Edmund d'un ton direct.

— Mais je suis une Française, insista-t-elle. Nos pays sont en guerre.

— Mais vous avez eu l'intelligence de voyager déguisée, lui rappela Lady McBinnie. Nous devons espérer que personne ne fera le lien entre une lady hébergée sous notre toit et une quelconque embuscade qui aurait eu lieu récemment avec deux messieurs.

— Le fait que le jeune Rathmore ait combattu aux côtés des rebelles m'inquiète davantage, ajouta son époux. Mais nous sommes prêts à prendre ce risque et heureux de pouvoir vous venir en aide.

— Vous voyez, Madeleine, conclut Anne avec un large sourire, je vous avais dit qu'ils feraient tout leur possible pour vous assister.

— Mais certainement ! renchérit Lady McBinnie avant de pousser un profond soupir. J'ai croisé la pauvre mère de Grant peu de temps après son départ, l'été dernier. Elle m'a expliqué qu'il s'était éclipsé sans un mot.

Sir Edmund opina, l'air grave :

— Je n'avais jamais vu Ardvarrick autant sous le choc. De nombreuses familles que nous connaissions ont volé en éclats à cause de la rébellion de 1715. Ardvarrick avait toujours fait de son mieux pour tenir les siens à l'écart de tout ceci. Jamais il n'aurait imaginé que son héritier ignorerait ses conseils pour aller combattre avec les jacobites. Nous ne pouvons plus qu'espérer que ses actes ne leur attireront pas d'ennuis.

— Son héritier ? répéta Madeleine en sentant son cœur tomber dans sa poitrine comme une boule de plomb.

— Oui, Grant est leur unique enfant, expliqua Lady McBinnie.

Maddie eut soudain l'impression que leur situation était bien pire qu'elle ne l'avait cru. Si Grant n'avait pas modifié ses plans pour l'aider, il serait sans doute en France, aujourd'hui.

Il aurait pu, au moins, informer ses parents qu'il était en vie et en sécurité.

— Ils doivent être fous d'inquiétude, poursuivit Lady McBinnie. Je suis certaine qu'ils voudraient revoir leur fils, ne serait-ce que pour s'assurer qu'il va bien.

— Certains de nos gens l'ont aperçu sur la route, le jour où il est parti, intervint Anne en levant les yeux. Il allait rejoindre le prince à Glenfinnan, avec Jamie Cowie. D'après eux, ils étaient accompagnés d'un grand groupe d'hommes de Contullach, mais Grant était le seul d'Ardvarrick.

— Il m'a parlé d'un ami nommé Jamie, dit Madeleine. Je crois qu'il a été tué à Culloden.

— Comme tant d'autres hommes courageux, commenta Sir Edmund. Mais tout n'est pas terminé. Les Britanniques infligeront les châtiments les plus sévères aux familles de tous les rebelles et à tous ceux que l'on soupçonnera de les avoir aidés.

— Raison de plus pour que nous ne restions pas ici, insista Maddie.

Lady McBinnie tendit le bras pour tapoter sa main :

— Patience, ma chère. Vous devrez séjourner avec nous le temps que Grant Rathmore se remette de sa blessure.

— Mais des soldats pourraient arriver et fouiller votre maison. Et même s'ils ne me reconnaissent pas, ils risqueraient de soupçonner Grant.

— Certainement, mais encore faudrait-il qu'ils le trouvent.

— Tout ceci est ma faute, s'exclama Maddie en bondissant sur ses pieds. Sans moi, il aurait déjà atteint la France. Il serait en sécurité. Mais le voilà blessé et plus que jamais en danger ! S'il lui arrivait quoi que ce soit, je ne pourrais jamais me le pardonner !

— Allons, tranquillisez-vous. Il ne vous arrivera rien ici, répondit Lady McBinnie d'une voix apaisante. Vous êtes en lieu sûr, parmi nous.

— Excusez-moi, mais comment pouvez-vous dire cela ? Des soldats patrouillent à travers tous les Highlands. Ils sont dangereux, impitoyables !

Elle frémit :

— Pardonnez-moi, mais je ne puis supporter l'idée de vous faire courir un tel péril.

Sir Edmund la raccompagna gentiment, mais fermement jusqu'à son siège :

— Rien de fâcheux ne se produira ici, Miss d'Evremont. Vous ne trouverez pas de refuge plus sûr à des milles à la ronde.

Il gloussa avant d'ajouter :

— Mon épouse ne vous a donc pas informée ? Deux officiers britanniques sont cantonnés dans notre demeure.

Chapitre 11

Madeleine le dévisagea :

— Des officiers anglais, ici ?

Elle balaya aussitôt la pièce du regard, comme si elle craignait qu'ils surgissent de derrière les rideaux.

— Ils séjournent chez nous en tant qu'invités, lui expliqua Sir Edmund. Mais c'était une invitation que nous aurions difficilement pu éviter. Le colonel Sowton et le major Rutter sont arrivés il y a deux semaines. Leur régiment s'est trouvé cantonné au village, à environ deux milles de là, mais c'est un bourg sans prétention comprenant peu de bons logements, je me suis donc vu contraint de leur offrir l'hospitalité. Ils ont exprimé leur reconnaissance lorsque j'ai proposé de mettre Hanson à leur service. C'est un valet de premier ordre. Cela leur permet d'oublier qu'ils sont ici en manœuvre militaire et leur donne l'impression de séjourner à la campagne chez des amis.

— Nous nous sommes toutefois montrés clairs : nous n'avons de place pour personne d'autre de l'armée, ajouta son épouse. Cela évite que leurs domestiques et leurs troupiers vaquent dans la maison pour nous espionner.

Madeleine les fixait, horrifiée :

— Et vous nous avez accueillis… en ayant conscience du danger ?

— Bien évidemment, répondit avec douceur Lady McBinnie. Il n'y a pas d'autre famille à des milles à la ronde à qui je me fierais pour prendre soin de vous. Et si vous aviez poursuivi jusqu'au village, vous vous seriez jetés dans la gueule du loup. Non, je n'avais pas le choix. Et quand j'ai vu Grant Rathmore, un garçon que je connais depuis qu'il est venu au monde, j'ai su que je devais vous aider.

Anne intervint :

— Vous n'avez aucune raison de vous inquiéter, Madeleine. Comme je vous l'ai dit, aucun domestique ici ne songerait à trahir notre maisonnée ni ses secrets. Et en gardant les officiers sous nos yeux, papa fait en sorte que d'autres ne soient pas menacés.

Madeleine contempla les visages souriants autour d'elle et pensa à Grant, installé à l'étage. Elle pouvait se remettre en selle et partir immédiatement, si elle le souhaitait, mais Grant était trop mal en point pour cela. Il lui faudrait au moins quelques jours de repos.

Elle répondit :

— Vous jouez un jeu très dangereux, Sir Edmund.

— J'en ai conscience, mais je n'ai guère le choix. Et nous nous estimons chanceux que nos, heu… invités, soient des gentilshommes. Du moins, autant que l'on puisse en attendre de soldats de gouvernement.

Maddie repensa au capitaine Ormskirk :

— En effet, tous les hommes engagés dans l'armée ne sont pas mauvais.

— Nous prenons soin d'eux, nous les nourrissons bien et ils nous remercient en faisant preuve de politesse et en nous fournissant un minimum de protection, poursuivit Sir Edmund. Vous avez eu de la chance, car ils sont partis en manœuvre tôt aujourd'hui et nous n'attendons pas leur retour avant demain matin.

Enfin des bonnes nouvelles, songea Maddie.

— Dans ce cas, ils ignorent que nous sommes ici. Je pourrais rester avec Grant, me cacher…

— Hélas, cela ne conviendra pas. L'un de nos voisins a remarqué votre arrivée. Il se promenait au sommet de la colline et a aperçu deux cavaliers se présenter chez nous. Il était trop loin pour distinguer clairement, mais il a trouvé cela suspect et, comme c'est un homme qui a bon cœur, il est venu un peu plus tôt s'assurer que tout allait bien. Ne vous inquiétez pas, ma chère, j'ai pu le convaincre que j'avais simplement envoyé un domestique escorter l'une de nos proches jusqu'ici et il est reparti tranquillisé. Mais à présent, vous allez devoir nous aider à donner corps à cette histoire.

Maddie ne se sentait guère rassérénée :

— Et que direz-vous aux officiers ?

— La même chose, répondit Lady McBinnie. Que vous êtes ma nièce, Fiona, venue séjourner ici quelque temps.

— Vous semblez avoir déjà réfléchi à tout, murmura Maddie, abasourdie.

— Nous devons tous faire preuve de présence d'esprit, par les temps qui courent, fit remarquer Sir Edmund d'un ton grave. Je suggère que vous montiez tôt ce soir, afin de vous reposer, et nous nous chargerons de prévenir nos invités de votre arrivée. Vous n'aurez pas à les croiser avant demain matin et, d'ici là, mon épouse vous indiquera tout ce qu'il y a à savoir pour tenir votre rôle.

— Et Gr… Mr Rathmore ?

— Nous le garderons caché et soignerons ses blessures jusqu'à ce qu'il puisse apparaître en société sans éveiller de soupçons. Ne vous en faites pas, ma chère, ce n'est pas la première fois que nous hébergeons un fugitif dans cette maison. Il sera en sécurité.

L'homme lui sourit avant d'ajouter :

— Souhaitez-vous vous enquérir de son bien-être avant de vous retirer ?

— Oui, je vous en serais fort reconnaissante. Peut-être Anne accepterait-elle de me guider jusqu'à sa chambre ?

Miss McBinnie lui adressa un regard chargé de gratitude, mais secoua la tête :

— Il est tard et je suis très fatiguée. Maman va vous montrer le chemin. J'irai m'enquérir de Grant lorsqu'il se sentira suffisamment remis pour recevoir des visiteurs.

— Oui, il préférera sans doute qu'il n'y ait pas trop d'agitation autour de lui. Nous allons vous souhaiter la bonne nuit, dans ce cas, conclut Lady McBinnie en se levant avant d'inviter Maddie à la suivre : venez, ma chère.

La chambre du blessé se situait derrière l'ancienne nurserie, laquelle n'était accessible qu'au travers d'un dédale de couloirs et de pièces sans fenêtre remplies de meubles vétustes et de vieilles malles. Madeleine comprit aussitôt que personne ne parviendrait à trouver son chemin jusqu'ici, à moins d'avoir une excellente raison de chercher.

— La maison a été fouillée à plusieurs occasions et personne n'est jamais arrivé jusqu'à cette pièce, commenta Lady McBinnie tandis qu'elles se dirigeaient vers ce qui ressemblait à un pignon.

Une cheminée en pierre s'élevait jusqu'au plafond. Son hôtesse approcha et poussa sur l'une des poutres de soutien. Un pan de mur s'ouvrit et révéla un confortable petit grenier meublé d'un lit, sur lequel Grant était assis, pâle, mais éveillé.

— Vous voyez ? Notre patient est toujours parmi nous.

Maddie ne put retenir un soupir de soulagement et Grant lui sourit :

— Je vous l'avais dit : ce n'est qu'une égratignure.

— C'est un peu plus que cela, Maître Grant !

La réplique cinglante fit sursauter Maddie. Elle n'avait pas remarqué la présence de la femme aux cheveux gris comme le fer, noués en un chignon strict et à la robe noir corbeau qui se tenait au chevet du lit.

— Vous devez être Mrs Forbes, intervint Maddie avec un sourire. Vous avez fait des miracles. Mr Rathmore semble en bien meilleure forme que la dernière fois que je l'ai vu.

Mais ses éloges parurent déconcerter la gouvernante, qui s'agita d'un air gêné :

— *Aye*, comme si je n'avais pas suffisamment de travail sans avoir à soigner les blessures de jeunes garçons qui s'attirent des ennuis !

Grant gloussa :

— Ne vous laissez pas impressionner par son mauvais caractère, Miss d'Evremont. Mrs Forbes adore me gronder comme un enfant. Ce n'est pas la première fois qu'elle doit me remettre sur pied.

— Non, j'ai bandé suffisamment de plaies et de bleus pour toute une vie, quand vous étiez petit, Maître Grant. C'est un fait !

Leur échange rassura grandement Maddie, qui sourit plus largement. Grant tendit la main vers elle et la jeune femme la prit au creux de sa paume, le souffle coupé par le tumulte d'émotions qui faisait rage en elle. Elle n'avait pas réalisé à quel point elle s'était inquiétée pour lui, jusqu'à cet instant. Ni combien elle s'était sentie seule sans lui.

Derrière elle, Lady McBinnie toussota et demanda à Mrs Forbes de l'accompagner au rez-de-chaussée.

— Je reviendrai dans quelques minutes afin de vous escorter jusqu'à votre chambre, informa-t-elle Maddie avant de quitter la pièce avec la gouvernante.

— Notre hôtesse est une grande diplomate. Je suis heureux d'avoir un moment seul avec vous, déclara Grant.

Maddie remarqua l'éclat de ses prunelles et sentit ses joues la brûler. Elle prit soudain conscience qu'elle s'agrippait toujours à sa main et s'apprêta à la relâcher, mais Grant referma ses doigts :

— Non, s'il vous plaît, ne prenez pas la fuite.

— Je n'ai aucune intention de m'enfuir, répliqua-t-elle avec toute la dignité qu'elle fut capable de rassembler en dépit des battements affolés de son cœur.

— Je suis ravi de l'entendre. Je vous en prie, asseyez-vous sur le lit et parlez-moi.

Mais Madeleine secoua la tête.

— Si vous me libérez, je pourrai rapprocher une chaise, répondit-elle d'un ton pincé.

Mais Grant était réticent à l'idée de lâcher sa main. Il voulait la garder près de lui, s'assurer qu'elle était réelle et en sécurité, mais il ne pouvait lui avouer cela. Il la regarda donc avancer un siège et s'installer à son chevet, savourant la vue de sa silhouette délicate et la façon dont son jupon dansait autour d'elle lorsqu'elle bougeait.

— J'aime votre robe.

— Merci.

Une fois assise, elle lissa le satin cramoisi :

— Miss McBinnie me l'a offerte. Je ne connais pas de jeune femme plus généreuse.

— Elle est formidable, n'est-ce pas ? Nous sommes amis depuis l'enfance. Elle a toujours été comme une sœur, pour moi.

Madeleine fixait ses propres mains, jointes sur ses genoux, et Grant en profita pour la contempler à loisir… Les longs cils d'ébène papillonnant sur ses joues, la bouche charnue, solennelle en cet instant, mais qu'il avait déjà vue s'étirer en un sourire capable d'illuminer toute une salle de bal. Cette simple idée suffit à lui remonter le moral.

Je pourrais rester là à l'admirer pendant des heures.

Mais la demoiselle releva la tête à cet instant et il s'empressa de détourner les yeux.

— Lady McBinnie m'assure que vous êtes en sécurité ici, Grant, mais dès que vous irez mieux, vous devriez partir. Je suis certaine que Sir Edmund pourra me trouver un autre guide.

— Non, j'ai promis de vous escorter et je compte bien mener cette mission à bien.

— Vous en avez bien assez fait. Je ne peux pas, je ne *veux* pas, vous en demander davantage.

— Et je tiens à terminer ce que j'ai commencé. Dès que je pourrai me lever…

Mais elle le coupa :

— Vous ne *devez* pas vous lever, c'est trop dangereux. Il y a deux officiers britanniques qui logent dans la maison !

— Par tous les diables !

Il se redressa brusquement, mais siffla entre ses dents lorsqu'une violente douleur lui parcourut le bras. Maddie bondit immédiatement sur ses pieds et le repoussa avec douceur contre son oreiller :

— Évitez de bouger si vous ne voulez pas rouvrir la plaie.

— Bon sang, marmonna-t-il, la mâchoire serrée pour lutter contre le voile noir qui cherchait à s'abattre sur lui. Je suis aussi faible qu'un agneau.

— Cela n'a rien d'étonnant. Vous devriez vous reposer. Lorsque vous vous sentirez mieux, vous pourrez rentrer chez vous.

Grant, qui s'était rallongé, les yeux clos, ne put retenir un rire amer à ces mots :

— Chez moi ! Je n'ai plus de foyer, désormais.

— Bien sûr que si. Vous avez Ardvarrick.

— Non. Ma présence là-bas ne fera que leur attirer davantage d'ennuis. Je me suis battu pour les Stuart et je ne m'en suis pas caché. Les soldats viendront m'y cueillir dès qu'ils auront vent de mon retour.

— Mais vos parents voudront savoir…

— Il suffit. Seigneur, femme, devez-vous toujours me contredire en tout point ? Ne vous mêlez pas d'histoires que vous ne comprenez pas.

Grant regretta aussitôt de lui avoir parlé aussi sèchement, car il la vit se mordre la lèvre inférieure. Elle ne souhaitait pas le contrarier, même si tenir sa langue allait à l'encontre de sa nature. Devrait-il s'excuser ? Non, mieux valait qu'elle soit en colère contre lui, qu'elle le croie rustre et grossier. Avec un peu de chance, cela émousserait la pointe d'attirance qui semblait grandir entre eux. Il pouvait contrôler ses propres désirs, mais il préférait que Madeleine ne s'attache pas trop à lui. Il n'était qu'un fugitif, sans rien à offrir, et lui briserait forcément le cœur, d'une façon ou d'une autre.

Ils perçurent soudain des voix de l'autre côté de la porte. Lady McBinnie revenait et Grant comprit qu'elle parlait fort pour leur laisser le temps de se donner une contenance. Quand le battant pivota, il afficha une expression d'indifférence polie. Sans doute leur hôtesse les soupçonnait-elle d'avoir développé une idylle au fil de leur voyage et avait-elle décidé de leur autoriser un court tête-à-tête.

Comme de jeunes fiancés, ce qu'ils ne pourraient jamais être.

Maddie ne s'attarda pas. Une fois Lady McBinnie revenue en compagnie de la femme de chambre âgée chargée de veiller sur le patient pendant la nuit, la demoiselle attendit juste assez longtemps pour s'assurer que Grant était entre de bonnes mains avant de suivre avec soulagement la dame de la maison jusqu'à sa nouvelle chambre.

Les événements de la journée l'avaient épuisée, mais sa conversation avec Grant l'avait également profondément démoralisée. Sa propre situation n'avait rien d'enviable, mais une fois qu'elle retrouverait son père, la vie reprendrait son cours. Grant n'aurait guère cette chance. Même s'il atteignait la France, il lui faudrait abandonner tout ce qui lui était cher. Son foyer, sa famille, ses amis. Elle partageait sa douleur jusque dans les tréfonds de son cœur.

Quand Madeleine descendit prendre son petit déjeuner, le matin suivant, les McBinnie étaient déjà attablés en compagnie des deux soldats, resplendissants dans leurs uniformes bleu et rouge. Les officiers bondirent sur les pieds dès qu'elle entra dans la pièce et Lady McBinnie la présenta comme une parente, Miss Fiona Dewar, arrivée de Perth.

Madeleine répondit calmement à leurs aimables salutations. Le colonel Sowton était un homme corpulent avec un visage chaleureux et des manières avenantes, mais son regard pénétrant suggérait qu'il aurait été dangereux de sous-estimer son intelligence. Le major Rutter, un peu plus jeune, était un individu élancé au faciès prognathe, affable, mais manquant de l'agréable bonhomie de son supérieur. Toutefois, il tira poliment une chaise pour Madeleine.

— Il est risqué pour une lady de voyager seule par les temps qui courent, Miss Dewar, commenta-t-il.

— Vous avez raison, major, mais une épidémie de variole fait rage près de chez moi et mon père a jugé plus sûr de me tenir à l'écart de Perth pendant quelque temps, répondit-elle, répétant fidèlement l'histoire sur laquelle Sir Edmund et elle s'étaient mis d'accord la veille au soir.

— C'est en effet une sage précaution, reconnut le soldat.

— Votre tante nous a tout expliqué ce matin, Miss Dewar, déclara le colonel. Nous espérons que la situation à Perth reviendra vite à la normale.

— Je prie qu'il en soit ainsi, colonel.

— Mais j'ai cru comprendre que la maladie avait aussi touché cette maison, ajouta le major.

— Oui, l'une de nos femmes de chambre a été prise de fièvre, mais c'est arrivé il y a quelques jours, bien après que ma nièce s'est mise en route pour nous rejoindre ici, intervint Lady McBinnie. Il est toujours incommodant d'avoir un domestique alité, mais sa condition est bénigne, major, rassurez-vous. Toutefois, nous l'avons confinée à ses quartiers, loin de la famille, par précaution.

Puis elle changea aussitôt de sujet et Maddie retint un léger soupir de soulagement. Hélas, il fut de courte durée, car le major Rutter l'observait attentivement. Lorsque la conversation s'interrompit naturellement, il la questionna à nouveau :

— Pardonnez-moi, Miss Dewar, mais je ne vois que peu de ressemblance entre votre tante et vous. Votre chevelure est fort sombre, quand celle de Lady McBinnie est si claire. Votre voix est différente également. Vous avez quelque chose de plus… exotique. Auriez-vous par hasard des origines françaises ?

— Rutter ! Allons ! objecta le colonel avec un gloussement gêné, mais le major agita la main dans sa direction sans quitter Madeleine des yeux.

— Nous avons ordre d'être vigilants, colonel, à tout instant. Eh bien, Miss Dewar ?

Mais Madeleine ne se laisserait pas intimider aussi facilement. Elle l'avait écouté en feignant l'amusement et, le voyant renouveler sa question, partit d'un grand rire :

— La France n'a rien d'exotique, major ! L'Écosse a toujours eu des liens forts avec ce pays, comme vous le savez sans doute. Et ce depuis des générations ! Je ne serais pas du tout surprise qu'il y ait un peu de sang français, du côté de mon père.

Elle lui adressa un regard taquin par-dessus le bord de sa tasse de café avant d'ajouter :

— Mais peut-être suggérez-vous que ma mère ait fait porter les cornes à son époux ?

Maddie savait combien cette remarque était indécente, mais elle eut l'effet escompté en mettant un terme à l'interrogatoire. Le major piqua un fard et protesta avant de bafouiller des excuses, Anne se retint de glousser et Lady McBinnie poussa un petit cri indigné.

Sir Edmund fronça les sourcils dans sa direction :

— C'en est assez de vos frivolités, Fiona. Nous n'avons guère de patience ici pour les manières insolentes des Lowlands.

Le colonel, galant, s'empressa de défendre Madeleine :

— C'est entièrement la faute de Rutter pour avoir provoqué la jeune lady. Allons, mon ami, présentez tout de suite vos excuses.

— Je présente sans réserve mes plus plates excuses à Miss Dewar et la supplie de me pardonner si je l'ai offensée.

Madeleine inclina la tête :

— Et je me dois d'implorer l'indulgence de ma tante pour mon impertinence. Je n'aurais pas dû parler aussi impudiquement de sa sœur.

Elle tourna un regard confus vers Lady McBinnie, qui balaya son excuse d'un geste de la main :

— Vous avez hérité de son allant, ma chère, ce qui ne vous rend que plus précieuse à nos yeux.

Milady lui adressa un sourire affectueux et clément, et Maddie fut soulagée de ne pas l'avoir offusquée. Le major Rutter, quant à lui, persista :

— Vous êtes fortunée, Miss Dewar, d'avoir une tante capable de vous offrir un tel confort.

— J'en ai bien conscience, major.

— De nombreuses familles ont tout perdu en s'alliant à la cause jacobite.

— Tous les Écossais ne soutiennent pas Charles Stuart, répondit-elle.

— Non.

L'officier se redressa sur son siège et balaya la tablée d'un regard :

— Nombre d'entre eux attendent simplement de voir dans quel sens le vent tournera. Ils font des paris prudents.

— Je pense que vous vous méprenez, major, intervint

Lady McBinnie dans un murmure. La *plupart* des Écossais préfèrent vivre une existence paisible.

— Peut-être avez-vous raison, milady, mais cette révolte nous a montré qu'un grand nombre d'entre vous étaient prêts à prendre les armes contre leur roi légitime.

— À leurs propres risques, répliqua Madeleine. J'ai ouï dire que les représailles de l'armée de Sa Majesté étaient fort brutales.

— Mais hélas nécessaires, Miss Dewar, intervint le colonel. Cette insurrection *doit* être réprimée. Nous ne pouvons laisser quiconque renverser la loi.

— J'ai entendu de nombreuses histoires où la loi de l'épée était la seule à prévaloir.

Madeleine regretta ses paroles impétueuses à l'instant même où elle les prononça.

— Miss Dewar est étrangère aux Highlands, expliqua Sir Edmund, et les récits de guerre qui fascinent tant la jeunesse sont bien souvent exagérés. La vie ici est très différente de celle qu'elle a connue à Perth.

— Sans aucun doute, reconnut le major. Mais je tiens à rassurer votre nièce : tous les loyaux sujets de Sa Majesté le roi George n'ont rien à craindre.

— Non, c'est certain, et nous pouvons compter cette charmante compagnie parmi eux, j'en suis sûr, conclut le colonel en leur adressant un large sourire dans un effort d'alléger l'atmosphère.

Puis se levant, il ajouta :

— Venez, Rutter, le devoir nous appelle.

— Rien ne presse. J'ai distribué leurs ordres à nos hommes hier soir.

Le major observait toujours Madeleine, qui faisait mine de se concentrer sur son assiette.

— C'est une superbe matinée… Je me demandais si Miss Dewar accepterait de sortir prendre l'air avec moi ?

Mais Lady McBinnie intervint aussitôt en répondant avec aisance :

— Votre proposition est fort aimable, major, et en temps normal, je suis certaine que Fiona aurait été ravie de se joindre à vous. Toutefois, je crains d'avoir besoin de ma fille *et* de ma nièce aujourd'hui pour m'aider à la lingerie. Hélas, avec une domestique confinée pour maladie et tant d'invités en résidence, il reste énormément à faire…

Elle laissa sa phrase en suspens et le colonel fut prompt à la rassurer :

— Absolument, ma chère lady, et vous avez raison de nous le rappeler. Nous sommes profondément reconnaissants pour votre hospitalité et ne devrions pas prendre davantage de votre temps. Venez, major, nous devons y aller. Après tout, c'est à nous de montrer l'exemple à nos subalternes, n'est-ce pas ?

Les deux officiers prirent congé et, une fois la porte refermée derrière eux, Anne poussa un soupir extravagant.

— Oh ! Seigneur, je n'avais jamais été aussi anxieuse ! J'ai cru que notre pauvre Madeleine allait défaillir lorsque le major Rutter lui a proposé cette promenade !

— Je ne puis que remercier votre mère pour sa formidable présence d'esprit, admit Maddie.

— Mais vous devez rester sur vos gardes, Madeleine, la prévint Sir Edmund d'un ton inquiet. Le major semble nourrir des soupçons à votre égard.

— Non, pas des soupçons, le corrigea son épouse. Je crois qu'elle a piqué sa curiosité. Il paraissait davantage ébloui par son charme.

Anne gloussa, ce qui lui valut un regard désapprobateur de sa mère. Maddie frémit de façon éloquente.

— Quoi qu'il en soit, reprit la dame de la maison, je vais m'assurer de vous tenir à l'écart du major Rutter. Et du colonel.

Madeleine accompagna son hôtesse et sa fille à la

lingerie, où elle participa consciencieusement au tri des draps. La tâche les occupa jusqu'à midi et, quand Lady McBinnie n'eut plus d'autres missions à lui confier, Madeleine s'empressa de rejoindre Grant.

Ce dernier semblait en bien meilleure forme. Le Highlander était assis dans son lit et savourait une assiette de jambon et de fromage pendant qu'une femme de chambre s'affairait dans la pièce, nettoyant et aérant. Grant accueillit Madeleine avec entrain :

— Êtes-vous venue me tenir compagnie ? Vous arrivez juste à temps, car ainsi Eilidh va pouvoir reprendre ses tâches au lieu d'être aux petits soins avec moi.

Il repoussa le plateau vide et la jeune domestique le récupéra, gloussant et rougissant lorsqu'il lui sourit et la remercia.

Maddie s'installa confortablement sur la chaise au chevet du blessé et attendit qu'ils soient seuls avant de partager ses pensées avec lui :

— Je suis profondément chagrinée par la quantité de travail que notre présence ici représente pour le personnel de Lady McBinnie. Après tout, ils doivent aussi servir le major et le colonel.

— Ce n'est pas si terrible que cela, vous savez. Eilidh me disait justement qu'elle espérait pouvoir s'établir bientôt, grâce à l'argent supplémentaire qu'elle reçoit des officiers. Ils sont heureux de payer pour obtenir des informations sur la famille et leurs hôtes.

— Oh non !

Il lui adressa un large sourire :

— Il semble que les domestiques des McBinnie fassent preuve d'une extraordinaire ingéniosité pour inciter le colonel à les acheter. Mais une fois que les pièces ont changé de mains, nos invités découvrent que l'origine de leurs soupçons n'était finalement que des rats dans l'écurie ou un gamin des environs traînant autour du domaine la nuit. Eilidh et les autres trouvent tous très amusant de duper les officiers britanniques.

— Je préférerais qu'ils n'en fassent rien, rétorqua-t-elle avec sérieux. Imaginez ce qu'il se produirait s'ils étaient démasqués ou s'ils divulguaient quelque chose d'important par inadvertance.

— Ils savent ce qu'ils font et sont tous férocement loyaux envers cette famille. Vous ne semblez pas amusée par leurs supercheries. Qu'y a-t-il ? S'est-il passé quelque chose ?

Madeleine hésita, ne tenant pas à l'inquiéter :

— Le major m'a posé beaucoup de questions ce matin, pendant le petit déjeuner.

— Cela n'a rien d'anormal, puisque vous êtes apparue si soudainement.

— Sans doute, mais tandis que nous parlions, je crains d'avoir laissé mon tempérament l'emporter sur mon bon sens. J'ai répondu au major Rutter de façon quelque peu… tranchée.

— Vous avez réagi sur un coup de tête ?

Il sourit :

— Je vous connais trop bien désormais pour m'en étonner ! Vous pensez qu'il se méfie de vous ?

— Pire. J'ai peur d'avoir suscité son admiration.

— Pardon ?

— Cela n'a rien d'amusant, rétorqua-t-elle quand Grant partit d'un grand rire.

Mais sa colère s'évanouit aussitôt et elle soupira, portant une main au fichu de soie qui drapait ses épaules :

— J'ai pourtant fait en sorte de me vêtir modestement… Je me croyais à l'abri, car je ne suis pas une jolie jeune femme aux cheveux blonds, comme Anne.

Grant s'apprêtait à la contredire, mais il se mordit la langue pour s'en empêcher. La robe qu'elle portait aurait attiré l'attention de n'importe quel homme et, lorsque Madeleine se mettait en colère, ses grands yeux bleus scintillaient comme des saphirs et la peau crémeuse de son visage se rehaussait d'une délicate teinte rosée... Il y avait chez elle bien plus que de la simple beauté. Mais l'idée qu'un officier britannique ait remarqué cette flamme qui animait la jeune Française le perturbait, et il s'agita dans son lit, appréhensif. Madeleine s'en aperçut et s'empressa de le rassurer :

— Il n'y a aucun danger, tranquillisez-vous. Les McBinnie m'ont prise sous leur aile et je ne pense pas que les soldats voudront les offenser, vous ne devez donc pas craindre pour ma sécurité.

— Non, je sais que vous êtes fort capable de vous défendre, vous me l'avez démontré en plus d'une occasion.

Il esquissa un sourire avant d'ajouter :

— Y compris lors de notre première rencontre, quand vous avez fracassé une carafe sur la tête de votre agresseur.

Mais cette fois, Madeleine ne sourit pas :

— J'espère ne pas devoir en arriver à de telles mesures avec le major Rutter. Je ne voudrais pas qu'il fasse souffrir tous les habitants de la maison en représailles. Il vaut mieux que je garde mes distances tant qu'ils sont parmi nous.

— Dans ce cas, c'est simple. Vous n'avez qu'à passer vos journées avec moi.

— Ici ? Seule avec vous ? Non, non, je ne pourrais pas. Ce ne serait pas convenable.

— Je suis en *convalescence*, Madeleine. J'ai besoin de soins.

Mais il était impossible de se méprendre sur l'éclat déterminé de ses yeux.

— Vous n'avez besoin de rien de tel, rétorqua-t-elle avec agacement. Lady McBinnie m'a assuré que votre bras guérissait rapidement et que vous pourriez bientôt quitter le lit.

— Bientôt, mais pas encore.

— Très bien, je reviendrai vous voir ce soir. Quand les officiers seront de retour.

— Pas avant ? contra-t-il avec un soupir exagéré. Je vais m'ennuyer terriblement si je dois demeurer seul tout l'après-midi, Maddie. S'il vous plaît, promettez-moi de rester. Si vous ne le faites pas, Lady McBinnie insistera pour que cette pauvre Eilidh ou un autre domestique vienne veiller sur moi.

— Anne pourrait s'en charger, suggéra-t-elle.

Elle étudia attentivement sa réaction, mais il se contenta d'une moue boudeuse :

— Je pense qu'Anne trouve ma compagnie fort pénible. Elle est passée un peu plus tôt s'enquérir de ma santé, mais nous n'avons échangé que des banalités.

— Je suppose qu'elle est juste timide.

— Timide ?

Grant éclata de rire :

— Pourquoi le serait-elle, quand nous nous connaissons depuis des années ? Non, Anne est une fille absolument charmante et bien trop polie pour l'avouer, mais elle préférerait se trouver n'importe où plutôt qu'ici à me divertir !

Madeleine n'était pas d'accord, mais elle ne pouvait le lui dire, car elle avait donné sa parole à Anne.

— S'il vous plaît, Maddie, restez.

La jeune Française sentit sa détermination faiblir. La raison lui recommandait de ne pas demeurer seule avec Grant. Il était bien trop séduisant et son sourire avait un effet des plus perturbants sur elle, attisant toutes sortes de pensées inconvenantes qu'une demoiselle bien élevée ne devrait jamais nourrir. Toutefois, elle devait bien admettre que la situation de Grant n'était guère enviable. Des cernes noirs soulignaient ses yeux et son bras devait encore le faire souffrir.

— Très bien, finit-elle par accepter. Si cela permet aux domestiques de vaquer à leurs occupations. Mais je vais de ce pas m'assurer que Lady McBinnie ne voit aucune objection à ce que je vous tienne lieu de garde-malade.

Lorsqu'elle fut partie, Grant s'enfonça dans ses oreillers. Il serait fort heureux d'avoir la compagnie de Madeleine. Bien plus heureux qu'il n'osait se l'admettre, conscient qu'elle était aussi nerveuse qu'un moineau en sa présence, mais il peinait à se reposer quand elle n'était pas dans son champ de vision. Il n'était guère en position de la protéger, mais s'il la savait ici, en sécurité auprès de lui, s'il pouvait la voir, peut-être trouverait-il plus facilement le sommeil.

Chapitre 12

— Je peux y arriver. Je ne *perdrai pas* la raison pour cet homme.

Madeleine se répétait ces quelques mots comme une maxime tout en cherchant son hôtesse. Grant Rathmore occupait ses pensées bien plus qu'il ne l'aurait dû et la jeune femme savait qu'elle devait lutter pour l'en chasser. Son esprit lui avait naturellement attribué des qualités héroïques, lorsqu'il l'avait défendue contre ses agresseurs, à Kildrummy. À présent, son cœur éprouvait une profonde compassion pour le Highlander, car il avait essuyé un tir pour la protéger. Le tout s'ajoutait à ses évidents attraits physiques et à son charme indéniable… Une combinaison plus que dangereuse.

Madeleine avait vu des femmes tomber amoureuses de son père, séduites par ses manières aguichantes ou par l'impression de puissance ou de richesse qu'il dégageait, mais dès qu'il avait suscité leur commisération, ces ladies s'étaient éprises de lui au point d'être prêtes à tout pour une miette d'attention ou une tendre parole. Elle avait rapidement compris ces petits jeux et pris conscience que le regard triste d'Yves d'Evremont, son apparent courage face à l'adversité ou à la douleur, n'étaient guère plus que de la poudre aux yeux. Car lorsque son intérêt pour ses conquêtes s'émoussait ou que ces dernières avaient accompli ce qu'il attendait d'elles, son père se défaisait de ses amantes dévouées sans la moindre émotion. C'était un schéma que Madeleine avait vu se répéter indéfiniment au fil des ans et elle s'était juré de ne jamais devenir ce genre de femme.

La jeune Française regagna le chevet du blessé peu de temps après, armée d'une collection d'objets que le patient découvrit avec un haussement de sourcils.

— Il y a de la couture à réaliser, l'informa-t-elle, des ourlets défaits, des draps déchirés… Cela me permettra de me rendre utile pendant que je vous tiens compagnie. La pièce est assez lumineuse et cela ne m'empêchera pas de converser avec vous, si l'envie vous en prend. J'ai également apporté un paquet de cartes, si vous vous sentez suffisamment bien pour jouer.

— Merci.

— Hélas, je n'ai pas pu amener de livres, poursuivit-elle. Sir Edmund les garde sous clé dans la bibliothèque et il est sorti. Anne a promis de lui demander des lectures qui pourraient vous convenir, dès qu'il rentrera.

— J'espère qu'il possède toujours son exemplaire de *Robinson Crusoé*. Anne et moi le lisions ensemble, quand nous étions enfants.

Maddie ne répondit rien, s'affairant à étendre son matériel de couture sur une petite table, qu'elle déplaça à côté de sa chaise. En dépit de s'être juré de ne pas succomber aux charmes de cet homme, elle ne pouvait ignorer la pointe de jalousie qui semblait s'enfoncer dans son cœur chaque fois qu'il mentionnait Anne.

— Connaissez-vous cette histoire ? s'enquit alors Grant. J'aimerais beaucoup que vous me la lisiez, si vous le voulez bien.

La bulle de jalousie dans le ventre de Maddie éclata en un petit pétillement de plaisir.

— Je ne connais pas cet ouvrage, mais cela me plairait beaucoup. Je poserai la question à Sir Edmund à son retour.

La journée s'écoula en un battement de cœur. Maddie avait craint d'être intimidée par la présence de Grant, mais la légère pudeur qu'ils ressentirent au début ne tarda pas à se dissiper. Madeleine ne vécut qu'un moment difficile, lorsque Mrs Forbes lui demanda de l'aide pour ôter la chemise de Grant afin de renouveler son bandage. Le regard de la jeune femme ne cessait de partir à la dérive, attiré par le large torse de son compagnon obscurci d'un lagon de poils sombres, par la façon dont les muscles de ses épaules roulaient sous sa peau et par l'étendue plane de ses abdominaux qui disparaissait sous les draps. Maddie remarqua également des cicatrices, pour certaines à peine refermées, qui lui rappelèrent qu'il était un soldat jacobite. C'était une vie pleine de dangers.

Quand la gouvernante lui demanda de nettoyer son bras blessé, Madeleine sentit ses mains trembler un peu, mais elle se redressa et se mit à l'œuvre. Grant était silencieux, les paupières closes, mais un rapide coup d'œil à son visage suffit à révéler qu'il était très pâle et tendu, la mâchoire serrée pour lutter contre la douleur. Cela, ainsi que ses vieilles blessures, lui fit prendre conscience que le Highlander aurait besoin de temps pour se remettre entièrement.

Mrs Forbes appliqua du miel sur la plaie, puis l'enveloppa d'un pansement neuf :

— Voilà. À présent, nous allons l'aider à passer une chemise propre et ce sera terminé.

— Devons-nous vraiment le déranger à nouveau ? s'inquiéta Maddie en contemplant le visage exsangue de Grant.

— Dieu vous garde, maîtresse, mais si nous ne le couvrons pas, cela pourrait aggraver son état. Il fait très froid dans cette pièce, la nuit.

— Vous pouvez faire confiance à Mrs Forbes, murmura le blessé qui, contrairement à ce qu'elle avait cru, n'avait pas perdu connaissance. Je dois porter une chemise, ne serait-ce que pour vous épargner de rosir comme une jouvencelle.

La gouvernante le regarda avec désapprobation :

— Tss-tss, cessez de taquiner cette gentille *lass*, Maître Grant. C'est une demoiselle fort raisonnable et je suis heureuse qu'elle soit ici pour veiller sur vous.

— Moi aussi, répondit-il. Je suis sincère.

Il ouvrit les yeux et sourit à Maddie, l'image même de l'innocence, mais la jeune Française ne se laissa pas berner. Elle lui adressa un regard furieux avant de concentrer toute son attention sur la chemise propre que tenait la gouvernante. Quand le Highlander fut de nouveau vêtu et que Mrs Forbes prit congé, emportant le bol d'eau et les tissus ensanglantés, Madeleine contourna le lit et lissa les couvertures pendant que Grant s'enfonçait avec soulagement dans ses oreillers fraîchement arrangés.

— Si c'était douloureux, ce n'est rien de moins que ce que vous méritez, déclara-t-elle d'un ton sévère. Ma simple présence dans cette pièce enfreint toutes les règles de la bienséance. Et cela n'a rien d'amusant ! ajouta-t-elle lorsque Grant pouffa :

— De la part de la femme qui a dépouillé un officier de l'armée britannique de ses deniers mal acquis au cours d'une partie de cartes ! Le tout travesti en homme !

— C'était différent.

— Bien sûr.

Madeleine le connaissait suffisamment désormais pour percevoir la note de fatigue dans sa moquerie. Elle se radoucit aussitôt. Il tendit malhabilement la main vers le verre d'eau placé à côté de son lit et elle se précipita pour le lui donner, glissant un bras autour de ses épaules pour le redresser tandis qu'il buvait. Elle avait agi par instinct, mais réalisa brusquement combien cette situation était intime. Avec la mince chemise de lin pour seul rempart entre sa peau et la sienne, elle pouvait sentir les muscles de son dos, plus durs que l'acier, onduler sous ses doigts. Leurs têtes étaient proches, également. Encore un pouce et elles se toucheraient, Madeleine n'avait qu'à pivoter légèrement son visage pour déposer un tendre baiser sur son épaule…

Cette pensée lui embrasa le sang, la submergeant d'une vague fiévreuse, et la jeune femme comprit avec une limpidité bouleversante que ce qu'elle ressentait n'était autre que du désir brut. Sa poitrine et ses cuisses *brûlaient* d'envies scandaleuses. L'idée l'effraya tant qu'elle dut recourir à toute sa maîtrise pour ne pas s'éloigner de Grant d'un bond. Au prix d'un effort colossal, elle parvint à le soutenir jusqu'à ce qu'il ait étanché sa soif et qu'elle l'ait aidé à se rallonger contre ses oreillers. Elle récupéra le verre, espérant qu'il ne réaliserait pas combien ses mains tremblaient :

— Vous devriez vous reposer, à présent.

Il soupira :

— *Aye.* Je suis rompu de fatigue.

Il sombra presque aussitôt dans le sommeil et Madeleine vit le corps du Highlander se détendre. Elle remonta les couvertures jusqu'à son menton. La bouffée de désir enfiévré qui l'avait submergée un instant plus tôt s'estompait doucement, remplacée par un irrésistible instinct : celui de protéger et de chérir cet homme. La jeune Française se pencha sur lui et, tendrement, déposa sur sa joue un baiser aussi léger qu'un papillon.

— Dormez, maintenant. Mon soldat des Highlands.

Les jours suivants, une routine s'établit. Madeleine petit-déjeunait en compagnie de la famille et, lorsque les officiers étaient présents, Lady McBinnie énumérait toutes les tâches qu'elle comptait leur confier. Quittant le salon du matin, Madeleine accompagnait milady et Anne jusqu'aux cuisines ou à la lingerie, d'où elle s'éclipsait pour monter veiller sur le blessé.

Au début, Grant dormit beaucoup et la jeune Française passa le plus clair de son temps à repriser, mais bientôt le Highlander se sentit mieux et elle s'efforça de le divertir quand il était éveillé. Maddie lui faisait la lecture ou discutait avec lui. Grant ne chercha pas à coqueter avec elle, ce qui lui permit de se détendre en sa compagnie. Elle était ravie de lui en apprendre davantage sur sa vie en France, sur l'éducation qu'elle avait reçue d'une gouvernante à l'époque où elle visait une existence monotone chez sa tante Élisabeth, jusqu'à ce que son père décide qu'elle était désormais assez âgée pour lui être utile.

— Utile ?

Le mot fit bondir Grant.

— Oui, je ne doute pas qu'il m'aurait laissée croupir à Dijon s'il n'avait eu besoin d'une hôtesse. Il cherchait à s'attirer les faveurs d'une comtesse devenue veuve récemment, mais quand cela n'a pas fonctionné, il a proposé de m'emmener. Il lui fallait quelqu'un pour gérer les domestiques et l'entretien et donner à sa demeure une apparence de bienséance. Je dois vous paraître affreusement irrespectueuse, n'est-ce pas ? Je connais très bien mon père. Il a eu tout un cortège de maîtresses, mais il ne leur faisait pas assez confiance pour tenir sa maisonnée. Il préférait les garder à distance, afin de pouvoir s'en débarrasser plus facilement quand il s'en lassait. Je vois la censure dans votre regard, mais ne jugez pas mon père trop sévèrement. Il s'est toujours montré généreux. Il ne les a jamais mises à la porte sans leur laisser un pécule confortable.

— Un vrai philanthrope ! s'exclama Grant d'un ton réprobateur.

Madeleine haussa les sourcils, visiblement surprise :

— Votre père n'a-t-il jamais eu de maîtresse ?

— Pas que je sache. Mes parents ont toujours fait montre d'une indéfectible loyauté l'un envers l'autre. Ils ne supportaient pas de se séparer plus de quelques jours.

— *Ça alors*[1] !

Grant lui adressa un large sourire :

— À présent, c'est moi qui vous surprends ! Enfant, j'étais persuadé que tout le monde vivait ainsi, mais plus ma connaissance de la société s'est étoffée, plus j'ai compris que les unions aussi heureuses et confortables que la leur étaient rares. Je me suis juré de ne prendre femme que le jour où je trouverais une personne qui m'inspirerait une telle dévotion.

« Confortable ! » songea Maddie en baissant les yeux sur sa couture. Bien sûr, il voudrait une épouse douce et serviable, capable de lui offrir une vie paisible ! Pas une harpie volage et impétueuse qui ne cessait de contester ses dires. Quelqu'un de gentil, de jovial et de bien élevé. Comme Anne McBinnie.

Pendant une seconde, Maddie crut que le bruyant soupir qu'elle venait d'entendre était le sien, mais il provenait de Grant, qui enchaîna avec un rire amer :

— Mais je ne suis guère en position de songer à de telles choses. Je doute même de le pouvoir un jour.

Maddie coupa son fil et rangea avec soin son aiguille dans la trousse de couture.

— Ne laissez pas votre état vous démoraliser, le rassura-t-elle d'une voix neutre, prosaïque. Votre chance tournera, Grant Rathmore.

1. En français dans le texte.

— Le pensez-vous vraiment ?

— Bien sûr.

Elle se contraignit à croiser son regard et lui offrit un sourire chaleureux avant d'ajouter d'un ton enjoué :

— À présent, je dois prendre congé afin de me changer pour le dîner.

Après lui avoir promis de revenir le voir un peu plus tard, Madeleine s'en fut et Grant se glissa contre ses oreillers pour attendre Mrs Forbes, qui lui apporterait bientôt son repas. Il était heureux d'avoir convaincu Maddie de repasser, et pas seulement parce qu'il s'inquiétait de la savoir en compagnie d'officiers britanniques. Il ne pouvait nier que leur conversation lui avait remonté le moral. La jeune Française avait eu une vie aux antipodes de la sienne. Elle avait été maîtresse du domaine de son père, avait organisé des bals somptueux, avait rencontré des personnages hauts en couleur. Madeleine avait tout d'une dame de la haute société et, à ses yeux, il était sans doute à peine un gentilhomme. Son Grand Tour n'avait consisté qu'en un séjour de trois mois en France et en Italie et, bien qu'il ait passé deux saisons à Londres avec des connexions du Hampshire, il n'en avait tiré aucun plaisir et avait éprouvé un profond soulagement en retrouvant les Highlands. Il avait alors consacré tout son temps à apprendre comment gérer Ardvarrick, afin d'être prêt à prendre la relève de son père.

Mais désormais, Ardvarriek n'était plus qu'un souvenir. Il ne pourrait jamais rentrer chez lui.

Le lendemain matin, Madeleine se faufila silencieusement le long des couloirs jusqu'à la chambre de Grant et découvrit qu'il avait quitté son lit pour s'asseoir dans un fauteuil. Elle fronça les sourcils devant sa pâleur.

— Que faites-vous ? s'exclama-t-elle. Croyez-vous qu'il soit sage de sortir de votre lit si tôt ?

— Oui, j'en suis certain ! Je ne puis rester indéfiniment allongé. Hanson m'a aidé, après m'avoir rasé et coiffé. Je me sens tellement impuissant…

— Vous progressez tous les jours, mais cela fait moins d'une semaine que nous sommes arrivés.

— Et vous ne pourrez demeurer beaucoup plus longtemps dans cette maison. Je dois vous conduire au lieu de rendez-vous.

— Ne vous inquiétez pas de cela, rétorqua-t-elle. Nous avons encore bien assez de temps.

— Pas pour un si long voyage. La lettre de votre père précisait bien que le navire français s'y trouverait à la Saint-Jean.

— En effet. Mais c'est dans plus de deux semaines et le bateau pourra m'attendre quelques jours, lui rappela-t-elle.

Elle fronça les sourcils :

— La Saint-Jean correspond au solstice d'été… La nuit ne tombe pratiquement pas à cette période. Cela me paraît terriblement risqué, car le navire ne pourra se dissimuler dans l'obscurité.

— En effet, mais je connais bien cette côte, répondit Grant. Avec toutes ses îles, ses criques et ses bras de mer, elle est idéale pour les vaisseaux qui cherchent à éviter d'attirer l'attention. Mais nous verrons cela sur place. D'ici là, je veux que vous me promettiez de ne rien tenter tant que je ne serai pas suffisamment remis pour vous escorter.

— Nous reparlerons de tout ceci quand vous vous sentirez mieux.

Il lui lança un regard furieux :

— N'essayez pas de dévier le sujet, Madeleine. Je veux votre parole que vous ne chercherez pas à quitter cette maison sans moi. En voyant l'expression contrite de la jeune femme, il comprit que c'était exactement son intention et ajouta d'un ton d'avertissement :

— Si vous persuadez Sir Edmund de vous trouver un guide et me laissez ici dans un désir malavisé de me protéger, je vous préviens, milady, que je me lancerai à votre poursuite.

La tempête dans les yeux de Madeleine s'évanouit. Elle resterait, du moins encore un temps. Grant sentit tous ses muscles se relâcher, mais s'efforça de ne pas le montrer.

— Nous en reparlerons quand vous irez mieux, répéta-t-elle d'un ton borné. À présent, souhaitez-vous que je vous fasse la lecture ?

Cette nuit-là, Grant demeura longuement éveillé, étendu sous ses couvertures. Même s'il avait réussi à quitter son lit pour la première fois, son inquiétude l'empêchait de dormir. Il craignait que le major Rutter témoigne toujours de l'intérêt pour Madeleine. Elle ne lui en avait rien dit, mais il trouvait sa réticence à en discuter suspecte. La jeune Française semblait plutôt enjouée, mais elle faisait preuve d'une réserve inhabituelle pendant leurs conversations.

Dans quelques jours, il pourrait se débarrasser de son écharpe. Ils devraient ensuite décider comment extirper Maddie de Calder House sans attirer les soupçons des deux officiers. Ce ne serait pas facile, en particulier si Madeleine était déterminée à poursuivre sa route sans lui. Mais il était plus résolu encore à l'escorter jusqu'au navire français. Il ferait en sorte qu'elle monte à son bord sans encombre. Quoi que cela puisse lui coûter.

— Eh bien, quels progrès !

Maddie gloussa joyeusement en regardant Grant parader d'un bout à l'autre de sa chambre. C'était une de ces rares journées ensoleillées, mais il était trop risqué de sortir, aussi avait-elle ouvert la fenêtre pour qu'il profite d'un peu d'air frais. Le brouhaha de la cour en contrebas leur parvenait au travers de la lucarne : les rires des garçons d'écurie, les jappements des chiens et les chevaux s'ébrouant bruyamment. Grant avait enfin pu revêtir sa culotte et ses bottes, mais les domestiques n'avaient pu repriser le trou dans sa chemise et son manteau. Et hélas, si la coupe large des chemises de Sir Edmund ne présentait aucun problème, ses redingotes étaient trop étroites pour que Grant puisse les mettre sans risquer de rouvrir sa plaie. Il avait donc dû se contenter de son gilet de soie, les manches bouffantes dissimulant l'épais bandage sur son bras.

Maddie l'observait, ravie de constater combien il allait mieux depuis quelques jours. Son visage avait retrouvé sa forme et ses couleurs et le Highlander se déplaçait à nouveau avec la souplesse d'un chat. Seule une légère raideur dans son bras gauche trahissait qu'il était blessé.

— Je me sens ragaillardi, déclara-t-il. Nous allons pouvoir discuter de la meilleure façon de quitter les lieux.

Madeleine secoua la tête :

— Non. Nous nous étions mis d'accord : nous partirons chacun de notre côté.

— Je n'ai rien accepté de tel ! Bien au contraire. Je vais vous escorter.

— Nous avions décidé d'en parler quand vous iriez mieux, le corrigea-t-elle. Entre-temps, j'ai fait mon propre choix. Sir Edmund me trouvera un guide. Vous devez prendre soin de vous et de votre famille. Vous avez dit que vous ne retourneriez pas à Ardvarrick…

— Je ne peux pas rentrer chez moi, Maddie. Si mes parents hébergeaient un fugitif, ce serait une catastrophe pour Ardvarrick. Je ne peux qu'espérer que mon foyer n'a pas déjà été châtié pour ma folie. Je n'ose prendre ce risque. Mais, ajouta-t-il sans lui laisser une chance de répliquer, je suis la meilleure personne pour vous conduire jusqu'à la côte ouest. Je connais cette région et ses routes. Et plus important encore, je connais ses habitants.

— Peut-être, mais je décline vos services.

— Par tous les diables, Madeleine…

Mais la jeune Française leva le menton :

— Je vous rémunérerai pour m'avoir escortée jusqu'ici…

— Ne dites pas de sottises. Vous savez que je ne fais pas cela pour l'argent.

— Je ne vous ai pourtant jamais donné d'autre raison de le faire !

Ses paroles le réduisirent au silence. Ils se tenaient à quelques pieds l'un de l'autre et se foudroyaient du regard, mais même en fixant ses yeux bleus orageux, Grant avait douloureusement conscience de la façon dont ses joues s'étaient empourprées et des saccades de sa poitrine sous le chaste fichu en mousseline qui drapait ses épaules. Il serra les poings pour résister à la tentation de tendre les bras pour la secouer dans l'espoir de lui faire retrouver un peu de bon sens.

Ou pour l'écraser contre son torse et l'embrasser à en perdre la tête !

— Très bien, finit-il par concéder. Ne passons pas notre temps à nous disputer. Nous discuterons de ce sujet avec Sir Edmund et le laisserons décider.

— Très bien.

Il pouvait voir à sa moue boudeuse qu'elle n'était pas totalement convaincue, mais il ne chercha pas davantage à la persuader. Au lieu de cela, Grant lui demanda aimablement de lui faire la lecture. Un peu plus tard, il lui proposa une partie de piquet, car son bras était suffisamment remis pour lui permettre de tenir ses cartes, même si mélanger et distribuer s'avérait encore difficile.

Ils ne reparlèrent pas de quitter Calder House, mais Grant était en proie à une vive agitation. À ses yeux, Maddie était de plus en plus belle chaque jour et il craignait que, plus le major britannique passerait de temps en sa compagnie, plus il serait tenté de la séduire. Ou pire. Maddie et lui n'avaient pas oublié le comportement tout sauf exemplaire de certains soldats anglais en Écosse. Non, il devait l'éloigner de cette maison dès que possible.

Madeleine continua de jouer les invitées dociles chez les McBinnie, mais son anxiété allait grandissant. Il leur faudrait encore quelques jours, peut-être plus d'une semaine, pour atteindre le navire français et elle ne pouvait se permettre de manquer le rendez-vous. Elle alla trouver Sir Edmund et lui demanda s'il serait en capacité de lui recommander un guide, mais l'homme lui fit une réponse prudente :

— Je pourrais, bien sûr, mais je pensais que Grant Rathmore devait vous escorter. Il devrait être bientôt suffisamment rétabli pour entreprendre ce voyage.

— Mais vous savez combien il serait dangereux pour lui de s'aventurer dans une région où il courra le risque d'être reconnu.

— C'est vrai, admit Sir Edmund avec sa réserve habituelle. Mais cela pourrait lui permettre de voir ses parents une dernière fois avant de partir pour la France.

— Hélas, il a juré de n'en rien faire. C'est pourquoi je préférerais ne pas le mettre en danger à mon seul bénéfice.

Elle attendit que son hôte digère la nouvelle et, finalement, ce dernier opina :

— Nous allons devoir trouver une raison valable à votre voyage. Vous ne pourrez pas simplement disparaître du jour au lendemain.

— Bien entendu. Les officiers seraient contraints de lancer des poursuites et Lady McBinnie et vous-même attireriez aussitôt leurs soupçons.

Maddie soupira avant d'ajouter :

— Je sais que tout ceci est difficile, mais il me faudra repartir bientôt.

— Je suis d'accord, mais ne vous tourmentez pas. Nous trouverons quelque chose.

Elle dut se satisfaire de cela, mais Lady McBinnie était de plus en plus inquiète, elle aussi, comme Maddie le découvrit plus tard dans la journée, alors qu'elle aidait milady à cueillir des fleurs dans le jardin.

— Je crains que le major Rutter ne soupçonne quelque chose. Il se montre tout à fait cordial, mais il a plaisanté hier sur le fait que la maisonnée devait être parfaitement en ordre, tant Anne et vous-même fournissiez de travail.

— Oh ! Seigneur. Pensez-vous qu'il a compris que je cherchais à l'éviter ?

— J'en suis sûre, reconnut Lady McBinnie. Il me l'a dit directement, mais il est naturel que je souhaite protéger ma fille et ma nièce. Oh ! si seulement ils pouvaient s'en aller ! Mais hélas, je crains que nous ne les ayons trop confortablement installés ! Ils doivent se trouver idéalement logés, ici.

— C'est d'autant plus frustrant que je dois absolument préparer mon voyage vers l'ouest.

Lady McBinnie lui tapota le dos de la main et répondit avec un optimisme que Maddie ne pouvait partager :

— Nous devons nous montrer patientes et voir de quoi seront faits les prochains jours. Je suis certaine que Sir Edmund et le jeune Rathmore parviendront à concocter un plan efficace. En attendant, je me charge de convaincre le major que vous êtes bel et bien occupée, ici. J'insisterai sur le fait que c'est vous qui avez cueilli toutes ces fleurs pour orner notre table. Mais quelle autre tâche pourrais-je vous donner ? J'ai trouvé ! Mon service à thé est dans un état lamentable. Si le major Rutter me pose la question, je lui dirai que c'est ce qu'Anne et vous allez faire aujourd'hui. S'il est un véritable gentilhomme, il saura que la porcelaine de Meissen est bien trop précieuse pour en confier le nettoyage aux domestiques !

— … Repique et deux quatorze, plus une séquence six et quarante points pour le capot. J'ai gagné ! déclara Madeleine avec un petit cri de ravissement.

Elle leva les yeux vers son adversaire tout en rassemblant les cartes :

— Votre bras est-il douloureux, Grant ? D'ordinaire, je ne vous bats pas aussi facilement.

— Non, non, mon bras va beaucoup mieux. Pardonnez-moi, j'ai l'esprit ailleurs.

Madeleine haussa un sourcil avec curiosité, mais l'homme se contenta de lui demander de mélanger les cartes.

— Sir Edmund me parlait d'une frégate française aperçue au large de la côte de Stonehaven, lui apprit-elle sur le ton de la conversation. Il paraît qu'elle embarque des jacobites et notre hôte a des contacts qui pourraient vous y emmener. Vous pourriez gagner la France en toute sécurité dans une huitaine. Vous devriez y aller.

— J'irai. Et vous viendrez avec moi.

— Mon père a prévu d'autres arrangements.

— Qui incluent un périlleux voyage à travers l'ouest des Highlands.

— Sir Edmund embauchera des hommes de confiance pour m'escorter.

— Non, j'ai promis de vous conduire à bon port.

Mais Madeleine imaginait déjà son compagnon blessé risquer à nouveau sa vie pour elle et sut qu'elle ne pourrait supporter qu'il lui arrive quoi que ce soit par sa faute.

Elle déclara donc avec fermeté :

— Et je vous ai dit que je n'étais pas d'accord. Je vous en prie, Grant, cessez d'insister. Ma décision est prise. À présent, souhaitez-vous que je fasse la distribution ?

Grant haussa les épaules et se tut, comme Madeleine le lui avait demandé, mais étrangement, la jeune femme n'en tira aucune satisfaction. Savoir qu'ils devraient bientôt emprunter des chemins séparés ne contribua guère à lui remonter le moral, mais elle tâcha de se convaincre que ce serait pour le mieux. Elle appréciait bien trop sa compagnie.

Madeleine perdit la seconde partie et un match nul conclut la troisième, au terme de laquelle ils décidèrent d'arrêter. Ils passèrent l'heure suivante ensemble dans un silence confortable ; Grant lisait et Maddie se concentrait sur son reprisage. Lorsqu'elle leva les yeux, elle surprit Grant en train de l'observer. La jeune Française fut aussitôt submergée par une bouffée fiévreuse, qu'elle chercha à masquer en haussant les sourcils, le regard froid.

— Je trouvais cela étonnant, lui expliqua-t-il. Nous n'avons pas échangé une parole grinçante de toute la journée.

— Seigneur Dieu, cela ne saurait convenir ! plaisanta Madeleine.

— Non, non, je suis sérieux. C'est extrêmement agréable. Je prends beaucoup de plaisir à être simplement assis ici, avec vous.

Le sourire de Grant ne fit qu'accroître son trouble et elle détourna les yeux.

— Tant d'inaction ne tarderait pas à vous lasser, murmura-t-elle en se concentrant sur sa couture.

— Peut-être, mais après une journée dehors, qu'y a-t-il de mieux que de rentrer chez soi et de passer le temps de cette façon ? Paisiblement, avec des amis, sans devoir se contraindre à entretenir une conversation polie. Comme cela doit être confortable !

Des amis ! Madeleine sentit ses yeux s'embuer de larmes, brusquement, et elle cligna des paupières, tête baissée. Tout ceci n'était qu'une trêve. Bientôt, il la traiterait à nouveau de femme obstinée et querelleuse et souhaiterait de toutes ses forces se trouver ailleurs qu'en sa compagnie.

Et c'était mieux ainsi, se tança-t-elle intérieurement, car elle était la fille d'un aventurier, un homme vivant d'expédients, tandis que Grant Rathmore était l'héritier légitime d'un laird. S'il voulait une chance de reconstruire sa vie en Écosse un jour, il devrait s'allier à une demoiselle respectable d'une lignée vertueuse. Avec une belle dot. Quelqu'un comme la jolie Anne McBinnie, qui le connaissait depuis toujours, si douce et généreuse qu'elle ne le forcerait jamais à hausser la voix. Anne ferait une épouse parfaite pour un homme comme lui… Il avait juste besoin d'ouvrir les yeux.

Mais cette pensée ne lui apporta aucune satisfaction. Au contraire, Madeleine était profondément malheureuse, mais elle dissimula sa déception derrière un ton méprisant :

— Est-ce vraiment l'idée que vous vous faites d'une vie idéale ? Je trouve cela terriblement… *provincial*[1].

Elle raccommoda les derniers points, puis coupa le fil.

— Et voilà, un drap de plus reprisé. Je vais descendre l'ajouter à la pile, dans la lingerie.

— Reviendrez-vous ensuite ?

— Pas aujourd'hui. Mrs Forbes ne va pas tarder à vous apporter votre dîner et Sir Edmund désirait vous rendre visite ce soir.

Grant fronçait les sourcils, visiblement pensif, et elle céda à la tentation :

— Je suppose que je pourrais repasser et vous lire quelques pages supplémentaires de *Robinson Crusoé*, si vous le souhaitez. Grant, m'avez-vous entendue ?

— Hum ? Oh ! oui, c'est très aimable de votre part, mais peut-être avez-vous raison, en fin de compte. Pas ce soir. Ma conversation avec Sir Edmund risque de finir tard.

Il lui adressa un sourire détaché, comme s'il était perdu dans ses pensées.

Grant la sommait de prendre congé et cela n'avait rien d'étonnant, car elle s'était montrée parfaitement hautaine. « *Provincial !* » Elle avait prononcé ce mot comme une

1. En français dans le texte.

insulte, ce qui était son intention sur le moment, bien qu'elle ne puisse rien imaginer de plus exquis que de passer le restant de ses jours avec Grant Rathmore. Elle ne devrait pas se sentir si coupable de prévoir son départ sans lui. Il serait bien plus heureux une fois débarrassé d'elle !

Quand Maddie rejoignit la famille McBinnie dans le salon avant le dîner, elle fut surprise par l'atmosphère détendue et joyeuse qui régnait dans la pièce. Ses hôtes lui expliquèrent rapidement que le colonel Sowton et le major passeraient la soirée en manœuvre et ne reviendraient que le lendemain matin.

— Quel bonheur de pouvoir dîner en famille, déclara Lady McBinnie en prenant place à table.

Anne gloussa :

— Maman ! Vous allez offenser notre pauvre Madeleine !

— Miss d'Evremont sait bien que je ne songeais pas à elle, rétorqua la dame de la maison en adressant un sourire chaleureux à Madeleine. Je la considère comme l'une des nôtres !

— Merci, milady.

— Peut-être Grant pourrait-il descendre nous rejoindre dans le salon, un peu plus tard dans la soirée ? suggéra Anne. Qu'en pensez-vous, papa ?

— Je lui poserai la question lorsque j'irai lui rendre visite, répondit son père de son habituel ton solennel.

— Je suis sûre qu'il serait soulagé de voir autre chose que les mêmes quatre murs, poursuivit Anne. Nous pourrions demander aux domestiques de monter la garde, ainsi nous ne laisserons pas les officiers nous surprendre, s'ils décidaient de rentrer plus tôt. Ce serait tellement agréable de pouvoir passer cette soirée tous ensemble. Qu'en dites-vous, Maddie ?

Paisiblement, avec des amis, sans devoir se contraindre à entretenir une conversation polie.

Les paroles de Grant revenaient la hanter. Comment avait-elle pu se montrer aussi dédaigneuse ?

Elle répondit sobrement :

— Oui, tant que nous ne courons aucun risque.

Sir Edmund acquiesça :

— Prudence est mère de sûreté, mais je me porte garant de tous les domestiques de cette maison.

Pourtant, quand Sir Edmund les rejoignit après avoir rendu visite à Grant, il était seul.

— Rathmore a jugé préférable de demeurer à l'étage, annonça-t-il à la petite assemblée.

— Descendre les escaliers était sans doute trop pour lui, opina Anne avec un soupir.

— Je vais demander à Mrs Forbes de lui faire monter une tasse de chocolat chaud, intervint Lady McBinnie.

Elle s'apprêta à se lever, mais son époux l'interrompit d'un signe :

— Inutile, ma chère. Hanson doit aller l'aider à se mettre au lit. Il va s'en charger.

Madeleine ne pouvait s'empêcher de s'interroger : Grant était-il réellement trop fatigué ou préférait-il éviter sa compagnie ? Peut-être avait-il décliné l'invitation pour cette raison précise ? La jeune Française regrettait profondément son terrible manque de manières, mais ne pourrait rien y changer ce soir et refusa de s'apitoyer à cause de simples spéculations.

Au sortir d'un sommeil sans rêve, la première pensée de Madeleine fut pour Grant : elle devait absolument faire une nouvelle fois la paix avec lui. La jeune femme se vêtit rapidement et gagna le salon du matin pour y récupérer un exemplaire de *Gentleman's Magazine*, qu'elle avait aperçu sur la table la veille au soir. Sir Edmund recevait le périodique directement de Londres et Maddie savait qu'il ne verrait aucune objection à ce qu'elle l'emporte à l'étage pour Grant. Comme gage de réconciliation. Elle espérait que le geste lui permettrait de se racheter pour sa conduite impolie.

Madeleine connaissait désormais par cœur les passages tortueux et les salles pleines de coffres et de meubles à l'abandon et n'y prêta presque aucune attention tandis qu'elle se hâtait de rejoindre la chambre de Grant. Elle atteignit la porte et, par habitude, s'arrêta pour tendre l'oreille afin de s'assurer que personne ne l'avait suivie. Puis elle gloussa, se jugeant sotte de tant s'inquiéter quand les officiers étaient absents. Personne ne la questionnerait. Souriante, elle fit coulisser le mur… et trouva la pièce déserte.

Madeleine balaya la chambre de Grant du regard, l'angoisse lui étreignant l'estomac. Le lit était nu et le lieu vide du moindre indice suggérant que quelqu'un y avait séjourné. Comme si Grant n'avait jamais été là.

La jeune femme fit volte-face et se mit à courir. Elle croisa la bonne dans les escaliers et l'arrêta :

— Eilidh, qu'est-il arrivé à Mr Rathmore ?

— Il est parti, maîtresse.

— Parti ?

— *Aye*, milady. Tard dans la nuit. Milord a dit qu'il serait moins risqué pour lui de partir quand tout le monde dormirait, d'autant plus qu'avec les nuages, il faisait presque noir !

— Sir Edmund est au courant ?

— *Aye*, maîtresse, c'est lui qui m'a demandé de nettoyer la chambre à la première heure.

La domestique sourit, se fendit d'une courbette, et repartit, laissant Madeleine gagner le salon du matin. À son arrivée, Lady McBinnie était seule à table et se servait une tasse de café :

— Ah, bonjour, Madeleine ! Vous venez vous joindre à moi ?

— Non, milady, pardonnez-moi, je cherche Sir Edmund.

— Oh ! ma chère, vous l'avez manqué. Il est parti très tôt à cheval, avec son régisseur. J'ai cru comprendre que les récentes pluies avaient causé d'importants dégâts au village. Était-ce urgent ?

— Grant n'est plus là.

À l'expression abasourdie de Lady McBinnie, Madeleine sut que son hôtesse n'était pas au courant non plus.

— D'après Eilidh, il s'est éclipsé dans la nuit et Sir Edmund lui a demandé de nettoyer la pièce ce matin. J'espérais qu'il pourrait m'expliquer ce qui est arrivé.

— Hélas, il ne m'en a rien dit, je ne puis donc vous aider. Ne vous inquiétez pas tant, ma chère. Je suis certaine que Sir Edmund n'aurait pas laissé Grant repartir s'il n'avait pas été convaincu d'agir pour le mieux. Êtes-vous sûre de ne pas vouloir vous asseoir et prendre votre petit déjeuner ?

Mais Madeleine était incapable de se montrer aussi optimiste. La culpabilité avait eu raison de son appétit, Grant avait quitté Calder House et elle craignait d'être la cause de ce départ soudain.

La jeune Française fut surprise de constater combien le Highlander lui manquait. Elle s'efforça donc de se rendre utile en aidant Lady McBinnie et, dans l'après-midi, travailla avec Anne dans le cellier. Comme elle aurait préféré passer ce temps en compagnie de Grant à lire, à converser ou simplement à s'asseoir à son chevet et à le contempler pendant qu'il dormait ! Elle avait l'impression qu'une main invisible ne cessait de retourner une dague dans son cœur. Elle ignorait où se trouvait son compagnon, s'il allait bien… s'il était en sécurité. Pire, elle n'avait pas pu lui dire adieu ni lui demander de la pardonner… de garder d'elle un souvenir indulgent. Hélas, Madeleine ne revit Sir Edmund que lorsqu'elle rejoignit la famille dans le salon, peu de temps avant le dîner, mais n'eut guère l'occasion de parler de Grant avec lui, car le colonel Sowton et le major Rutter étaient de retour. Elle étira donc ses lèvres en un sourire jovial pour les saluer :

— Étiez-vous en patrouille avec vos Dragoons, colonel ? s'enquit-elle poliment.

— Ha ha, non, jeune lady. Je laisse cela au major, même s'il m'a rapporté avoir passé une journée fort monotone. N'est-ce pas, Rutter ?

— Ce fut une patrouille sans incident, mais demain nous irons inspecter le nord. Des Highlanders en vadrouille ont été aperçus à Glen Orrin.

— Eh bien, j'espère pour vous et vos hommes que cette maudite pluie aura cessé d'ici demain matin, répondit le colonel avec un coup d'œil en direction de la fenêtre. Il fait aussi sombre qu'en hiver, dehors !

La conversation se porta sur le temps et Maddie dut s'admettre soulagée de ne pas entendre parler d'une patrouille qui aurait capturé un fugitif blessé. Hélas, cela n'atténua en rien ses inquiétudes au sujet de Grant et elle s'efforça de discuter avec les officiers dans l'espoir de glaner la moindre information. Elle y parvint sans mal, mais prit vite conscience que témoigner de l'intérêt aux soldats était un jeu dangereux. Elle ne tenait pas à ce que le major Rutter imagine qu'elle encourageait ses avances et, après un court tête-à-tête avec lui, trouva une excuse pour rejoindre sa « tante ».

Mais alors qu'elle approchait tranquillement du fauteuil de Lady McBinnie, un domestique ouvrit la porte et annonça d'une voix dénuée d'émotion :

— Mr John Lauder.

Maddie sentit une boule se former dans son estomac à l'idée de rencontrer un nouvel étranger, une personne de plus à berner par des mensonges et des sourires factices.

Elle se tourna vers l'inconnu en feignant un intérêt poli, mais se figea quand Grant pénétra dans la pièce.

Le cœur de la jeune Française se mit à battre si bruyamment qu'elle craignit que les officiers puissent l'entendre. Incapable de prononcer un mot, elle parvint tout juste à maintenir suffisamment d'aplomb pour ne pas défaillir. Elle se stabilisa en posant une main sur le manteau de la cheminée, à côté d'elle, et regarda Grant ôter son chapeau et s'incliner bien bas devant Lady McBinnie, s'excusant de se présenter aussi tard.

— Ce n'est rien, monsieur.

Sir Edmund avança avant que son épouse ne puisse formuler une réponse adéquate.

— Nous sommes ravis que vous soyez arrivé sain et sauf et n'aurons aucun mal à nous accommoder d'un invité supplémentaire pour le dîner.

Il congédia le valet de pied d'un hochement de tête avant de se tourner vers Madeleine :

— Comme vous devez être heureuse de retrouver votre promis, ma chère !

Chapitre 13

Mon promis ?

Quelle nouvelle folie était-ce là ? Les joues de Madeleine lui donnaient l'impression d'être tour à tour brûlantes et glacées. Grant approcha et lui prit la main, la serrant doucement en la portant à ses lèvres. Elle ne devait absolument pas le trahir devant les deux officiers, qui observaient cette petite comédie avec beaucoup d'intérêt.

— Pour ma part, je suis ravi de vous revoir, déclara son compagnon.

Madeleine fouilla sa mémoire pour retrouver le nom que le domestique avait prononcé :

— Oh ! *John* ! Quelle agréable surprise ! Mais que faites-vous ici ?

— Je suis venu vous transmettre des nouvelles de vos parents.

Il lui adressa un sourire rassurant :

— Ils se portent bien tous les deux et… Oh ! mais pardonnez-moi, je manque à mes devoirs. Sir Edmund attend de pouvoir me présenter à ses invités.

Les prunelles du Highlander scintillaient d'un éclat taquin et Maddie était partagée entre le soulagement et l'irritation de le voir si à l'aise dans cette mascarade, comme s'il ne s'était jamais autant amusé.

Exactement comme son père, songea-t-elle avec amertume

tandis que Grant se détournait pour s'incliner devant les officiers. Si nonchalant, comme si tout ceci était parfaitement normal ! Son compagnon était la personnification du gentilhomme dans sa redingote d'une belle laine bordeaux bordée de fils dorés et plus la moindre trace de blessure. Le manteau et le gilet assortis offraient un contraste frappant et élégant avec la cravate de lin blanc ornant son cou et, à la lueur des chandeliers, sa chevelure auburn, brossée et nouée sur sa nuque avec un ruban, semblait flamboyer.

Madeleine songea à nouveau à son père, qui s'était souvent trouvé contraint de monter une histoire de toutes pièces en quelques secondes, changeant d'identité au besoin, devenant tantôt un riche propriétaire terrien de Bergerac, tantôt un gentilhomme de Paris à la dernière mode, ou même un érudit aux doigts tachés d'encre. Madeleine écoutait attentivement tandis que Grant répondait aux questions du major. Oui, son voyage depuis Perth s'était déroulé sans incident et, oui, il s'estimait chanceux de ne pas avoir rencontré de brigands ni de rebelles sur la route qui auraient tenté de le soulager de sa bourse, bien qu'il ne cachât pas avoir dû acheter sa tranquillité à prix d'or.

Tandis qu'ils conversaient, Sir Edmund approcha discrètement de Madeleine comme pour se réchauffer près du feu et, le dos tourné à la pièce, lui murmura ses excuses :

— Je vous prie de me pardonner, ma chère. Je n'ai pas eu l'occasion de vous prévenir plus tôt. Rathmore et moi-même sommes tombés d'accord hier soir.

Elle acquiesça d'un imperceptible signe de tête, s'efforçant de mettre de l'ordre dans le tourbillon de ses pensées. Où Grant avait-il passé la nuit et comment s'était-il procuré de si beaux habits ? Son bras était-il encore douloureux ? Mais elle devait absolument paraître calme et détendue. Ce n'était pas la première fois qu'elle se retrouvait dans ce genre de situation ; ses voyages en compagnie de son père lui avaient enseigné à faire face. La clé était de garder la tête froide. Mais Dieu seul savait où tout ceci les mènerait !

Ce fut le major Rutter qui posa la principale question qui occupait son esprit :

— Et maintenant que vous êtes ici, Mr Lauder, que comptez-vous faire ?

— Tout d'abord, informer Miss Dewar que Dieu a eu la bonté d'épargner ses parents. Ils vont bien, tout comme le reste de leur maisonnée.

— Et nous sommes très heureux de l'apprendre.

Le major s'exprimait d'un ton poli, mais Madeleine savait qu'il cherchait la moindre faille dans le récit.

— Mais vous avez parcouru, quoi, une centaine de milles, si ce n'est plus ? C'est un long voyage, monsieur, quand une lettre aurait certainement rempli le même office ?

— Ah, mais il y a plus, renchérit Grant sans témoigner le plus petit signe d'inquiétude, se contentant de sourire tout en inclinant la tête devant Madeleine : On m'a chargé d'assurer la protection de Miss Dewar lors de son retour à Perth. Nous partirons demain matin.

— Si tôt ? s'étonna le colonel.

— Une fois le vent de panique dissipé, nous avons rapidement constaté que l'infection avait pu être endiguée et que le danger était bien moins important que nous l'avions anticipé, répondit Grant d'un ton réconfortant.

Il se tourna vers Maddie :

— Votre père était terriblement bouleversé d'avoir dû vous envoyer dans les Highlands en ces temps difficiles. Il a insisté pour que vous rentriez immédiatement.

— Allons, je suis certain qu'il ne peut l'envisager, objecta le colonel. La variole est un mal épouvantable ! Il serait imprudent de risquer la santé de cette jeune lady.

— Oh ! mais je ne ramène pas Miss Dewar chez elle. Cela ne sera possible que lorsque le docteur aura déclaré le village libéré de l'infection. Non, ma promise va venir séjourner chez moi.

Il se tourna vers les officiers comme pour leur expliquer :

— Mon domaine ne se situe qu'à quelques milles de Perth. Elle y sera à l'abri de la maladie, mais suffisamment proche pour que je puisse emmener Miss Dewar rendre visite à ses parents régulièrement. Elle pourra discuter avec eux depuis la voiture et échanger les dernières nouvelles…

Ce fut au tour de Madeleine d'objecter. Après tout, Grant avait jusque-là mené sa barque comme il l'entendait. Elle se dissimula derrière son éventail, feignant une hésitation pudique :

— Tout ceci est très bien, mon ami, mais séjourner chez vous, sans même une femme de chambre ! Ce serait une terrible entorse à l'étiquette…

Les yeux de Grant scintillèrent d'une lueur admirative :

— J'ai des femmes de chambre à profusion, vous pourrez choisir celle qui vous conviendra le mieux. Et ma gouvernante sera ravie de vous tenir lieu de chaperon.

— Peut-être Lady McBinnie pourrait-elle vous laisser repartir avec l'une de ses femmes de chambre ? suggéra le colonel. Après tout, vous devrez passer plusieurs nuits sur la route.

— Mais alors la pauvre fille serait contrainte de rentrer seule, protesta Grant. Songez aux dangers qu'encourrait une femme voyageant sans protection ! Qu'en dites-vous, ma chère ? J'ai conscience que vous vous inquiétez pour vos parents et eux s'angoissent de vous savoir si près d'une zone de guerre.

Maddie déglutit :

— Il est vrai… et je suppose qu'étant donné la situation, personne ne me reprochera de faire la route avec mon promis.

— Exactement. J'ai pris toutes les dispositions nécessaires dans les différents relais pour préserver votre honneur. Par ailleurs, nous voyagerons à cheval, nous n'aurons donc rien à cacher.

Ses paroles rassurantes flottèrent un instant dans l'air. Maddie ne pouvait détacher ses yeux de son visage, pas plus qu'elle ne parvenait à se défaire de son sourire. Elle éprouva toutefois un léger soulagement lorsque Lady McBinnie se leva tranquillement et conclut la conversation d'un ton paisible :

— Je regrette d'apprendre que vous nous quitterez si tôt, ma chère Fiona. Mais je suis heureuse que tout s'arrange pour vos parents et vous. À présent, je propose que nous allions tous dîner.

Madeleine ne garda aucun souvenir de la nourriture que l'on déposa dans son assiette ce soir-là. Elle fit mine de participer au repas et de se joindre aux discussions, mais craignait à chaque instant que l'un des officiers se lève et annonce que Grant était un imposteur. Elle ne sut que penser lorsque Lady McBinnie déclara que les deux promis devaient s'asseoir ensemble. Sa présence aux côtés de Grant permettrait de masquer qu'il était toujours incapable de se servir de son bras normalement, mais serait une véritable torture pour Madeleine, dont l'esprit fourmillait de questions… qu'elle ne pourrait lui poser en présence des soldats.

À table, le major Rutter fut placé à sa gauche et le colonel en face d'elle. Maddie et les McBinnie firent de leur mieux pour détourner leur attention du nouvel invité ; ils entretinrent la conversation en lançant divers sujets inoffensifs, jusqu'à ce qu'il soit l'heure pour ces dames de se retirer.

Dès qu'elles furent seules dans le salon, Lady McBinnie se départit de son sourire de façade et s'écroula, épuisée, dans un fauteuil :

— Dieu merci, cette épreuve est terminée. Je n'avais jamais été aussi angoissée de toute ma vie !

— Mais nous avons réussi, maman, la rassura Anne en s'asseyant aux côtés de Maddie sur le canapé. Vous devez admettre que c'était ingénieux.

— Ingénieux ! Comment Edmund et Rathmore ont-ils pu nous jouer pareil tour, sans même m'en toucher un mot ! Oh ! je pourrais allègrement les étrangler, tous les deux !

Madeleine partageait l'avis de son hôtesse, mais il était si rare de voir cette dernière s'emporter au point de prononcer de telles paroles que la jeune Française sentit sa propre colère s'estomper. Elle répondit d'un ton raisonnable :

— Ils étaient de toute évidence confiants dans notre capacité à ne pas céder à la panique. Et Grant semble avoir l'intention de reprendre la route demain, ce qui constituera un soulagement pour tout le monde.

— Oui, au moins nous avons désormais une bonne explication à votre départ, reconnut milady. Mais je suis à bout de nerfs ! J'espère seulement que nous parviendrons à préserver les faux-semblants jusqu'à la fin de la soirée.

Anne haussa les épaules :

— Peut-être Grant se retirera-t-il directement en prétextant être fatigué de son voyage ?

Mais il y avait davantage d'espoir que de certitude dans la voix de la jeune femme et Madeleine ne fut guère surprise quand le Highlander les rejoignit en compagnie des autres gentilshommes quelque temps plus tard. Lady McBinnie demanda à sa fille de jouer de la harpe pour leurs invités et, lorsque Anne acquiesça et s'installa devant son instrument, Grant prit sa place sur le canapé à côté de Madeleine.

— Personne ne s'étonnera de nous voir pencher la tête l'un vers l'autre, murmura-t-il. On n'attendrait rien de moins de deux jeunes gens éperdument amoureux.

— Je ne vous ai pas encore pardonné cet horrible guet-apens, rétorqua-t-elle en masquant sa vexation derrière un sourire charmé.

— Ah oui, répondit-il avec aise. C'était hélas nécessaire, et j'en suis navré. Si Sir Edmund n'avait pas été appelé en urgence au village aujourd'hui, il vous aurait tout expliqué.

Il saisit la paume de Madeleine entre ses doigts et la porta à ses lèvres :

— Mais je savais que vous réagiriez de façon admirable.

— Oh ! je vous en prie, soyez prudent, souffla-t-elle en s'empourprant jusqu'à la racine de ses cheveux. Le major Rutter nous observe.

Grant acquiesça légèrement :

— Je sais, mais votre charmant embarras en cet instant devrait le convaincre que nous sommes bel et bien épris.

Sa remarque ne fit qu'accroître le trouble de la jeune Française qui le réprimanda d'un murmure et lui demanda de se concentrer sur la performance d'Anne.

Grant eut un rire doux, mais se laissa aller contre le dossier et fit mine de tourner son attention vers la musicienne. Jusqu'à présent, son plan avait fonctionné à la perfection. Il devait en accorder le crédit à son hôte, pour le soutien qu'il lui avait apporté, et à Lady McBinnie qui avait relevé le défi avec brio. Sans oublier Madeleine, bien sûr, mais il n'avait jamais douté de sa capacité à donner le change.

Les dernières notes de la harpe s'envolèrent dans la pièce, suivies d'une salve d'applaudissements, puis Anne se leva et invita Madeleine à prendre sa place :

— Nous aimerions tous beaucoup vous entendre jouer, cousine.

Grant se tendit immédiatement, mais une nouvelle fois, Maddie lui prouva qu'elle était à la hauteur. Elle s'installa gracieusement devant l'instrument et, dès que ses doigts graciles se mirent à danser sur les cordes, il se détendit. Naturellement, elle savait jouer. Comment avait-il pu douter que son éducation ait inclus l'apprentissage de la musique ?

Elle commença par une mélodie gaie et entraînante,

avant de jouer un air français, lent et envoûtant. Grant laissa son esprit vagabonder parmi ses souvenirs jusqu'à des jours plus heureux, où il avait passé des soirées confortablement assis dans le salon d'Ardvarrick tandis que sa mère taquinait les cordes d'un *clàrsach*[1] qui appartenait à sa famille depuis des générations. Il ferma les yeux et écouta les notes douces et poignantes faire resurgir des brumes de sa mémoire le regard scintillant d'amour et de fierté de son père lorsqu'il contemplait sa mère en train de jouer. Logan Rathmore répétait souvent que c'était le talent de musicienne de son épouse qui lui avait sauvé la vie, lui insufflant la volonté de se battre quand il était gravement souffrant. Peut-être était-ce vrai ? Grant devait bien admettre que la musique avait le pouvoir de l'apaiser, de lui faire oublier les horreurs de ces derniers mois.

Bien plus détendu, il ouvrit les yeux, se rappelant toutefois qu'il ne devait pas trop baisser sa garde. Il tourna son regard vers Madeleine, admirant la façon dont elle continuait de jouer avec maestria. Rien dans son attitude ne trahissait son agitation ou son inquiétude. Elle prenait même le temps de sourire à son auditoire.

Il savait qu'elle était capable de garder la tête froide en toutes circonstances, mais l'estime de Grant pour la jeune Française ne cessa de croître au fil des heures suivantes, tant elle faisait preuve de calme face aux dangers de partager une maison avec deux officiers britanniques. L'inclination du major pour Madeleine était flagrante et aurait pu devenir un véritable problème, mais elle avait su manœuvrer avec charme et délicatesse de façon à ne pas froisser la fierté du soldat.

Grant ne put s'empêcher de sourire en la contemplant. Il était inutile de s'inquiéter pour Miss Madeleine d'Evre-

1. Harpe celtique.

mont. Il l'escorterait jusqu'en France, la ramènerait saine et sauve à son père et pourrait l'oublier sans crainte. Sa mission serait terminée et leurs routes ne se recroiseraient jamais. Grant savait que c'était la meilleure issue pour toutes les personnes impliquées, mais alors pourquoi cette pensée l'emplissait-elle d'une profonde insatisfaction ? Il s'était convaincu que c'était là ce qu'il souhaitait, mais à présent…

Les notes finales résonnèrent dans le salon et, par automatisme, Grant se joignit aux applaudissements.

— Excellent, excellent, déclara le colonel Sowton. De splendides performances de la part de nos deux jeunes ladies. Et Miss Dewar, je crois bien que vous avez ému Mr Lauder avec ce dernier morceau. Regardez-le, sérieux comme un pape ! Cette mélodie était profondément poignante, n'est-ce pas, monsieur ?

— Pardon ?

Grant sursauta et s'arracha à sa contemplation :

— Oui, oui, tout à fait. Ma promise a le don de toucher les cœurs de son auditoire par sa musique.

L'arrivée de domestiques portant des rafraîchissements lui épargna la peine de devoir poursuivre cette conversation. Pendant un long moment, les discussions laissèrent la place aux éloges. L'on encensa la saveur des gâteaux et l'excellence du vin, jusqu'à ce qu'une remarque maladroite de Lady McBinnie rappelle au major Rutter que deux membres du groupe les quitteraient le lendemain matin.

— Vous ne devriez vraiment pas prendre la route sans escorte, déclara l'officier. Je n'aime pas l'idée de vous savoir seuls dans la nature. J'ordonnerai à certains de mes hommes de vous accompagner demain, au moins jusqu'à Inverness.

— Oh ! c'est si attentionné de votre part, major, répondit Madeleine sans marquer la moindre hésitation. Toutefois, nous n'oserions soustraire vos Dragoons à leurs devoirs pour notre unique bénéfice. Après tout, ce sont vos patrouilles dans cette région qui assurent la sécurité des voyageurs.

— Protéger les civils fait partie de nos devoirs, Miss Dewar, rétorqua le major d'un ton qui ne souffrait aucune contestation. Nous allons vous fournir une escorte, j'insiste. Je suis certain que Sir Edmund sera de mon avis ?

C'était une impasse et Madeleine était incapable de s'en dépêtrer. Réfléchissant à toute vitesse, elle cherchait encore à la meilleure réponse à donner quand le colonel se redressa à son tour.

— Je viens d'avoir une idée, déclara-t-il. Si vous consentez à retarder votre départ d'une journée, le major et moi-même quitterons également Calder House pour nous rendre à Fort George y quérir nos nouveaux ordres. Ce ne sont que vingt milles, mais ainsi nous assurerons votre sécurité pour la partie la plus périlleuse de votre voyage. Je vous rédigerai aussi une lettre de recommandation destinée à la prochaine garnison sur votre route. Cela devrait simplifier votre passage vers Perth.

— Colonel, vous êtes si généreux ! s'exclama Madeleine en feignant la reconnaissance. Mais vraiment, je me sens coupable de vous détourner de votre mission.

— Non, non, c'est une excellente suggestion, intervint soudain Grant. Nous serions ravis de chevaucher en votre compagnie jusqu'à Fort George, colonel.

Madeleine ne cilla pas en apprenant ce changement de plan de dernière minute, même s'il pouvait imaginer son désarroi. Elle inclina la tête et offrit au colonel Sowton son plus éclatant sourire :

— Alors tout est réglé. Oh ! je me sens tellement rassurée de savoir que nous voyagerons avec vous !

La discussion close, Lady McBinnie proposa à ses invités de se resservir en gâteaux et en vin, mais Maddie avait la sensation que ces dernières heures l'avaient drainée de toute son énergie et elle ne tarda pas à annoncer son intention de se retirer pour la nuit.

— Permettez-moi de vous accompagner, mon amie.

Grant bondit sur ses pieds :

— J'étais moi aussi sur le point de monter.

— Excellente idée, Mr Lauder, approuva leur hôtesse en les chassant d'un signe de la main. Vous devez être fatigué après un tel voyage.

Puis elle ajouta sur le ton de la confidence, avant que la porte ne se soit totalement refermée derrière eux :

— Et cela leur donnera quelques minutes pour discuter en privé, ce qu'ils apprécieront, sans nul doute…

— Je ne suis pas si sûr de cela, murmura Grant tandis qu'ils grimpaient les marches. J'ai la distincte impression que vous mourez d'envie de m'admonester.

— Oh ! vraiment ? répliqua-t-elle d'un ton mielleux, feignant la surprise. Et pourquoi ferais-je cela ?

— Parce que j'ai agi sans vous consulter.

Il avait parfaitement raison et Madeleine était furieuse contre lui, mais son honnêteté la désarma.

— Ce que vous avez fait était terriblement cavalier ! le gronda-t-elle en s'efforçant de paraître fâchée.

— J'en ai conscience, répondit-il. Je vous prie humblement de me pardonner.

— Il n'y a rien d'humble, chez vous !

— Hélas, non. Vous avez raison, cette fois encore.

Maddie ne put s'en empêcher. Elle glousse, réduisant à néant ses efforts de paraître sévère.

— Ah, bien, constata-t-il avec un sourire chaleureux. Vous n'êtes donc pas irrévocablement furieuse contre moi.

— Non, plus maintenant, mais je dois admettre que lorsque vous avez fait irruption dans le salon, j'ai bien failli perdre tous mes moyens !

— Mais vous avez relevé ce défi de façon éblouissante. Je n'ai jamais douté de vous.

— Trêve de flagorneries, monsieur, et soyons sérieux un instant. J'aurais préféré que le colonel ne propose pas de nous escorter jusqu'à Fort George.

— Oui, cela va nous écarter de notre route de plusieurs heures, mais refuser leur offre nous attirerait des soupçons à coup sûr. Toutefois, tranquillisez-vous, je vous mènerai à votre destination dans les temps.

Ils venaient d'atteindre la porte de la chambre de Madeleine et elle s'immobilisa, plissant les yeux pour distinguer son visage dans l'obscurité :

— Comptez-vous toujours faire la traversée jusqu'en France avec moi ?

— Oui. Il n'y a plus rien pour moi, ici.

Il s'était exprimé d'un ton si désemparé que la jeune Française tendit le bras et posa une main sur son torse :

— Oh ! Grant, je suis tellement navrée.

C'était un geste de réconfort instinctif, mais ce simple contact leur rappela brutalement qu'ils étaient seuls. Il se tenait si près d'elle… Madeleine rêvait de s'accrocher à son cou, de lever son visage vers le sien et de l'inviter à chasser jusqu'à la dernière pensée consciente de sa tête dans un long et ardent baiser. Un instant plus tôt, elle s'était sentie parfaitement à l'aise en sa compagnie, mais sa présence lui parut soudain extrêmement dangereuse.

D'un même geste, ils s'écartèrent l'un de l'autre et Maddie retira sa main comme si elle s'était brûlée, tandis que Grant s'agitait inconfortablement. Il s'éclaircit la gorge :

— Bonne nuit, Madeleine.

Une courte révérence et il disparut.

Maddie pénétra dans sa chambre et tourna la clé dans la serrure, les doigts tremblants. Elle demeura figée un long moment devant le panneau de bois, à attendre que les battements erratiques de son cœur s'apaisent enfin. Pourquoi avait-il un tel effet sur elle ? Une seconde ils étaient amis, conversant aisément, se taquinant sans arrière-pensée, l'instant d'après ils se dévoraient des yeux, confus et haletants. Il suffisait d'un geste, d'un regard, pour que leur désir s'embrase comme un feu de forêt.

Elle pressa son front contre la porte. Seigneur... Il leur restait une telle distance à parcourir ensemble ! Elle devrait demeurer sur ses gardes jour et nuit au risque de s'abandonner corps et âme à cet homme.

Madeleine regarda la troupe de Dragoons chevaucher jusqu'aux portes de Calder House. Le colonel Sowton et le major Rutter les attendaient sur le dos de leurs magnifiques étalons, des bêtes splendides comparées aux robustes poneys qui transporteraient de nouveau Grant, Maddie et leurs sacoches.

La jeune Française prit congé de Sir Edmund et de son épouse. De vrais adieux avaient eu lieu en famille, la veille, avant que le major Rutter et le colonel ne reviennent de leur manœuvre.

— Nous n'aurons sans doute pas l'occasion de parler librement demain matin, leur avait-elle dit.

Ils s'étaient rassemblés dans le salon et Sir Edmund avait fourré son exemplaire de *Robinson Crusoé* entre les mains de Madeleine en exprimant l'espoir qu'elle trouve une place pour l'ouvrage dans son sac.

— Je sais que vous n'avez pas eu le temps d'en terminer la lecture et je me suis dit qu'il pourrait vous aider à lutter contre l'ennui, une fois en mer, lui avait-il confié avec un sourire.

— Oh ! vous êtes si généreux avec moi ! avait-elle répondu, les yeux embués. Je vous dois tellement et j'ai si peur que ma présence ici vous cause du tort.

— Allons, ne songez pas à cela, mon enfant, avait répondu Sir Edmund. Les officiers quittent la région et je doute qu'ils découvrent notre supercherie. Mais si cela devait arriver, Rathmore et moi nous sommes déjà mis d'accord sur une histoire.

— Oh ! vraiment ?

Madeleine, soudain moins émue, avait tourné un regard indigné vers Grant, mais avant qu'il ne puisse répliquer, Lady McBinnie était intervenue :

— Mais oui, ma chère, et je pense qu'elle conviendra parfaitement. Vous deux aviez une liaison clandestine à l'insu de vos parents et votre visite ici vous a donné l'opportunité de prendre la fuite ensemble. Mais, apprenant votre duperie, nous avons décidé de nous en laver les mains ! Qu'en dites-vous ? Ingénieux, n'est-ce pas ?

Mais Maddie n'était toujours pas convaincue :

— Mais s'ils nous cherchent à Perth ?

— C'est peu probable, avait répondu Sir Edmund. Je pense que l'armée britannique a mieux à faire que de s'inquiéter du sort de deux jeunes amants en fugue.

Madeleine avait dû se satisfaire de cette solution et, tandis qu'elle suivait Grant et les officiers en direction de la sortie du domaine, Maddie songea qu'il était désormais trop tard pour changer les choses… Elle ne pouvait que prier de ne pas avoir attiré le malheur sur cette si bienveillante famille.

Elle n'oublierait jamais Anne qui l'avait rattrapée quelques instants plus tôt, alors qu'elle s'apprêtait à partir.

— Au revoir, *cousine* ! avait-elle lancé en serrant Maddie dans ses bras, murmurant à son oreille : prenez bien soin de Grant, ma chère Madeleine. Je sais que vous le rendrez heureux.

Quand Anne l'avait libérée, Maddie lui avait adressé un regard consterné, mais la jeune fille s'était contentée de sourire et de secouer la tête, avant de disparaître dans la maison.

Le voyage jusqu'à Fort George s'étira sur la majeure partie de la journée ; la pluie ralentit leur progression, transformant les pistes en torrents de boue et trempant leurs capes. Le major avait envoyé un de ses hommes leur réserver des chambres et, à leur arrivée à l'auberge, Maddie était sincèrement reconnaissante envers l'officier d'avoir pris cette peine.

Le major Rutter alla jusqu'à mettre pied à terre pour aider la jeune Française à descendre de selle.

— J'ai été très heureux de pouvoir vous servir, Miss d'Evremont, dit-il en saisissant sa main avant de s'incliner. J'espère que vous ne garderez pas de moi un souvenir trop sévère.

— Sévère ?

Madeleine éclata d'un rire mélodieux :

— Mais pourquoi cela, major ?

— Pour vous avoir interrogée d'une façon aussi impolie, milady. Et vous avoir donné l'impression de me méfier de vous.

— Seigneur, monsieur, vous ne faisiez que votre devoir. Comment pourrais-je vous en vouloir pour cela ?

— Vous êtes fort généreuse, milady. Je vous dis donc adieu et vous souhaite bon voyage.

Il déposa un baiser sur le dos de sa main, adressa un signe de tête à Grant, puis se remit en selle et reprit la route avec ses hommes.

— Dieu merci, c'est enfin terminé, murmura-t-elle tandis que les Dragoons s'éloignaient, les sabots de leurs montures claquant sur le pavé. Je craignais qu'ils logent ici ce soir et que nous soyons contraints de dîner avec eux.

— C'est aussi ce que je redoutais, admit Grant. Mais par chance, nous allons pouvoir nous reposer l'esprit libre. Souhaitez-vous que je commande notre repas ?

— Si vous n'y voyez pas d'objection, je préférerais manger dans ma chambre, répondit-elle. La pluie m'a trempée jusqu'aux os, je vais devoir mettre mes vêtements à sécher devant le feu.

— Mais vous n'avez pas de domestique ! Souhaitez-vous que je vous aide à vous déshabiller ?

Madeleine vit ses prunelles brunes scintiller.

— Non merci. Même si je ne doute pas que vous soyez un expert en la matière.

— Absolument.

Elle croisa son regard rieur et prit soudain conscience qu'il était affreusement inconvenant d'échanger de tels propos avec un homme. Les joues brûlantes, elle marmonna une excuse et s'empressa de le précéder dans l'auberge.

Chapitre 14

Ils repartirent le lendemain à l'aube, priant pour que personne ne les voie prendre vers l'ouest au lieu de l'est, et demeurèrent tendus jusqu'au moment où ils purent enfin quitter la route et s'aventurer dans les collines.

Les jours suivants, ils croisèrent parfois des groupes de Highlanders en haillons, principalement des femmes, des enfants et des hommes âgés, chassés de leurs foyers. Grant et Maddie partageaient alors leur camp pour la nuit avant de se remettre en selle. Mais la plupart du temps, ils étaient contraints de dormir à la belle étoile, enveloppés dans leurs épaisses capes, à peine assez chaudes pour les protéger contre les nuits glaciales en montagne. Madeleine ne se plaignit jamais, mais Grant savait combien elle souffrait de l'inconfort de leur voyage.

Heureusement, le temps finit par s'améliorer. Un vaste ciel bleu vint remplacer la couche de nuages bas et Grant fit halte, contemplant le paysage familier.

Il se tourna vers Maddie avec un sourire encourageant.

— Il nous reste quatre, peut-être cinq jours de voyage, mais notre progression sera plus facile désormais, l'informa-t-il. Il sera bien plus aisé pour moi de me repérer.

— Je suis très heureuse de l'apprendre.

— Il y a un petit village à quelques milles d'ici. C'est là-bas que je vous emmène.

Grant leva les yeux vers le soleil avant d'ajouter :

— Nous devrions l'atteindre avant la nuit.

— Vraiment ? Alors nous dormirons dans un lit ce soir ?

Elle poussa une exclamation ravie :

— Oh ! ce serait fantastique ! Mais nous avons déjà vu nos espoirs déçus, je vais donc tâcher de ne pas m'emballer.

La jeune femme s'exprimait avec animation, mais Grant ne doutait pas une seconde de son état de fatigue.

— Vous avez raison, c'est plus sage, reconnut-il avec un sourire. Venez, nous verrons bien.

Lorsqu'ils atteignirent le bourg, tout était très silencieux, mais ils n'y trouvèrent aucun signe de présence militaire et Grant parvint à leur réserver des chambres dans la petite taverne locale. Leur arrivée ne manqua pas de susciter des spéculations et de nombreuses paires d'yeux les suivirent avec curiosité quand ils traversèrent la salle commune pour monter l'escalier et gagner des pièces attenantes sous les toits.

Madeleine demeura immobile et muette tandis que Grant inspectait les lieux.

— Je crains que ces verrous n'empêchent personne d'entrer, finit-il par déclarer. Je vous recommande de pousser la coiffeuse devant la porte quand vous vous retirerez pour la nuit. Et n'en sortez pas toute seule, je tiens à vous escorter.

— Vous vous méfiez de notre hôte ?

— Je me méfie de tout le monde.

Ils prirent leur dîner dans un silence inquiet dans la salle commune, puis montèrent se coucher. Maddie était si épuisée que le sommeil l'emporta rapidement sur l'anxiété et elle dormit profondément.

Quand elle s'éveilla le lendemain matin, Grant était déjà parti et avait glissé une note sous sa porte lui intimant de demeurer dans sa chambre jusqu'à son retour.

Madeleine le connaissait désormais trop bien pour

se sentir offensée par son comportement autoritaire et patienta docilement. Finalement, le Highlander revint et l'escorta en bas prendre leur petit déjeuner. Quand elle lui demanda où il s'était rendu, son compagnon se contenta de répondre qu'elle le saurait bientôt.

— Vous êtes exaspérant quand vous complotez de cette façon, lui dit-elle d'un ton courroucé.

— Pardonnez-moi, s'excusa-t-il, mais je préfère que nous en discutions ailleurs.

Ses yeux scintillaient d'une lueur espiègle, mais Madeleine comprit qu'il n'en dirait pas plus et tint sa langue. Elle ne lui donnerait pas la satisfaction de le supplier pour glaner des informations.

Peu de temps après, ils quittèrent la taverne. Grant choisit de suivre un sentier battu qui serpentait entre les arbres, à flanc de colline. Quand ils atteignirent une petite clairière, il tira sur ses rênes :

— L'endroit est parfait.

— Pour quoi ?

Il mit pied à terre et fit signe à Madeleine de l'imiter. Puis il lui demanda d'attacher les poneys à une branche pendant qu'il fouillait ses sacoches et en sortait deux paquets.

— Voilà, dit-il en lui tendant un. Je pense qu'il est temps pour vous de reprendre le rôle d'un homme. Ainsi, quelqu'un cherchant à retrouver un jeune couple qui aurait récemment quitté la demeure des McBinnie perdra notre trace ici.

Madeleine examina le paquet :

— Dois-je redevenir votre petit frère ?

— Non, ça ne fonctionnera plus. Les risques que l'on me reconnaisse sont bien plus élevés dans cette région et tout le monde sait que je suis fils unique.

Un fils déshonoré et désavoué !

Cette sombre pensée était sortie de nulle part et Grant sentit le regret le submerger une fois de plus. Sa mère le pardonnerait sans doute, mais son père ? En combattant avec les rebelles, il avait mis Ardvarrick en danger, ainsi que tout ce que son père avait œuvré à bâtir au fil des ans, en particulier la prospérité de leur clan. Au moindre soupçon de sympathie envers les jacobites, l'armée britannique incendierait tout le domaine. À cause de ses actions irréfléchies, sa famille risquait de tout perdre.

Il aurait mieux valu que je périsse à Drumossie Moor avec mes camarades.

— Eh bien, qu'en pensez-vous ?

La voix de Madeleine le tira de ses sombres ruminations. Il leva les yeux et constata qu'elle venait de sortir des fourrés pour se pavaner dans la clairière.

— Je fais un jeune homme fort convaincant, vous ne trouvez pas ?

En découvrant la demoiselle dans son accoutrement, Grant en oublia ses mornes réflexions :

— Une transformation remarquable !

Elle portait le manteau et la culotte avec assurance et les bas de soie brodée qu'il avait choisis pour elle soulignaient une paire de chevilles bien faites. Un peu trop bien faites, selon lui. Par chance, il avait pensé à apporter des guêtres qu'elle avait enfilées par-dessus ses bottes pour couvrir ses mollets.

Grant sourit.

— J'ai fort bien estimé votre taille, s'encensa-t-il.

— En effet ! Je suis très satisfaite du résultat. Même si je crains que la culotte ne soit trop large à la taille.

— Approchez, je vais tâcher d'arranger cela.

Elle obéit docilement et lui tourna le dos, remontant les pans de son manteau pour lui donner accès à la pâte de serrage.

— Voilà, je l'ai ajustée au maximum, mais j'ai peur

qu'aucune culotte d'homme ne puisse tenir comme il faut sur une taille si menue.

Pour souligner son argument, Grant déposa avec légèreté ses mains sur ses hanches. Il réalisa aussitôt son erreur. Madeleine se tendit sous ses doigts et Grant perçut le changement dans l'air, comme si soudain la nature autour d'eux retenait son souffle. Il aurait dû la libérer, mais s'en trouva viscéralement incapable.

Madeleine osait à peine respirer. Une parole, un faux mouvement, et elle perdrait le contrôle de ses émotions. Elle rêvait de se tourner vers Grant et de s'abandonner à son étreinte, de le laisser l'embrasser jusqu'à ce que ses craintes soient englouties par leur passion. Mais c'était impossible. Certes, elle désirait cet homme, désespérément, et peut-être céderait-il à ses pulsions et consentirait-il à vivre avec elle pendant un temps. Peut-être même souhaiterait-il l'épouser, mais un jour, il lui faudrait rentrer chez lui. Et pour cela, il aurait besoin d'être libre. Un mariage était une chaîne. De plus, la Grande-Bretagne et la France étaient de vieilles ennemies. Se lier à une Française reviendrait à abandonner tout espoir de reconstruire sa vie et de reprendre sa place légitime de futur laird d'Ardvarrick.

Madeleine s'humecta les lèvres et s'efforça de répondre d'un ton détaché :

— Ce n'est pas grave, je m'en contenterai.

Posant ses mains sur celles de Grant, elle les retira délicatement de ses hanches.

— Qu'en est-il de vous ? Avez-vous aussi une nouvelle tenue ?

— Mes vêtements sont élimés et quelconques. Ils n'attireront pas l'attention. Mais j'ai tout de même fait l'acquisition d'un plaid, pour que nos nuits à la belle étoile soient un peu moins froides.

Une fois de plus, l'esprit de Madeleine s'emballa. Des papillons se mirent à danser dans son bas-ventre à l'idée de s'étendre avec Grant, tous deux confortablement enveloppés dans le plaid, leurs corps serrés, leurs membres entremêlés…

Elle se détourna, enfonçant son chapeau par-dessus ses boucles brunes. Maudit soit cet homme ! Comment osait-il avoir un tel effet sur elle ?

Elle grogna d'une voix rauque :

— Nous devrions nous remettre en route, nous avons encore de nombreux milles à parcourir. Venez.

Ils reprirent leur chemin, préférant les hautes collines aux vallées désertées, au cœur desquelles Madeleine aperçut plus d'une ferme réduite en un tas de ruines fumantes. La longue journée d'été se transforma petit à petit en ce crépuscule si particulier qui remplaçait la nuit à cette période de l'année, dans les terres septentrionales. Finalement, Grant suggéra qu'ils trouvent un abri pour dormir. Ils dénichèrent une grotte peu profonde qui les protégerait du vent et s'assirent sur le plaid plié pour avaler le restant de leur maigre réserve de nourriture.

Il régnait entre eux un silence confortable et amical, mais Madeleine était incapable d'oublier les scènes de dévastation qu'ils avaient contemplées. Même les terres avaient été saccagées. La jeune Française n'avait pas manqué de remarquer la colère grandissante de son compagnon face à tant de cruauté gratuite, mais savait qu'aucune parole n'aurait pu le réconforter. Elle but grâce à son outre d'eau et la proposa à Grant. Ce dernier déclina et tira de sa poche sa flasque de whisky :

— Ce soir, j'ai besoin de quelque chose d'un peu plus fort.

— Vous êtes révolté par ce que les soldats font à votre peuple.

— Meurtri, serait plus juste.

Il se tourna vers elle :

— Est-ce si apparent ?

— Oui. Je suis sincèrement désolée pour ce qui vous arrive.

— L'armée dévaste ma terre natale en représailles d'actions menées par une minorité et je dois la regarder faire, impuissant.

Madeleine demeura silencieuse, ignorant par quelles paroles soulager sa douleur. Finalement, Grant poussa un soupir lourd d'amertume :

— Je venais à peine de quitter Fort Augustus quand j'ai découvert ce dont les Britanniques étaient capables. Je suis tombé sur un groupe de soldats. Ils étaient à la recherche de jacobites en fuite, mais constatant que leur mission se soldait par un échec, ils ont ventilé leur colère et leur frustration sur les plus pauvres. Ceux qui ne pouvaient pas se défendre. Ils n'ont épargné personne. Et je n'ai rien pu faire, seul contre tant d'ennemis. Alors je me suis caché dans la bruyère et je les ai regardés faire.

— Vous ne pouvez porter le blâme pour cela.

— Vous croyez ? À l'aube, le village n'était plus que cendres. Jamais je n'oublierai cette vision d'horreur… ni cette odeur de mort.

— Ce souvenir vous hante ? lui demanda-t-elle, se rappelant la façon dont il s'était agité dans son sommeil, à l'auberge d'Inverness.

Il acquiesça. Sans un mot, Madeleine glissa son bras au creux du sien et posa sa tête sur son épaule, tâchant de lui apporter un peu de réconfort par ce geste. Un instant plus tard, il poursuivit :

— Après cela, les soldats se sont installés pour la nuit à l'extrémité du village. Ils avaient englouti les réserves de nourriture de leurs victimes et s'étaient enivrés grâce au whisky d'une distillerie clandestine. Ils dormaient profondément. J'ai songé à les attaquer alors, mais ils n'étaient pas assez bêtes pour oublier de poster des gardes autour du camp. Je n'avais aucune chance de les surprendre.

Il but une nouvelle gorgée d'alcool :

— J'aurais pu en tuer, quoi… trois, quatre avant qu'ils parviennent à m'arrêter. Au lieu de cela, j'ai repris ma route. Je me suis dit que je reviendrais un jour pour les venger… Peut-être quand le prince lèverait une autre armée. Mais j'ai conscience maintenant que cela ne ramènera pas tous ces innocents. La vérité, c'est que j'ai vu suffisamment de morts pour une vie. Tout ce que je désire, c'est rentrer chez moi.

— À Ardvarrick ?

— *Aye.*

Une ombre douloureuse passa sur son visage :

— Le seul endroit au monde qui m'est désormais interdit.

— Pour l'instant, peut-être, dit-elle aussitôt, désespérée de ne pouvoir le réconforter. Mais un jour, quand tout ceci ne sera plus qu'un mauvais souvenir…

— Comment pourrais-je rentrer alors que mes amis sont morts et que ma famille risquerait de tout perdre, par ma faute ?

Madeleine se tourna vers lui :

— Oh ! Grant, vous ne pouvez être sûr que c'est ce qui se produira.

— Vous avez tort, contra-t-il avec amertume. Vous l'avez vu de vos propres yeux : l'armée ratisse les Highlands et dévaste tout sur son chemin.

La jeune Française ne pouvait nier ce fait et, quand ils s'installèrent pour la nuit, son cœur partageait toujours la douleur de son compagnon.

À mesure de leur avancée vers l'ouest, le terrain se fit de plus en plus montagneux. Les sentiers les menèrent vers de hauts cols où les nuages nimbaient le paysage dans une brume presque irréelle et recouvraient leurs capes de gouttelettes qui étincelaient comme autant de diamants dès qu'un rayon de soleil perçait. Enfin, ils atteignirent le sommet d'une colline et s'engagèrent dans un goulet que Grant connaissait bien. Un endroit qu'il avait cru ne jamais revoir.

Le regret lui tordait l'estomac chaque fois qu'il songeait à sa famille. Comme il avait eu tort de désobéir à son père et de quitter Ardvarrick ! Il aurait pu se pardonner cette folie, s'il était parvenu à convaincre Jamie et les autres de rentrer chez eux. Mais il avait failli. Il les avait tous abandonnés.

— Pourquoi faites-vous halte ? Où sommes-nous ?

La douce voix de Madeleine le tira de sa lugubre mélancolie et il s'efforça de paraître enjoué, pour elle :

— Nous apercevrons très bientôt le terme de notre voyage. Nous sommes à une vingtaine de milles de notre destination.

C'était une excellente nouvelle, mais Madeleine était trop épuisée pour lui accorder plus qu'un hochement de tête satisfait. Elle ne voyait rien du tout dans cet épais brouillard et se contenta donc de suivre Grant, guidant son poney le long d'une piste tortueuse. Après une pénible descente, ils émergèrent enfin des nuages. Devant eux, le ciel ressemblait à une interminable nappe bleue et le paysage baignait dans l'éclat doré du soleil de fin d'après-midi. Un sentier serpentait à travers le vallon tel un ruban d'ocre jusqu'à une vaste étendue d'eau dont les reflets moirés se déclinaient dans toutes les nuances de jaune et d'orange. Le lac s'étirait à perte de vue en direction de l'ouest, bordé de chaque côté par des collines sauvages recouvertes de bois d'un vert émeraude.

— Oh ! c'est magnifique ! s'exclama Madeleine.

— Voici Loch Òrail, déclara Grant. Le loch doré.

La jeune Française hocha la tête, incapable de détacher son regard des eaux rutilantes :

— C'est ici que mon père me demandait de venir, n'est-ce pas ? Je me souviens avoir lu ce nom dans sa lettre. Il disait que je trouverais une auberge à la pointe du loch et que quelqu'un m'y attendrait pour me conduire au point de rendez-vous, sur la côte.

Grant opina, concentré sur le paysage qui s'étendait sous leurs yeux. Elle tendit la main vers lui et la déposa sur son bras :

— Vous m'avez dit combien cela vous meurtrissait de voir ce qu'il se passe ici, si près de votre foyer.

Il tourna vers elle un regard vide, comme si les paroles de la jeune femme ne l'atteignaient pas. Elle ajouta :

— Vous avez tenu votre promesse. Vous n'avez pas besoin d'aller plus loin.

Il lui sourit, même si le geste parut lui coûter un effort:

— Je vous accompagne. Je vous l'ai dit, je n'ai plus de foyer. Venez, nous devons atteindre Kinloch avant la nuit.

Chapitre 15

Kinloch était un village idéalement situé à l'extrémité est de Loch Òrail. Les champs alentour semblaient en parfait état et Madeleine sentit l'espoir renaître : peut-être l'armée n'avait-elle pas avancé jusqu'à cette région isolée ? Peut-être ne s'y aventurerait-elle jamais ? Ils atteignirent l'auberge tardivement, même si le soleil d'été était encore visible par-delà les collines, au loin. Ils confièrent leurs poneys aux soins du garçon d'écurie et se dirigèrent vers la taverne. Madeleine remarqua aussitôt la main de Grant survolant son épée, signe qu'il était prêt à faire face à toute éventualité, et la jeune Française dut résister à la tentation de se cacher derrière lui. Les petites fenêtres de l'établissement filtraient à peine la luminosité extérieure, donnant à la pièce un aspect lugubre. Maddie rabattit le bord de son chapeau devant ses yeux afin de protéger son visage de la curiosité des autres clients. Les deux voyageurs s'assirent à une table vide et un homme à la démarche joviale s'empressa de venir à leur rencontre, s'essuyant les mains avec un torchon :

— Bienvenue, messieurs, que puis-je vous…

Il s'interrompit, puis s'exclama soudain :

— Ben ça alors, si c'est pas Grant Rathmore !

— *Aye*, mais je vous remercierais de ne pas répandre la

nouvelle, murmura Grant en plaçant une pièce en argent sur la table.

— Oh ! non, bien sûr.

L'homme jeta un œil autour de lui avant d'empocher la pièce et de hocher la tête avec gratitude :

— Soyez tranquille, je ne dirai rien et je doute qu'on vous reconnaisse, dans les parages. C'est juste que j'ai tenu une auberge à Ardvarrick pendant quelques années. Je vous voyais souvent passer à cheval, avec le laird. Qu'est-ce que je vous sers ?

— Un pichet de votre meilleure bière, l'ami, et je crois que quelqu'un a laissé un message ici, à l'intention de mon jeune compagnon ? Une lettre, peut-être, adressée à un voyageur arrivant de Glen Muick ?

L'aubergiste grogna :

— On évite de mettre ce genre de choses sur papier, par les temps qui courent, mais je pense savoir de qui vous parlez. Donald Roy. Il habite pas loin. Je vais envoyer le gamin le chercher.

Sur ces mots, il s'en fut et revint quelques instants plus tard avec une carafe de bière et deux chopes. Grant le remercia et lui tendit une poignée de pièces.

— Le domaine de Contullach n'est pas très loin d'ici, fit-il remarquer d'un air détaché. Avez-vous des nouvelles de là-bas ?

— Très peu, grogna l'homme.

Il jeta un regard hésitant à Grant avant d'ajouter :

— Cowie déclare à qui veut l'entendre que vous êtes responsable de la mort de son fils. Vous le saviez ?

— Non, mais je n'ai guère de mal à le concevoir.

— *Aye*. Mais vous en faites pas, personne ne croit vraiment à ses histoires.

Grant referma les doigts sur sa chope, serrant jusqu'à en avoir les articulations blanches :

— James était un ami, même si nous étions souvent en

désaccord. J'aurais dû l'empêcher de quitter Contullach. J'aurais dû les dissuader de se joindre aux rebelles.

L'aubergiste chassa cette idée d'un geste de la main :

— Tous les habitants de la région savaient que Jamie Cowie était une mauvaise graine. Il ne manquera pas à grand monde, croyez-moi, et personne ne vous blâme pour ce qui est arrivé à ces garçons. La guerre est toujours une sale affaire.

— D'autres sont-ils parvenus à rentrer ?

Mais l'homme grimaça sombrement :

— Pour autant que je sache, seulement deux.

Grant eut l'impression de recevoir un uppercut au ventre :

— Si peu ? Mais il est encore tôt... D'autres se cachent peut-être dans les collines ?

— Si c'est le cas, ils sont malins. Et ils feraient mieux de rester où ils sont.

L'aubergiste essuya une petite tache de bière sur la table avant d'ajouter :

— Les deux qui sont revenus, Fraser Reid et le jeune Tom Graham... Ça faisait à peine un jour qu'ils avaient retrouvé leurs familles qu'Ewan Cowie a débarqué et les a raccompagnés à Inverness pour les livrer à l'armée. Il veut que tout le monde pense qu'il est un loyal sujet de la Couronne.

L'homme secoua la tête d'un air furieux. Sans doute aurait-il craché par terre de dégoût, s'il ne s'était pas trouvé dans son propre établissement. La porte de l'auberge s'ouvrit, attirant leur attention.

— Ah, voilà Donald. Je vous l'envoie.

Madeleine attendit que le propriétaire se soit éloigné pour murmurer :

— Je sais que vous vous en voulez pour la mort de vos camarades, mais de ce que nous avons entendu...

— Je me moque éperdument de ce que les autres pensent, siffla Grant en secouant la main avec agacement.

Je *suis* responsable. Si je n'avais pas été aussi faible, si je ne m'étais pas enivré cette dernière nuit, peut-être les aurais-je convaincus de renoncer. Mais j'étais trop soûl pour m'aider moi-même. Quand je me suis réveillé, nous étions tous enrôlés dans l'armée du prince !

Madeleine se recroquevilla tandis qu'il poursuivait d'un ton féroce :

— Vous comprenez maintenant pourquoi je ne pourrai jamais rentrer chez moi ? J'ai trop de morts sur la conscience.

Il passa une main lasse sur ses yeux épuisés :

— Pardonnez-moi, je ne devrais pas défouler ma colère sur vous… mais cette culpabilité me ronge.

— Je sais.

Elle prit une gorgée de bière :

— Je le vois. J'en suis tellement désolée.

— Oublions cela, murmura-t-il en se redressant. Votre contact approche.

Un homme râblé dans une tenue rustique se dirigeait vers leur table. Il dévisagea Madeleine d'un air dur, puis s'adressa directement à elle, mais comme il parlait en gaélique, la jeune femme dut se tourner vers Grant pour qu'il traduise.

— Il s'appelle Donald Roy. Et on lui avait demandé d'attendre une lady.

Maddie leva le menton et repoussa légèrement son chapeau pour regarder l'homme droit dans les yeux. Elle répondit, sans faire d'effort pour déguiser sa voix :

— Dites-lui que je *suis* une lady.

Mais Grant n'eut pas besoin de traduire. Elle vit les pupilles de Donald Roy s'illuminer lorsqu'il comprit le subterfuge. Il hocha la tête d'un air approbateur, puis se tourna et parla avec Grant.

— Il demande si vous avez l'argent pour le payer.

Elle tira une petite bourse de son sac.

— J'ai la somme convenue avec mon père.

Mais alors que l'étranger tendait la main pour récupérer son dû, la jeune Française le tint hors de sa portée.

— A-t-il conscience que vous voyagez avec moi ?

Elle les regarda échanger quelques mots, puis Donald Roy haussa les épaules et secoua la tête.

— S'il demande davantage d'argent, dites-lui que je n'en ai pas, intervint-elle, devinant le sujet de leur conversation. Et ajoutez que je ne partirai pas sans vous, puisque je suis incapable de parler sa langue.

Grant leva les sourcils, mais répéta ses paroles. Après un rapide échange, Grant se tourna de nouveau vers elle, un léger sourire étirant ses lèvres :

— Il accepte, mais il dit que vous êtes dure en affaires.

Madeleine haussa le menton et affronta le regard de l'homme :

— Mon père était un bon enseignant.

Elle lui tendit la bourse, lui concédant un sourire, et vit le visage de Donald Roy s'attendrir quelque peu, ses yeux scintillant d'une sorte d'admiration réticente.

Il s'installa en leur compagnie et l'aubergiste leur servit un nouveau pichet de bière, accompagné d'une chope supplémentaire. Madeleine sirotait sa boisson patiemment tandis que Grant et Donald Roy échangeaient à voix basse. Finalement, l'homme s'adossa dans sa chaise et Grant se tourna vers Madeleine :

— Le navire français doit jeter l'ancre à Loch Tonnan, c'est à environ vingt-cinq milles d'ici. Mais il dit qu'il y a un problème. Des soldats à cheval ont été aperçus en train de patrouiller dans la région. Ils auraient monté leur camp quelque part sur la route. Et, malheureusement, c'est l'*unique* chemin. Nous n'aurons aucun moyen de les contourner.

— Dans ce cas, qu'allons-nous faire ? Ils risquent de rester des semaines. Je ne pourrai pas attendre si longtemps.

— Roy a trouvé un esquif qui pourra nous emmener à l'extrémité opposée de Loch Òrail.

— Un bateau !

Elle se redressa, surprise :

— Et nos poneys ?

Grant haussa les épaules :

— Nous les laisserons ici. Ils feront partie du paiement. Nous irons aussi loin que possible par le lac. Ensuite, il ne restera qu'à traverser l'étroit bras de terre qui sépare Loch Òrail de Loch Tonnan, soit un demi-mille environ. Une chambre a été réservée pour nous dans une taverne ; nous y attendrons de pouvoir embarquer.

— Et quand nous mettrons-nous en route ?

— Ce soir. Une heure après le coucher du soleil. En été, le crépuscule est l'heure la plus sombre. Par ailleurs, les arbres et la végétation nous dissimuleront sur une grande partie du voyage. Espérons que cela suffise pour nous éviter des ennuis.

Deux heures plus tard, ils étaient assis côte à côte à la proue d'une grosse barque en bois propulsée silencieusement sur les eaux du loch par les efforts de huit rameurs. Un nuage bas était venu recouvrir le paysage à la tombée du jour, assombrissant considérablement les environs, mais il faisait encore assez clair pour distinguer les collines qui se dressaient abruptement de chaque côté du lac, immenses silhouettes noires se découpant sur les cieux cendrés. Madeleine imagina soudain les soldats dont leur avait parlé Donald Roy en train de les observer depuis les arbres et elle frémit.

— Vous avez froid ? Approchez.

Grant l'attira contre lui et les enveloppa tous deux du plaid chaud. La jeune Française se raidit un instant, puis se détendit dans son étreinte. Les rameurs avaient trouvé leur rythme et se mouvaient presque sans un bruit ; leurs pales s'enfonçaient dans l'eau sans heurt et propulsaient l'esquif silencieusement sur la surface lisse du loch.

Madeleine sentit le torse de Grant se soulever lorsqu'il poussa un soupir et, sensible à ses états d'âme, murmura :

— Êtes-vous triste de quitter cette région ?

— Je le suis. J'ignorais combien j'aimais mon foyer avant de partir au front. Oh ! c'est vrai, ces terres sont glaciales en hiver et impitoyables quand une tempête s'abat. Les navires fuient les orages pour se cacher dans des baies abritées. Même en été, vents et pluie peuvent vous transpercer jusqu'à la moelle.

— Oui, j'ai eu de nombreuses occasions de m'en rendre compte, répliqua-t-elle avec emphase.

Il rit :

— *Aye*. Et vous avez enduré tout cela sans un murmure, milady.

— Me plaindre n'aurait rien accompli, si ce n'est envenimer une situation déjà difficile.

Confortablement installée dans les bras de Grant, Madeleine fut surprise de constater qu'elle n'avait aucun mal à oublier leurs épreuves. Elle s'approcha plus encore de lui et le sentit resserrer son étreinte.

— Parlez-moi de votre foyer.

— Eh bien, ce n'est pas très différent d'ici, mais la mer borde le domaine, à l'ouest. Je ne connais rien de plus agréable qu'une belle journée à Ardvarrick, quand le soleil vous réchauffe le dos et que les alouettes chantent en survolant la lande. Au loin, les montagnes encerclent nos terres, tels des remparts. En hiver, leurs sommets sont enneigés, mais en été, ils sont encore plus majestueux, drapés de nuages d'argent qui glissent le long des versants comme les tresses d'une jouvencelle.

— Vous en parlez comme d'un lieu idyllique.

— Détrompez-vous. C'est une existence rude, mais mon père a fait en sorte d'améliorer les conditions de vie pour tout le monde. Le commerce prospère dans notre petit port, ce qui lui a permis d'investir dans la terre, d'acheter des troupeaux plus robustes, de réparer les maisons des métayers.

Il s'interrompit avant de conclure :

— Ardvarrick était florissant quand je suis parti.

Il n'eut pas à en dire plus.

— Vous ne devriez pas vous blâmer pour tout ceci, Grant.

— C'est pourtant le cas. Et si tout cela disparaissait par ma faute ? Je ne peux pas rentrer. Si mon père me renie, l'armée n'aura plus aucune raison de s'en prendre à Ardvarrick. Il n'aura qu'à prétendre que nous n'étions pas d'accord, que je ne suis plus son fils. Me tenir à l'écart de mon foyer est le mieux que je puisse faire pour eux.

— Mais Ardvarrick est si reculé. Peut-être l'armée ne s'aventurera-t-elle pas aussi loin ?

Mais Grant ne l'écoutait pas. Il poursuivit d'un ton amer :

— J'ai tout fait de travers. J'aurais dû m'enrôler sous un faux nom, mais je n'ai pas pu… Je me suis dit que s'il m'arrivait quelque chose, ils voudraient le savoir.

Madeleine se redressa brusquement et agrippa son manteau :

— Bien sûr qu'ils voudraient le savoir ! Et ils voudront vous voir également. Grant, ils vous aiment, ce doit être une véritable torture pour eux d'ignorer ce qu'il est advenu de vous.

Grant secoua la tête :

— Je suis mort, à leurs yeux. Comme tous ceux qui m'accompagnaient. Par chance, aucun des autres ne venait d'Ardvarrick. Quand des membres de notre clan ont voulu rallier les rebelles, je leur ai ordonné de rester chez eux. Cela, au moins, j'y suis parvenu. Mais je ne me sens pas moins coupable parce que les soldats qui sont tombés étaient de Contullach. Jamie avait convaincu près d'une vingtaine d'hommes de l'accompagner.

— Mais l'aubergiste a dit que personne ne vous tiendrait pour responsable.

— Sauf Ewan Cowie. Jamais il ne me pardonnera la mort de son fils.

Il baissa les yeux vers Madeleine, le visage sombre :

— Les Cowie étaient hostiles aux Rathmore depuis des générations. Mon père était parvenu à atténuer les tensions, mais cette histoire va raviver de vieilles rancœurs. Ewan Cowie réclamera vengeance et c'est à la porte de mon père qu'il ira frapper.

La jeune femme aurait voulu le réconforter, mais les mots lui échappaient une fois de plus. Elle ne pouvait qu'espérer que le bruissement régulier des rames et le doux roulis du bateau finiraient par alléger sa peine, comme ils apaisaient ses craintes.

— Quelle aventure nous avons vécue ! murmura-t-elle au bout d'un long moment. J'ai pratiquement perdu le compte des jours.

— Je me rappelle chacun d'entre eux.

Grant avait parlé avec son cœur. Il pouvait se remémorer toutes les heures passées en compagnie de Madeleine. Tous ses sourires, tous ses regards. Cette nuit estivale serait sans doute l'un de ses plus beaux souvenirs depuis son départ d'Ardvarrick. Il était confortablement assis à bord d'un bateau, Maddie était en sécurité dans ses bras, ses boucles soyeuses lui chatouillant le menton. Et même s'il mourait d'envie de la garder avec lui jusqu'à la fin des temps, il savait que cet instant magique ne durerait pas.

Il murmura :

— Vous devez avoir hâte de retrouver votre père, Maddie.

— Oui.

Mais cette fois, il la connaissait suffisamment bien pour

percevoir la moindre nuance dans sa voix et il reconnut une note de doute dans cette simple réponse.

— Ah bien ? marmonna-t-il d'un ton taquin, feignant la stupeur. Vous ne semblez pas très sûre de vous.

— Pour être tout à fait franche, je ne le suis pas, confessa-t-elle. Notre périple m'a fait réaliser une chose : c'est que j'en ai assez de cette vie de nomade, de suivre papa d'une intrigue à l'autre, de ne jamais savoir si demain, nous vivrons dans un château ou une étable. Ou même une prison. J'aimerais le revoir, bien sûr, lui parler, mais ensuite je retournerai chez tante Élisabeth et la laisserai faire de moi ce qu'elle jugera bon.

— Ne trouviez-vous pas la demeure de votre tante affreusement triste ?

— C'est le cas, mais je n'aurai pas à y rester longtemps. J'ai encore les bijoux de maman. Je pourrais les vendre, en dernier recours, mais je pense que je vais essayer de gagner ma vie, tant que je le peux. Je suis certaine que ma tante pourrait me trouver une place de dame de compagnie ou de gouvernante.

— Je ne puis concevoir qu'une telle vie vous convienne un jour.

— Nécessité fait loi, raisonna-t-elle. Papa a beau se vanter de ses connexions, je sais que son existence a toujours été, au mieux, précaire. Je suis lasse de laisser mon destin et mon bonheur dépendre de ses intrigues. Je préfère prendre ma vie en main.

— Votre père n'envisageait-il pas de vous marier à un bon parti ?

Elle croisa son regard et Grant vit que ses yeux étaient emplis de dédain :

— Un autre de ses rêves de grandeur qui ne se concrétisera jamais. Et même s'il y avait réellement un arrangement, il tournerait à son bénéfice et non au mien. Non, je préfère encore vivre de mon travail.

— Vous préféreriez une existence de service, car vous seriez à peine plus qu'une domestique, au statut d'épouse ?

Il secoua la tête :

— Vous ne pouvez être sérieuse.

— Je le suis ! rétorqua-t-elle avec véhémence. Je suis très sérieuse. Je refuse de donner ma vie, mon corps, mon bonheur à un étranger, aussi riche fût-il. Comment pourrais-je me placer sous l'autorité d'un homme dont j'ignore tout, pour qui je n'éprouve rien ? Quelqu'un en qui je n'ai pas confiance ?

Et moi, Maddie ? Vous me connaissez, à présent, pourriez-vous avoir confiance ? Pourriez-vous m'aimer ?

Ces mots surgirent sans prévenir dans l'esprit de Grant, qui se mordit les lèvres pour s'empêcher de les prononcer à haute voix. Il ne devait pas ! Il n'avait pas un sou, aucun avenir. Bientôt, il ne serait qu'un vagabond en terre étrangère. Mais peut-être que, si la fortune lui souriait et qu'il parvenait à s'établir, il pourrait la sauver de cette vie de labeur ?

Non. Il ne devait même pas l'envisager. C'était pure folie de songer que Maddie puisse en être réduite à travailler pour vivre. Il doutait que son père permette une telle chose. De plus, c'était une femme fort désirable. Yves d'Evremont n'aurait aucun mal à lui dénicher un prétendant convenable. Un homme séduisant et fortuné à qui Madeleine pourrait offrir son cœur sans crainte. Ce futur-là lui paraissait bien plus probable et il refusait d'être celui qui l'empêcherait de trouver le bonheur.

— Allons, nul ne sait ce que l'avenir vous réserve, chuchota-t-il d'un ton léger en s'écartant d'elle pour parler à l'un des rameurs.

Madeleine remonta son col et se blottit dans son manteau. Mais ce n'était pas tant la chaleur du plaid qui lui manquait, sinon la présence protectrice de Grant.

Les questions du Highlander l'avaient mise face à

l'incertitude de son sort. Son existence ne serait sans doute pas bien différente des dernières années qu'elle avait passées avec son père, mais *elle* se sentait différente et cela l'effrayait.

— Nous sommes à peu près à la moitié du loch, l'informa Grant en retrouvant sa place. Dans une heure, nous devrions apercevoir le ponton où nous débarquerons.

La jeune Française hocha la tête, espérant qu'il la prendrait à nouveau dans ses bras, mais au lieu de cela, il déposa le plaid sur ses épaules et s'assit à côté d'elle.

— Que ferez-vous, une fois en France ? lui demanda-t-elle.

— Je vous escorterai jusqu'à ce que vous ayez retrouvé votre père, comme convenu.

Il s'était exprimé avec désinvolture, esquivant la question. Avec impatience, elle insista :

— Et après cela ?

— Je n'en ai pas la moindre idée. Sans doute tâcher de renouer avec mes anciennes connaissances, à Paris.

— Vous pourriez chercher le prince et vous joindre à son entourage ?

Il grimaça :

— Je ne préfère pas. Je n'ai jamais eu de réelle loyauté envers sa cause et me cacher dans l'ombre des Stuart pour survivre ne me conviendrait guère. J'ai eu mon lot d'intrigues et j'en ai payé les conséquences.

— Peut-être qu'un jour vous pourrez rentrer chez vous.

— Non, je ne me fais pas d'illusion. Même si mon père parvient à conserver son domaine, mon retour risquerait d'attiser le ressentiment de notre voisin, Ewan Cowie.

— Il pourrait aussi comprendre. Vous pardonner.

— Peut-être, mais *moi*, je ne pourrai jamais me le pardonner.

Il poussa un soupir las avant d'ajouter :

— Non, j'ai perdu Ardvarrick. Je dois m'y résigner et avancer.

Madeleine frémit ; le chagrin dans la voix de Grant lui fit l'effet d'une dague dans le cœur :

— Dans ce cas... partez avec moi. Devenez mon époux.

Les mots avaient surgi de sa bouche avant qu'elle ne puisse les retenir et la jeune femme était presque aussi choquée que Grant par ce qu'elle venait de dire. Il la dévisageait :

— Pardon ? Non. Non, votre père vous trouvera un époux convenable.

— Mon père me vendra au plus offrant.

— Je crois que vous exagérez ses défauts, Madeleine. Il souhaitera vous mettre à l'abri, vous rendre heureuse. Il trouvera un homme capable de gagner votre cœur.

Elle se tourna vers lui et tendit les mains pour saisir son manteau :

— Autrefois, je pensais cela possible, mais plus maintenant. Plus depuis que je vous ai rencontré. Je veux rester avec vous, Grant.

— Et de quoi vivrions-nous, Maddie ? lui demanda-t-il gentiment, retirant ses mains de sa veste avec douceur.

— Nous n'aurons que nos talents respectifs, mais nous survivrons. Nous pourrions ouvrir une maison de jeu à Paris.

— Non !

Il n'était de toute évidence pas d'humeur pour ses taquineries :

— Comment pouvez-vous croire que je vous laisserais vous abaisser à cela ?

Madeleine haussa les épaules :

— J'ai suivi mon père ces quatre dernières années, j'ai tenu sa demeure pendant qu'il vadrouillait à travers l'Europe. J'ai eu mon lot de mensonges et de tromperies. Pensez-vous que vivre des jeux de hasard soit moins honorable ?

Elle soutint son regard sans ciller et, finalement, ce fut lui qui détourna les yeux, secouant la tête :

— Je suis désolé, Maddie. C'est impossible. Je n'ai rien à vous offrir. Pire que cela, je suis un proscrit.

— Ma vie est à peine plus enviable… Mon père est un parieur, sans cesse à la recherche du prochain prix. Je dois le voir et m'assurer qu'il va bien, mais ensuite je compte bien me forger mon propre avenir.

— Vous êtes jeune et belle. Vous trouverez un homme à aimer.

Elle rougit, mais continua de le fixer droit dans les yeux :

— Je vous l'ai dit. Ce n'est plus possible, désormais.

Grant se figea ; il commençait à comprendre ce qu'elle cherchait à lui dire. Il sentit son souffle se coincer dans sa gorge. Était-ce vrai ?

Comme si elle pouvait entendre ses pensées, elle ajouta :

— Je vous aime, Grant Rathmore. Je ne pourrai jamais en épouser un autre que vous.

Le cœur de Grant bondit dans sa poitrine. Mais il devait se montrer prudent. Il n'osait pas encore céder au sentiment d'euphorie qui gonflait à l'intérieur de sa cage thoracique. Il choisit ses prochains mots avec soin :

— Je ne possède rien, à l'exception des vêtements que j'ai sur le dos, mais je suis fort. Je peux travailler, me battre si nécessaire. Je pourrais devenir mercenaire…

— Non. Vous avez vu suffisamment de batailles. Je ne vous laisserai pas faire cela. Nous trouverons un autre moyen de survivre.

Elle souriait, et l'éclat rutilant de ses prunelles raviva l'étincelle de l'espoir dans le cœur du Highlander. Soudain, le monde lui parut regorger de possibilités :

— Je pourrais travailler comme intendant dans le domaine d'un noble ! C'est un métier pour lequel je suis doué. J'ai passé ma vie à apprendre comment gérer les terres de mon père !

— Ou nous pourrions voyager, suggéra-t-elle, rayonnante. J'ai un peu d'argent, rien ne nous oblige à demeurer en France.

— Non, vous avez raison. Nous pourrions parcourir le monde.

Il rit et serra les mains de Madeleine dans les siennes :

— Ce ne sera pas facile. Nous devrons œuvrer de concert, nous soutenir dans l'adversité, mais nous survivrons.

— Oh ! Grant, je n'en demanderais pas plus, tant que je peux être avec vous.

— Vraiment ?

Il contempla son visage, cherchant le moindre doute :

— Je ne peux vous faire aucune promesse de richesse.

— Peu m'importe, répondit-elle. Papa et moi avons vécu parmi les puissants, mais nous avons aussi connu des périodes de disette. Tant que nous serons ensemble et que nous pourrons poser de quoi manger sur notre table, je serai satisfaite.

— Alors… Vous acceptez de m'épouser ?

Madeleine cligna des yeux pour retenir ses larmes de joie :

— Oui, mon tendre amour. J'accepte de vous épouser, si vous êtes bien certain que c'est également votre souhait.

Grant n'y tint plus. Il l'attira dans son étreinte.

— C'est mon souhait, murmura-t-il. De ma vie, je n'ai jamais été aussi sûr de mon choix.

Il approcha son visage du sien et captura ses lèvres dans un long et ardent baiser. La jeune femme lui répondit aussitôt et il l'embrassa avec plus de ferveur encore, taquinant sa bouche jusqu'à ce qu'elle l'entrouvre et le laisse caresser sa langue de la sienne. Grant sentit son sang bouillonner dans ses veines.

Il y eut des murmures amusés parmi les rameurs, suivis de félicitations chuchotées et de quelques plaisanteries grivoises sur la tenue inhabituelle de la demoiselle, mais ni Grant ni Madeleine n'y prêtèrent la moindre attention jusqu'à ce que l'homme le plus près d'eux s'éclaircisse bruyamment la gorge :

— Nous approchons du point d'accostage, m'sieur. Il va falloir que vous bougiez pour que je puisse nous amarrer.

Grant releva la tête et sourit en voyant Maddie enfouir son visage empourpré dans son épaule pour se cacher.

— Oui, bien sûr, dit-il. Venez, ma chère.

Ils se déplacèrent, mais Grant entourait toujours Madeleine de son bras. Ensemble, ils regardèrent les rameurs guider l'esquif jusqu'à un petit ponton en bois. Quelques minutes plus tard, ils débarquaient maladroitement sur la terre ferme. Suivant les instructions des canotiers, ils passèrent les quelques bâtiments agglutinés autour du quai et grimpèrent les vieilles collines affaissées qui séparaient le loch doré de Loch Tonnan. Longer la piste n'eut rien d'aisé, mais Grant savait dans quelle direction s'orienter et estima que la marche leur prendrait un peu plus d'une heure. Madeleine refusa qu'il porte ses sacoches, lui rappelant qu'il était toujours blessé au bras, et elle avança stoïquement à quelques pas devant lui. Le courage silencieux de sa compagne gonflait son cœur de fierté.

Dieu que j'aime cette femme !

Il tressaillit. Il ne le lui avait pas encore dit. Du moins pas réellement. Il voulait le crier maintenant, pour qu'elle n'ait plus de doute, mais en dépit de la maigre clarté de cette courte nuit d'été, Grant craignait que sa voix ne soit facilement repérable dans la quiétude figée de la vallée. Il ignorait qui pouvait se trouver dans ces collines, mais le moindre bruit inhabituel risquait d'attirer l'attention… ainsi qu'une pléthore de soldats. Le silence était plus sûr pour l'instant ; il aurait tout le temps de lui dire combien il l'aimait une fois à l'auberge.

Maddie aperçut le doux miroitement de l'eau devant elle. Elle avait l'impression d'avoir marché toute la nuit, même si cela ne faisait sans doute qu'une heure, tout au plus. Mais cette promenade nocturne succédait à une longue journée de chevauchée et elle était épuisée.

— Loch Tonnan, annonça Grant dans un souffle. Nous y sommes presque.

Ils trouvèrent sans difficulté la petite auberge indiquée par Donald Roy et grattèrent à la porte. Une silhouette mince et courbée apparut et les invita silencieusement à entrer. Maddie patienta tandis que Grant et le tavernier échangeaient à voix basse en gaélique. Lorsqu'ils eurent fini, Grant lui expliqua que l'homme avait aperçu le navire français, mais que ce dernier s'était retiré hors de vue, par sécurité, et qu'il ne reviendrait que dans la soirée. Les deux Écossais se remirent à converser et la jeune femme écouta avec anxiété.

— Que se passe-t-il ? demanda-t-elle à Grant. Y a-t-il un problème ?

— Tout va bien. Il vous attendait. Une chambre est à votre disposition jusqu'à ce qu'un agent des Français vienne vous chercher pour embarquer.

Mais son explication ne correspondait pas au ton ni à la longueur de leur discussion.

— Qu'en est-il de vous ?

Il hésita :

— Les instructions que le tavernier a reçues de votre père ne mentionnaient qu'une seule chambre. Et malheureusement, toutes les autres sont occupées. Mais ne vous inquiétez pas, je trouverai un logement.

Mais en dépit de son assurance, Madeleine n'en crut pas un mot :

— Je doute que vous trouviez un établissement dans un village aussi petit et, même si c'était le cas, nous ignorons si nous pourrons leur faire confiance.

Elle inspira profondément et prit son courage à deux mains pour ajouter :

— Nous n'aurions pas besoin d'une chambre de plus, si nous étions mari et femme.

Grant la dévisageait avec attention. Elle poursuivit, feignant le détachement :

— Il me semble qu'en Écosse il suffit de lier nos mains ou d'échanger nos vœux devant témoins pour être légalement mariés, n'est-ce pas ?

— Eh bien, oui.

Grant se passa une main dans les cheveux :

— Mais je…

— Dans ce cas, si nous trouvons des témoins, nous pourrons nous marier. Nous nous marierions devant un prêtre à notre arrivée en France, pour une cérémonie plus conventionnelle.

Le Highlander étudia son visage du regard :

— En êtes-vous bien sûre, Madeleine ?

Elle acquiesça, déclarant avec sincérité :

— Je crois que c'est mon souhait depuis le jour où nous nous sommes rencontrés.

— Réfléchissez bien, milady.

Il la prit par les épaules :

— Vous ne pourrez pas revenir en arrière. Les vœux prononcés devant témoins et votre signature constituent un serment éternel.

— De toute ma vie, je n'avais jamais été aussi sûre de mon choix, répondit-elle, comme un écho à sa déclaration à bord du bateau. Mais seulement si vous êtes bel et bien décidé à quitter l'Écosse. Et si vous tenez réellement à m'épouser, conclut-elle timidement.

— Si j'y tiens !

Un sourire rayonnant illumina le visage de Grant :

— Ma tendre amie, c'est le souhait le plus cher à mon cœur !

Chapitre 16

Il ne leur fallut que quelques minutes pour expliquer la situation au tavernier, qui s'empressa d'aller quérir sa femme. La bonne matrone fut d'abord choquée à l'idée que la mariée porte des vêtements d'homme, mais ils parvinrent néanmoins à la convaincre de la nécessité du déguisement. Elle insista toutefois pour que Madeleine s'apprête avant la cérémonie, pendant que leur hôte cherchait du papier et de l'encre pour garder une trace écrite de leur union. Bien que la salle soit vide, Grant remarqua que le soleil ne tarderait pas à se lever, car à l'est, l'horizon était nimbé d'un halo doré et le turquin du ciel se transformait en une palette de rose et de topaze. Bientôt, les Highlands s'éveilleraient. Dans une heure, tout au plus, les clients descendraient prendre leur petit déjeuner. Le tavernier revint avec des plumes et un vieux journal, expliquant d'un ton navré que c'était la seule feuille de papier sur laquelle il était parvenu à mettre la main. Grant était sur le point de lui demander d'aller chercher ces dames quand elles réapparurent.

Madeleine approcha de lui. Elle avait ôté son tricorne et brossé ses cheveux en une cascade de boucles soyeuses qui tombait sur ses épaules.

— Eh bien, mon cher ? s'enquit-elle avec un sourire timide. Commençons-nous ?

Ils prononcèrent leurs vœux tandis que le paresseux soleil matinal emplissait lentement la pièce de son éclatante lumière. Il régnait dans la taverne un silence aussi religieux que dans n'importe quelle église, mais quand Madeleine crut qu'ils avaient terminé, la femme du propriétaire déclara :

— Vous aurez besoin d'un anneau pour votre épouse.

Elle en tendit un à Grant.

— Je suis navrée, ce n'est pas grand-chose, une simple bague en étain qui appartenait à ma mère, paix à son âme, mais je vous l'offre avec ma bénédiction, en attendant que vous puissiez en payer une plus jolie à votre dame.

Grant la remercia profusément et lui proposa de l'acheter, mais la bonne matrone refusa obstinément, assurant qu'elle était heureuse qu'il serve un si bel événement.

— Vous êtes trop généreuse, madame, s'exclama Madeleine. Votre geste a plus de valeur à mes yeux que toutes les bagues les plus précieuses.

Grant murmura les citations cérémonielles tout en faisant glisser l'anneau d'étain au doigt de Madeleine, qui cligna rapidement des paupières lorsqu'il porta sa main à ses lèvres. Le tavernier leur présenta une feuille de papier au dos de laquelle, Maddie remarqua, les paroles d'une ballade paillarde étaient inscrites. Cela engendra l'hilarité générale, mais ils notèrent tous soigneusement leurs noms sur le document et le tavernier les déclara légalement unis par le mariage.

Il insista ensuite pour qu'ils boivent ensemble un verre d'*Uisge Beatha* à la santé de la mariée, ce qu'ils firent avec émotion, avant que la matrone larmoyante ne les conduise à leur chambre.

Enfin seul avec son épouse, Grant balaya du regard le modeste ameublement de la pièce.

— Ce n'est pas tout à fait ce que j'imaginais pour notre

nuit de noces, admit-il, espérant ainsi atténuer la tension presque palpable qui régnait dans l'air.

Il désigna d'un geste le lit à courtines élimées dans un coin :

— Mais au moins, nous ne dormirons pas dehors.

Madeleine se tenait toujours tout près de la porte et faisait tourner son alliance d'étain à son doigt. Grant approcha avec douceur et la saisit par les épaules :

— Vous êtes nerveuse, Maddie, mais il n'est pas trop tard pour changer d'avis. Je n'aurais jamais pensé pouvoir gagner votre main et ne puis vous laisser faire ce sacrifice sans vous le demander à nouveau : êtes-vous bien sûre de votre choix ?

— Je le suis, Grant. J'en suis sûre. J'ai toujours su que je n'avais de valeur aux yeux de mon père qu'en tant que fille à marier, dès qu'il trouverait quelqu'un prêt à payer son prix. Mais je refuse désormais d'accepter un tel sort. Ce choix m'appartient.

Levant les mains, elle coula ses bras autour de son cou comme elle avait si souvent rêvé de le faire et ajouta :

— J'ai *fait* mon choix.

Grant sentit son souffle se coincer dans sa poitrine lorsque Madeleine attira son visage vers le sien. Leurs lèvres se rencontrèrent et la jeune Française fondit dans ses bras. Leur étreinte leur parut si naturelle… si *juste*. Maddie laissa ses doigts se perdre dans la soyeuse crinière châtain de son aimé, lui rendant son baiser avec une passion qui lui embrasa le sang et fit battre tout son corps au rythme de son cœur.

Madeleine était timide et Grant savait qu'elle ne faisait preuve d'aucune fausse pudeur, aussi était-il déterminé à ne pas la brusquer. Ils prirent le temps de se découvrir l'un l'autre, ôtant leurs vêtements comme on effeuille une rose, chacun de leurs langoureux mouvements ponctués d'ardents baisers. Puis Grant souleva son épouse avec tendresse et la porta jusqu'au lit.

Il s'allongea contre elle et caressa son corps, ses mains explorant avec délice sa peau douce et chaude, ses courbes sensuelles.

Maddie suivit son exemple et s'aperçut bien vite que ses paumes avaient le pouvoir de lui arracher des grognements de plaisir. S'enhardissant, la jeune Française le plaqua dos au matelas et se redressa, assise sur son abdomen, pour mieux admirer son corps d'homme, nu à l'exception du bandage à son bras. Elle l'effleura en l'interrogeant du regard.

Il sourit et secoua la tête.

— Je ne ressens presque plus aucune douleur, murmura-t-il pour répondre à sa question silencieuse.

— J'en suis heureuse.

Elle sourit également et dévora son amant des yeux, notant chaque détail... Les cicatrices, les anciennes blessures, l'harmonie de ses muscles bien dessinés. Il était fort, mais aussi élancé qu'une panthère. Et son désir était incontestable. Madeleine en eut la gorge sèche.

C'est moi qui ai provoqué cela, songea-t-elle, enfiévrée à cette idée, son bas-ventre la tiraillant de façon exquise. *Je suis sa femme et il me* désire.

Elle tendit les mains et se lança à son tour dans un examen minutieux de la peau dure et brûlante de son compagnon, retraçant de ses paumes les arabesques rigides de son torse, plongeant ses doigts dans le pavois de poils sombres entre ses pectoraux, glissant vers son nombril. Alors qu'elle s'aventurait de plus en plus bas, elle entendit Grant inspirer entre ses dents :

— Doucement !

Il lui saisit le poignet :

— Si vous continuez ainsi, tout sera terminé avant même que nous ayons commencé !

Madeleine émit un gloussement rauque, se délectant du pouvoir qu'elle exerçait sur lui. D'un mouvement, Grant la fit basculer sur le lit et la piégea délicatement sous lui.

— À mon tour, murmura-t-il.

Il traça un sillon de baisers sur son visage, ses paupières, ses joues, le long de la courbe de sa mâchoire et jusqu'à la base de son cou. Maddie avait fermé les yeux, savourant pleinement ces exquises sensations. Chaque pouce de sa peau où les lèvres de son amant avaient déposé un baiser fourmillait de délice, elle avait l'impression de s'embraser et de fondre à la fois. Grant poursuivit ses attentions, glissant vers sa poitrine, et Madeleine sentit ses seins se tendre presque douloureusement, impatients d'être les victimes de cette douce offensive.

Son compagnon, en bon soldat, s'en acquitta aussitôt, suçotant une pointe rose durcie, puis l'autre, et la jeune femme sentit quelque chose s'éveiller au plus profond d'elle. Elle brûlait de désir pour lui, chaque baiser enflammait ses sens, mais lorsque les doigts habiles de Grant se faufilèrent entre ses cuisses, cette brusque attaque sur deux flancs eut raison de ses défenses. Elle gémit, se tortillant fébrilement sous ses voluptueux assauts. Puis soudain, il la pénétra, bougeant avec une implacable lenteur, et Maddie eut la sensation que son corps capitulait avec bonheur tandis que, vague après vague, un plaisir pur et brut se propageait dans tout son être. Sentant l'ivresse la gagner, la jeune femme se jeta à sa rencontre, inclinant ses hanches chaque fois que Grant plongeait en elle, toujours plus vite, toujours plus loin. Maddie arqua son dos et frémit de façon incontrôlable, ses doigts s'enfonçant sauvagement entre les draps quand une extraordinaire euphorie s'abattit sur elle avec tant de force qu'elle crut défaillir.

Alors même que Grant, dans un grognement retentissant, la pénétrait une dernière fois, longuement et puissamment, Maddie lâcha prise et succomba à cette divine félicité, tout son être volant en éclats. Elle s'élevait, planait, retombait, hors d'atteinte de toute pensée consciente.

Ils étaient tous deux à bout de souffle. Grant étreignit son aimée jusqu'à ce qu'elle cesse de trembler, puis il se retira et s'allongea à ses côtés.

— Pardonnez-moi si je vous ai fait mal, murmura-t-il en serrant sa main au creux de sa paume. Je sais que cela peut être douloureux la première fois.

— J'ai à peine senti la douleur.

Madeleine souriait béatement au baldaquin au-dessus d'eux. C'était vrai. Le plaisir était si intense qu'il avait rapidement éclipsé le moindre inconfort. Elle était profondément comblée, en paix. Ensemble, ils se glissèrent sous les couvertures. Quand Madeleine s'éveilla un peu plus tard, elle sentit le corps de Grant tout contre le sien et referma les yeux, heureuse. Pouvait-il exister bonheur plus parfait sur cette terre ?

Ils furent réveillés peu de temps après midi, quand trois coups nets retentirent à la porte de leur chambre. Grant se glissa hors du lit et enfila sa chemise et sa culotte. Maddie entendit la voix du tavernier murmurer quelques phrases d'un ton urgent. Elle s'assit, tirant les draps jusqu'à son menton et attendit, anxieuse, que Grant lui explique la situation.

— Qu'y a-t-il ? demanda-t-elle tandis que son époux refermait la porte. Y a-t-il un problème ?

— Des Dragoons. Ils approchent du vallon et fouillent toutes les maisons et fermes sur leur passage. Ils seront là dans une grosse heure. Nous devons partir, et vite.

Ils s'habillèrent prestement et descendirent sans traîner. Le tavernier les fit sortir par l'arrière et leur indiqua la route à suivre.

— Hâtez-vous, murmura-t-il. Longez le loch sur

environ un mille jusqu'à un petit *bothy*[1] près de la rive. Votre homme vous attendra là-bas. Il a une barque et vous aidera à monter à bord du navire français dès qu'il arrivera. Allez-y. Et si on me demande, je ne vous ai jamais vus !

Il leur fit signe de filer et Grant et Maddie se précipitèrent vers le sentier sauvage sous un soleil brûlant et un vaste ciel bleu. La taverne disparut bientôt dans leur dos, mais Maddie ne cessait de jeter des regards en arrière, craignant à tout instant d'apercevoir une ligne d'uniformes rouges lancée à leurs trousses.

Finalement, ils atteignirent une hutte aux murs en pierres sèches et au toit de tourbe avec deux fenêtres obturées de chaque côté d'une vieille porte en bois. Grant approcha avec prudence et frappa doucement. Un cliquetis retentit dans le silence quand quelqu'un à l'intérieur leva le loquet, puis une voix bourrue et grave grogna dans l'obscurité :

— Entrez vite, tous les deux, et fermez derrière vous.

Grant pénétra dans la petite bâtisse, mais un mauvais pressentiment le poussa à tendre la main vers son épée. Hélas, il était déjà trop tard. Dans la lueur filtrant par l'embrasure de la porte, il vit scintiller les canons de deux pistolets braqués sur sa poitrine. Grant se plaça aussitôt devant Maddie, la protégeant de son corps, puis leva les yeux vers la silhouette râblée qui tenait les armes et ne put retenir une grimace :

— Il me semblait bien que je connaissais cette voix… Ewan Cowie.

1. Cabane, abri rudimentaire généralement libre d'accès.

Chapitre 17

Ewan Cowie leur fit signe de s'écarter de la porte et la verrouilla, les emprisonnant dans une lugubre pénombre. Grant garda la main posée sur la garde de son épée, pourtant conscient qu'elle ne lui serait pas d'une grande utilité face à des armes à feu.

— Madeleine, dit-il lentement, permettez-moi de vous présenter mon voisin, Ewan Cowie de Contullach.

Il ajouta d'une voix moqueuse :

— Seigneur, la cause du prince doit être réellement désespérée pour qu'ils emploient des scélérats dans votre genre.

— Soyez maudit, Grant Rathmore, gronda l'homme avec hargne, son visage barbu déformé par la haine.

Mais Cowie se contrôla et le sourire qui succéda à la colère n'en fut que plus glaçant :

— Quand j'ai appris qui escortait la Française, j'ai su que mes prières avaient été entendues. Je vais enfin pouvoir venger la mort de Jamie.

— Votre fils est mort au combat et non de ma main.

— *Aye*, mais qui l'a encouragé à partir en guerre, hein, Rathmore ? Qui l'a persuadé de s'éclipser en pleine nuit, sans un mot pour son vieux père ?

— C'est Jamie qui m'a poussé à rallier l'armée et non l'inverse ! s'indigna Grant. Je ne voulais pas être mêlé à toute cette histoire et j'espérais le dissuader d'y aller ! Ses amis ne vous ont donc rien dit, quand ils sont rentrés ?

Grant eut un sourire carnassier :

— Non, bien sûr, ils avaient trop peur de vous pour oser prendre la défense d'un Rathmore… Je me trompe ?

— Je n'aurais de toute façon pas cru un mot sortant de la bouche de ces sales traîtres !

— Oui, on m'a raconté que vous les aviez livrés à l'armée britannique. Cowie, ils n'étaient pas seulement des soldats jacobites… ils étaient tous de Contullach ! Je me demande ce qu'en pensent votre clan ou vos clients français ?

— Cela ne vous concerne pas, Rathmore. Vous avez scellé votre destin le jour où vous avez convaincu Jamie de partir au front.

— C'est un mensonge et vous le savez, Cowie ! Jamie était le plus obstiné de nous deux !

— Vous avez eu peur d'y aller seul ! Peuh ! Le sang de *Sassenach*[1] de votre père coule dans vos veines et comme lui, vous êtes trop couard pour faire un bon soldat !

Grant sentit la colère enfler en lui.

— Je suis resté et je me suis battu, gronda-t-il d'une voix menaçante. Même après la maudite bataille de Culloden, je suis resté jusqu'à ce que le prince déclare que c'était chacun pour soi.

— Et pourquoi auriez-*vous* le droit de vivre, hurla Cowie, quand mon Jamie est mort ?

— Jamie était mon *ami* ! Pensez-vous que sa mort me laisse indifférent ? s'exclama Grant avec amertume. Cela ne vous suffit-il pas que je ne puisse plus jamais rentrer à Ardvarrick ?

1. Terme parfois utilisé par les Écossais pour désigner un Anglais.

— Mais votre père saura que vous êtes en vie, quelque part, alors que moi…

Pendant un bref instant, Grant crut déceler dans le regard d'Ewan Cowie quelque chose s'apparentant au véritable chagrin.

— Non, Grant Rathmore. Vous allez mourir, ainsi votre imbécile de père comprendra ce que j'ai ressenti. Mais sa douleur n'en sera que plus grande, lorsqu'il apprendra que vous avez déshonoré son nom.

Non ! Madeleine les avait écoutés, trop abasourdie pour prononcer un mot, mais elle se plaça brusquement devant Grant et s'adressa directement à Ewan Cowie :

— Mon père a acheté vos services et il vous a promis bien plus une fois que nous serons en sécurité à bord du navire français, n'est-ce pas ?

— Une fois que *vous* serez à bord, mam'selle. Mon contrat ne mentionnait nullement Rathmore.

Madeleine se rapprocha de Grant.

— Peut-être, mais je n'irai nulle part sans lui.

— Oh ! mais si ! Le navire français transporte une vraie fortune, pour servir la cause du prince, et l'argent ne sera remis qu'une fois que vous serez à bord, saine et sauve.

Il fronça les sourcils :

— C'est le même vaisseau qui vous a déposés, vous et votre père, en Écosse l'an dernier et le capitaine se souvient bien de vous. Je ne pourrai pas le duper en lui fourguant une autre bonne femme.

Grant renifla d'un air dédaigneux :

— Quel homme honorable vous faites, Cowie, d'avoir seulement envisagé cette option.

— Fermez-la, Rathmore !

Il se tourna de nouveau vers Madeleine :

— Il y a du fil pour réparer les filets de pêche suspendu au crochet du mur derrière vous, mam'selle. Vous allez l'utiliser pour nouer les poignets de Rathmore dans son dos.

— Je refuse catégoriquement.

— Voilà qui est bien dommage. Mais peut-être préférez-vous que je lui mette une balle dans la tête tout de suite ? Non ? Et vous…

Il lança un regard meurtrier à Grant :

— N'allez pas croire que je n'oserai pas tirer sur la fille. Si vous tenez à ce qu'elle reste en vie, vous ne ferez aucun effort pour me résister.

Mais une lueur belliqueuse scintillait dans les yeux de Madeleine.

Grant lui demanda avec douceur :

— Faites ce qu'il dit.

À contrecœur, la jeune femme récupéra le fil. Cowie leur dicta de se placer près de la fenêtre afin que le peu de lumière qui filtrait au travers des épais tissus tombe sur les poignets de Grant. L'homme regarda Madeleine les attacher et lui ordonna de serrer jusqu'à ce que la corde morde la peau de son compagnon. Puis, avec un grognement satisfait, Cowie approcha d'une autre porte, au fond de la petite pièce, et l'ouvrit. Les nerfs de Madeleine étaient sur le point de lâcher et elle sentit son estomac hoqueter lorsque Ewan Cowie brandit une nouvelle fois ses pistolets vers eux d'un air menaçant :

— Entrez là-dedans, Rathmore, et vous également, mam'selle.

La seconde salle était tout aussi sombre que la première et les fenêtres obturées de la même façon. Deux silhouettes ligotées et ébouriffées étaient assises au sol, dos au mur, toutes deux bâillonnées avec leurs propres cravates. Maddie poussa une exclamation étranglée :

— Colonel Sowton ! Major !

Elle se tourna avec colère vers Ewan Cowie :

— Qu'est-ce que tout cela signifie ?

— Ne gaspillez pas votre compassion pour ces messieurs,

mam'selle. Ils sont vos ennemis et vous empêcheraient de voguer vers la France, s'ils le pouvaient.

Cowie fit signe à Grant de s'asseoir à côté des officiers et ordonna à Madeleine de lui attacher les chevilles.

— Des Dragoons fouillent le village en ce moment même, gronda-t-elle quand elle eut terminé. Lorsqu'ils vous trouveront...

Cowie haussa les épaules et rengaina l'un de ses pistolets :

— Il leur faudra du temps pour passer tous les bâtiments au peigne fin et arriver jusqu'ici. D'ici là, nous aurons mis les voiles depuis belle lurette.

— Comment avez-vous capturé ces deux hommes ? intervint Grant en désignant les officiers d'un signe de tête.

— Les Anglais ont découvert l'existence du chargement d'or et ont envoyé une troupe pour l'intercepter. Par chance, le capitaine français en a eu vent et il a gardé son navire à l'écart, hors de vue. Ces deux-là s'étaient éloignés de leur camp quand je les ai cueillis.

Le major grogna une protestation étouffée par son bâillon et s'agita avec colère.

Grant renifla d'un ton moqueur :

— Je vous connais, Cowie. Vous étiez l'informateur, n'est-ce pas ? Vous avez joué sur les deux tableaux.

Le major acquiesça aussitôt, confirmant ses soupçons.

— Et pourquoi pas ? railla Cowie.

— Pourquoi pas, en effet. Je parierais même que vous n'avez aucunement l'intention de faire parvenir l'or au prince ou à ses partisans.

— Sa cause est perdue. Et les jacobites m'ont pris mon fils, ils me doivent bien quelque chose en échange. Mais trêve de parleries. Le temps file. Venez, mam'selle, j'ai deux chevaux qui nous attendent dehors. Ramassez vos sacs et je vous escorterai jusqu'au lieu du rendez-vous.

— Non.

Maddie bondit sur ses pieds et posa une main sur l'épaule de Grant :

— Je ne partirai pas tant que vous ne m'aurez pas dit ce que vous comptez leur faire.

Grant vit les yeux de Cowie tomber sur les doigts de Madeleine. L'homme se précipita vers elle et lui saisit le poignet pour mieux examiner l'anneau.

— Lâchez mon épouse tout de suite ! hurla Grant.

Pour toute réponse, Cowie éclata d'un rire gras, puis attira Maddie jusqu'à lui et l'embrassa. Avec un cri, la jeune Française le repoussa et lui asséna un violent crochet du droit en pleine mâchoire, en dépit du pistolet que son agresseur tenait toujours.

Grant sentit son sang se glacer dans ses veines. Il tira sur les liens qui retenaient ses poignets, en vain. Impuissant, il dut regarder Cowie projeter Madeleine contre un tas de filets dans un coin de la pièce.

— Alors comme ça, la Française est devenue votre femme, Rathmore ? Ardvarrick sait-il à quoi vous vous êtes abaissé en épousant une traîtresse de catin française ?

Grant pouvait sentir sa fureur bouillonner à l'intérieur de lui, mais il refusait de le montrer. Au lieu de cela, il répondit froidement :

— Prenez garde, Cowie. Votre capitaine français risque fort de déclarer votre accord caduc si la fille lui est livrée dans un sale état. Il pourrait bien garder l'or.

Par chance, l'appât du gain ramena l'homme à la raison.

— Hum, vous n'avez pas tort, grogna Cowie. Je n'ai guère le temps de lui enseigner les bonnes manières. Venez, mam'selle. Nous partons. Tout de suite.

Madeleine le fusillait du regard :

— Je vous l'ai dit, je veux savoir ce qu'il va advenir de ces hommes.

— Ne vous inquiétez pas. Les soldats finiront par les trouver et les relâcher.

Mais Grant n'en crut pas un mot. Cowie s'assurerait qu'il ne reste aucun témoin de sa perfidie.

— Non.

Madeleine se rua vers Grant et s'accrocha à son cou :

— Je ne vous laisserai pas ici.

Grant ferma les yeux un instant, luttant contre la frustration de ne pouvoir la prendre dans ses bras. Le seul moyen de la sauver était de la convaincre de partir :

— Allez-y, Madeleine. Votre père a organisé votre retour, vous devez le rejoindre.

Mais elle s'agrippa plus fort encore et murmura à son oreille :

— Grant, je vous aime.

Ces quelques mots lui transpercèrent le cœur plus sûrement qu'une dague. Il inclina la tête, plongea le visage dans son cou et chuchota rapidement :

— Vous ne serez d'aucune aide, ici. Je vous en prie, regagnez la France saine et sauve. De là-bas, vous pourrez écrire à mon père, lui dire ce qu'il s'est passé.

S'il reste des survivants à Ardvarrick qui se soucient encore de mon sort. Si l'armée n'a pas arrêté mon père, chassé tous les habitants et brûlé le domaine.

— Assez de miaulements, aboya Cowie. Ne me faites pas perdre plus de temps, fillette. Le capitaine doit nous attendre non loin de la côte, à l'heure qu'il est, prêt à me remettre l'or dès que vous serez en sécurité à bord. Je vous offre un choix simple : vous chevauchez avec moi sans histoire, ou je vous ligote à la selle !

Grant vit l'orage dans les grands yeux bleus de Madeleine et il ajouta d'un ton sec, craignant qu'elle résiste :

— Partez, milady. Je vous l'ai dit. Vous ne serez d'aucune aide, ici.

Madeleine se releva lentement. Grant laissa Cowie lui fourrer sa cravate dans la bouche avant de le bâillonner à son tour. Il ne devait pas céder à la peur maintenant, pour le bien de Madeleine. Si la jeune Française craignait qu'il ne survive pas, elle refuserait de s'en aller et il ne supporterait jamais d'avoir sa mort sur la conscience, en plus des autres.

Cowie saisit Maddie par le bras :

— Dépêchez-vous. Ramassez vos sacs et allons retrouver vos amis français.

Madeleine lui emboîta le pas à contrecœur, se figeant dans l'embrasure de la porte pour lancer un ultime regard en direction de Grant. Le Highlander ferma les yeux, mais cette image était imprimée sur sa rétine. C'était la dernière fois qu'il contemplait la belle et fougueuse Madeleine et son visage blessé et hanté le suivrait jusque dans la tombe.

Le battant en bois sec claqua derrière eux ; Grant entendit la porte extérieure cliqueter à son tour, puis des pas pressés et enfin le silence. Il demeura immobile dans la clarté cireuse, écoutant les officiers à ses côtés grogner et renifler, leurs bâillons les empêchant de communiquer. Il ne leur restait plus qu'à s'installer confortablement en attendant que Cowie vienne leur régler leur compte.

Grant ignorait combien de temps Ewan Cowie s'était absenté, mais cela ne pouvait guère faire plus de deux heures. Cowie ne prendrait jamais le risque de les laisser en vie s'il craignait qu'on les découvre. Le major se redressa en entendant l'huis extérieur s'ouvrir. Il tourna la tête vers Grant, mais il leur était impossible de parler pour coordonner leurs efforts. La porte de la pièce pivota et Cowie entra. Il se dirigea vers Grant d'un pas décidé et lui ôta le bâillon.

— Vous saviez que je reviendrais vous achever, déclara-t-il avec un rictus funeste.

Grant le dévisagea avec mépris :

— L'unique raison qui vous a poussé à organiser ce stratagème seul, c'était de vous assurer que personne ne vous voie commettre un meurtre. Laissez-moi deviner…

Vous allez garder l'or des Français pour vous et trouver une excuse pour tout me mettre sur le dos ?

— Bien joué, Rathmore, vous comprenez vite ! Votre arrivée m'a grandement simplifié la tâche ! À l'origine, j'aurais été contraint de donner l'or des Français à l'armée anglaise et de me contenter de la misère que m'a offerte l'autre imbécile pour sauver sa fille, mais grâce à vous je vais pouvoir tout empocher. Je n'aurai qu'à dire que vous avez tué les officiers avant que je parvienne à vous abattre.

Le colonel émit un grognement de protestation, mais Cowie l'ignora superbement. Grant fixait Cowie sans ciller :

— Cela ne vous permettra pas d'expliquer la disparition de l'or.

— Oh ! vos hommes se sont enfuis vers les collines en l'emportant avec eux. Tous des traîtres de jacobites ! Ils étaient trop nombreux pour que je puisse les arrêter.

— Et vous pensez vraiment qu'ils vous croiront ?

— Évidemment. J'ai fait preuve d'une loyauté indéfectible envers le roi George pendant cette rébellion. J'ai même renié mon propre fils.

— Vous vous êtes retourné contre votre clan pour sauver votre misérable existence !

— Jamie est mort, par votre faute, cracha Cowie.

— Et Fraser Reid ? Et le jeune Tom Graham ? Pauvres bougres ! Ils n'étaient encore que des gamins et vous les avez livrés à l'armée.

— Je ne pouvais pas prendre le risque qu'ils demeurent à Contullach.

— Vous avez toujours été un homme de sac et de corde, Ewan Cowie. Ma mère et la vôtre ont tenté de rapprocher nos deux familles, mais mère se méfiait de vous, alors que vous faisiez partie du même clan.

— Je me moque bien de ce qu'elle pense. J'ai joué les voisins civils avec Ardvarrick tant que cela servait mes intérêts, mais je n'ai jamais aimé votre amitié avec Jamie.

Je hais les Britanniques pour m'avoir enlevé mon garçon, mais pas autant que je honnis votre famille et tout ce que vous représentez, Grant Rathmore.

Le ressentiment et la malveillance faisaient luire les prunelles porcines d'Ewan Cowie d'un éclat prédateur.

— Je n'ai jamais compris pourquoi Jamie s'était entiché de vous. C'était un meilleur combattant. Il vous infligeait une raclée à chaque match de lutte. C'était un bien meilleur tireur également.

— Je ne le nie pas, murmura Grant.

Jamie avait toujours eu horreur de perdre.

Cowie poussa soudain un hurlement de rage :

— C'est *vous* qui auriez dû tomber sur ce champ de bataille, Rathmore ! C'est *votre* cadavre qui devrait être en train de nourrir les corbeaux de Culloden et non le sien ! C'est vous qui étiez destiné à mourir sous les baïonnettes des Anglais !

Grant eut presque pitié de lui :

— À vous entendre, on pourrait croire que vous aviez prémédité tout ceci.

— C'est le cas.

Cowie passa une main sur sa bouche :

— J'avais tout prévu. J'avais trouvé le moyen de me venger de votre père après toutes ces années, de le priver de son unique fils et d'entacher son nom. Je savais que vous ne désobéiriez jamais à votre père pour rejoindre les rebelles. Jamie m'a dit que vous refusiez d'y aller. C'est pour ça que je lui ai donné une fiole d'opium et que je lui ai conseillé de jouer le jeu, de vous faire croire qu'ils feraient demi-tour avant qu'il soit trop tard. Je voulais voir le visage de votre père quand je lui annoncerais...

— Attendez !

Grant se redressa :

— Une fiole d'opium ? De quoi parlez-vous ?

— Si une tournée de bière ne suffisait pas à vous

donner le courage de vous enrôler, Jamie devait la verser dans votre chope. D'une façon ou d'une autre, je voulais que vous rejoigniez l'armée du prince.

— Mais alors… C'est vraiment *vous* qui avez tout manigancé, murmura Grant. Je n'ai jamais eu la moindre chance de dissuader Jamie et les autres. Vous *vouliez* qu'il se batte.

Cowie ricana d'un air dément :

— Bien sûr qu'il devait se battre. Je le lui avais ordonné. Je devais m'assurer de conserver Contullach et toutes mes terres, si les Stuart l'emportaient. Mais le vent a tourné dans l'autre sens. Le prince est en fuite et les Anglais me considèrent comme un fidèle partisan du roi George.

— Quand, en vérité, vous êtes un traître aux deux camps.

Cowie montra les dents :

— Mais les seules personnes au courant se trouvent dans cette pièce, Rathmore. Heureusement pour moi, les morts savent garder les secrets.

Il tira les deux pistolets de sa ceinture. Grant se redressa, feignant de s'intéresser à Cowie, repoussant l'inévitable :

— Et dites-moi, comment comptez-vous vous y prendre ?

— Une balle pour chacun de ces parasites britanniques, puis il ne me restera qu'à vous passer votre propre épée au travers du corps. Une fois que je vous aurai détachés, je placerai les pistolets dans vos mains et, quand les soldats arriveront, ils comprendront immédiatement ce qu'il s'est produit.

Cowie s'interrompit soudain, releva la tête et écouta avec attention.

— Qu'est-ce que c'était ?

Ils entendirent alors de faibles coups à la porte et une voix gémissante demandant asile.

— Un mendiant, siffla Grant. Restons silencieux et il finira par s'en aller.

Du moins l'espérait-il, car il savait que Cowie n'hésiterait pas à ajouter une autre victime à son tableau de chasse.

Encore des coups. Plus forts, cette fois. Ewan Cowie marmonna un juron, puis il rengaina ses pistolets, tira sa dague et quitta la pièce. Le major gronda sous son bâillon et se mit à frapper le sol des talons. Grant loua intérieurement ses efforts, mais ils étaient assis sur de la terre battue et même en tapant de toutes leurs forces, ils ne feraient pas assez de bruit pour prévenir le mendiant de leur sort.

Les trois hommes ligotés s'immobilisèrent et tendirent l'oreille. Grant entendit le raclement métallique du loquet, suivi d'un éclat de voix furieux, d'un grognement, puis plus rien. Ce fut comme si l'air dans la petite pièce s'était figé, les ombres épaisses et menaçantes se refermant sur eux, quand soudain la porte s'ouvrit.

— Madeleine !

Grant, ébahi, regarda la jeune femme entrer d'un pas rapide, la dague de Cowie dans la main.

— Où est-il ?

— Dehors. Je l'ai frappé aussi fort que j'ai pu à l'arrière du crâne. Il est assommé, mais je ne pense pas l'avoir tué.

Maddie avait conscience des tremblements dans sa voix, plus évidents encore que ceux de ses doigts alors qu'elle découpait les liens retenant les poignets de Grant.

— Pourquoi n'êtes-vous pas à bord du bateau ? s'étonna-t-il en la contemplant travailler. Comment êtes-vous revenue jusqu'ici ?

— Quand j'ai vu ce scélérat repartir à cheval, j'ai supplié le capitaine de me ramener à terre, puis j'ai marché. Ce n'était pas très loin ; Cowie n'avait besoin des chevaux que pour transporter l'or. J'ai remarqué la façon dont il vous observait, cette haine dans son regard. Je savais qu'il reviendrait vous tuer.

La dague les débarrassa des derniers fils et Madeleine s'autorisa à lui adresser un sourire tremblotant :

— Je ne suis pas encore prête à devenir veuve.

Elle s'apprêtait à détacher ses chevilles, mais il l'arrêta :

— Non, non, je vais m'en occuper. Libérez les autres. Vite, avant que Cowie retrouve ses esprits.

Maddie venait à peine de délier les poignets du major quand un rugissement tonitruant retentit dehors. Cowie fit irruption dans la pièce tel un taureau furieux, agitant ses pistolets, mais Grant était déjà debout. Il se jeta sur Ewan Cowie et maîtrisa aussitôt ses bras, l'obligeant à décharger l'une de ses armes dans une poutre en bois. La deuxième tomba de sa main après une courte lutte et glissa jusque dans un coin. Dès que le major Rutter fut libéré, il plongea dans la mêlée, aidant Grant à neutraliser leur ennemi, puis à le ligoter.

— Eh bien, eh bien, vous vous êtes finement jouée de nous, milady, déclara le colonel Sowton quand Madeleine lui eut ôté son bâillon. Lorsque nous avons appris que des rebelles opéraient dans la région, je n'aurais jamais imaginé qu'il s'agissait de nos compagnons de Calder House !

— Nous ne sommes pas des rebelles, rétorqua la jeune femme en le libérant de ses liens avant de l'aider à se relever. J'essaye simplement de rentrer en France pour rejoindre mon père et j'ai payé Mr Rathmore pour m'assister dans mes efforts.

Elle ramassa le pistolet de Cowie avant de se tourner vers Grant :

— Le capitaine a accepté de patienter une heure de plus avant de prendre la mer.

— Vous ne pouvez pas les laisser s'échapper, hurla Cowie en se débattant avec ses liens. Cette catin est une Française, une ennemie !

— Insulter la demoiselle ne plaidera pas en votre faveur, Cowie ! aboya le major.

— Et lui, c'est Grant Rathmore, un jacobite. Il s'est battu avec les rebelles.

— Et il vient de vous sauver la vie !

Madeleine se plaça devant Grant, pistolet en main :

— C'est Ewan Cowie qui prévoyait de vous tuer, pas nous, et il est votre prisonnier, à présent. De plus, ses chevaux sont dehors avec l'or des Français dans ses sacoches. Cela devrait suffire à acheter notre liberté, non ?

Elle se tourna vers Grant, qui acquiesça.

— Tout ce que nous demandons, c'est que vous nous laissiez le temps de monter à bord du navire.

— Et si nous refusons, vous nous tuerez ? l'interrogea le major Rutter avec un coup d'œil au pistolet dans la main de Madeleine.

— Non, nous ne sommes pas des assassins ! rétorqua Grant. Nous vous enfermerons ici pour attendre vos soldats.

— Allons, allons, je ne crois pas qu'il soit nécessaire d'en arriver à de telles extrémités, intervint le colonel Sowton, qui semblait avoir retrouvé une grande partie de sa bonhomie coutumière. Comme l'a dit cette demoiselle, nous avons le traître ainsi que l'or. C'est un résultat fort satisfaisant, qu'en pensez-vous, major Rutter ?

Son collègue parut considérer la question :

— Après tout ce que nous venons d'entendre, je suis plus enclin à me fier à Grant Rathmore qu'à cet individu.

Cowie poussa un hurlement de rage :

— Vous récompenseriez un traître !

— Vous avez admis vous-même l'avoir piégé pour qu'il s'enrôle, lui rappela le colonel avec mépris.

Le prisonnier changea soudain de braquet et reprit d'un ton mielleux :

— Ardvarrick est un domaine prospère. Songez combien le roi George vous serait reconnaissant d'ajouter un tel joyau à sa Couronne.

Madeleine vit le major grimacer de dédain, mais ce fut le colonel qui lui répondit.

— Sa Majesté serait sans doute fort satisfaite, concéda-t-il sèchement, mais il sera bien plus heureux de savoir qu'il a des partisans fidèles dans les Highlands. Vous, monsieur, nous avez démontré quel genre de scélérat vous étiez. Je préfère confier à Mr Grant Rathmore, plutôt qu'à vous, la tâche de maintenir la paix dans cette région.

Il lança un ultime regard chargé de dégoût à Cowie, puis se tourna vers Grant, tout sourire :

— Nous rédigerons notre rapport en votre faveur, Mr Rathmore. Je pense avoir suffisamment d'influence dans les bons cercles pour vous garantir une amnistie totale. Par ailleurs, avant de nous séparer aujourd'hui, je m'assurerai que vous puissiez bénéficier d'un sauf-conduit pour regagner Ardvarrick.

Levant les yeux vers Grant, Madeleine lut le soulagement et le ravissement sur son visage.

Il s'inclina :

— Vous êtes trop généreux, colonel.

— Ah, mais j'attends une contrepartie, jeune homme. Je compte sur vous pour endosser comme il se doit votre rôle de fils du laird. Promettez-moi de préserver la paix et d'empêcher votre peuple de s'attirer des ennuis.

— Je ferai tout ce qui est en mon pouvoir, je vous en donne ma parole.

— Splendide ! La Couronne a besoin d'amis fidèles et dignes de confiance, dans ces régions, n'êtes-vous pas d'accord, Rutter ? Peut-être m'autoriserez-vous à vous inviter à Londres, à l'occasion ? Je pourrais en toucher un mot à la cour, vous savez. Vous pourriez même recevoir les honneurs pour vos courageuses actions.

Madeleine les écoutait, son désarroi croissant. Plus rien ne pourrait arrêter Grant s'il obtenait la faveur de la cour d'Angleterre ! Rien, sauf une femme étrangère sans le sou.

Comment Ewan Cowie l'avait-il appelée ? Une traîtresse de catin française. Ce n'était pas tout à fait exact, mais elle n'en était pas moins la fille d'un conspirateur, d'un parieur invétéré et itinérant. Si la bonne société de Londres découvrait ses origines, ce serait un véritable scandale... Tout le monde lui tournerait le dos. Ainsi qu'à Grant. Il méritait mieux que cela.

Grant écoutait le colonel, peinant à croire ce qu'il entendait. Il l'interrogea pour s'assurer qu'il avait bien compris, puis chercha l'approbation du major, qui lui confirma que l'amnistie lui était pratiquement garantie. Ardvarrick était sauvé et personne ne blâmerait sa famille pour ses erreurs passées. Même dans ses rêves les plus fous, Grant n'aurait jamais imaginé pareil dénouement.

Ewan Cowie les interrompit plusieurs fois, tentant de semer le doute par des mensonges ridicules, mais aucun des deux officiers ne lui accorda la moindre attention.

— Nous sommes d'accord, conclut le major Rutter. Dès que nos hommes arriveront, nous vous arrangerons une escorte jusqu'à Ardvarrick. L'or sera conduit à Édimbourg, de même qu'Ewan Cowie. Il y attendra son procès.

— Dans ce cas, il ne me reste qu'à implorer votre pardon pour vous avoir menti pendant notre passage à Calder House, s'excusa Grant.

— Je peux aisément comprendre que vous ayez jugé cela nécessaire, reconnut le colonel avec rationalité. Et nous ne pouvons nier que la présence de votre jeune épouse a ensoleillé notre séjour, n'est-ce pas, Rutter ?

— C'est une personne délicieuse dotée d'un esprit vif, acquiesça le major avec un sourire en coin.

— *Aye*, renchérit Grant avec fierté. Quel dommage qu'elle ne soit pas ici pour écouter nos...

Il se retourna soudain. Il se souvenait avoir entendu Madeleine s'excuser dans un murmure, car elle souhaitait trouver les commodités.

Mais cela remonte déjà à quelque temps, songea-t-il.

Un frisson glacé courut le long de son dos et Grant se précipita vers l'autre pièce. Il remarqua aussitôt la bourse en cuir rouge de Madeleine sur le rebord de la fenêtre et le papier plié, coincé dessous. Il s'agissait du frontispice de *Robinson Crusoé* et l'inquiétude de Grant se transforma en un terrible pressentiment. Il saisit la feuille avec anxiété. Elle contenait une simple ligne, rédigée à la hâte avec un crayon.

Je vous libère de vos vœux.

Chapitre 18

Madeleine était assise sur la couchette de sa petite cabine, recroquevillée dans sa cape, et s'efforçait de maîtriser ses tremblements, dus au chagrin plus qu'au froid.

Elle avait atteint la côte juste à temps, alors que les marins chargeaient les derniers tonneaux d'eau fraîche dans les barques, et remercié Dieu que le navire français ne soit pas parti sans elle. Grant ne pourrait plus la suivre. Elle était en sécurité et retrouverait bientôt son pays et son père.

Cette pensée ne lui procurait aucune joie, mais elle n'avait d'autre endroit où aller. Cet arrangement ne serait de toute façon que temporaire. Elle retournerait vivre chez sa tante Élisabeth jusqu'à ce qu'elle puisse vendre les saphirs et ce qu'il lui restait des bijoux de sa mère pour s'établir dans sa propre résidence.

Mais tu finiras inévitablement par te transformer en vieille fille, comme ta tante.

Non ! Elle ne laisserait pas sa vie partir à la dérive. Madeleine refusait de devenir une célibataire mal fagotée s'attirant la pitié ou les moqueries des plus jeunes et des plus riches. Non, elle voyagerait aux quatre coins du monde. Les femmes qui ne se mariaient pas étaient souvent considérées comme des excentriques, mais serait-ce vraiment si terrible ? Certaines de ces dames extravagantes étaient parfois mises à l'honneur, dans la haute société, quand elles accomplissaient des choses dont les autres n'osaient que rêver.

Ce serait une situation tolérable, sans doute, mais qui ne pourrait jamais la consoler d'avoir perdu Grant.

Grant. Le simple fait de penser à lui revenait à planter une dague effilée dans son cœur, mais elle savait qu'elle avait pris la bonne décision en lui rendant sa liberté. Si les jacobites étaient sortis victorieux du conflit, alors la guerre entre la Grande-Bretagne et la France aurait pris fin, mais hélas cet espoir était parti en cendres. Grant était l'héritier d'Ardvarrick et la dernière chose dont il avait besoin était une épouse française qui l'empêcherait de se faire une place dans la société et susciterait des doutes quant à sa loyauté envers la Couronne.

Maddie l'avait entendu parler de son foyer, vu la façon dont son visage s'illuminait. Chaque fois il semblait rajeunir de dix ans et Madeleine parvenait à deviner le garçon qu'il avait été. Il aimait Ardvarrick et retrouverait bientôt sa vie là-bas. Il l'oublierait et se trouverait une épouse convenable, douce et fortunée. Quelqu'un d'autre pour avancer à ses côtés et le soutenir dans l'adversité.

Cette pensée brisa ses dernières défenses. Des larmes roulèrent sur ses joues et, avec un gémissement déchirant, elle s'effondra sur sa couchette. Hélas, même en cet instant, Dieu lui refusa de céder à son chagrin. Des coups retentirent à la porte et la voix hésitante d'un matelot français demanda :

— Mademoiselle d'Evremont, le capitaine aimerait que vous le rejoigniez sur le pont. Tout de suite, je vous prie.

— Oui. Je viens.

Elle tira son mouchoir de sa poche et s'essuya férocement les yeux.

Papa était un aventurier, un parieur et un soldat de fortune, se rappela-t-elle en boutonnant son manteau. Il ne reculait jamais, ne s'apitoyait jamais. Il était temps de montrer qu'elle était sa digne fille.

Carrant les épaules, Madeleine quitta la cabine.

La capitaine l'attendait au sommet des escaliers menant au pont et il l'aida à grimper les dernières marches.

— Mille pardons, mademoiselle, lui dit-il en français, mais il y a un homme…

Grant !

Maddie se recroquevilla, jetant des regards inquiets autour d'elle.

— Non, non, il n'est pas à bord, la rassura le capitaine. Il est sur l'eau. Dans une minuscule barque et il est seul.

— Je ne veux pas le voir. Je vais regagner ma cabine. Je vous en prie, ordonnez-lui de partir.

— Hélas, c'est un homme obstiné, mademoiselle. Il insiste pour vous parler.

— Et moi je vous dis que je refuse.

Elle faillit taper du pied :

— S'il vous plaît, capitaine, prenez la mer comme vous l'aviez prévu.

— C'est impossible, hélas.

— Je ne comprends pas pourquoi. Il ne pourra pas nous suivre en barque.

Le capitaine l'observa un moment puis, ouvrant les mains en signe d'impuissance, répondit :

— Venez, mademoiselle. Ainsi, vous constaterez mon dilemme.

Il la mena jusqu'au bastingage tribord et Madeleine dut se hisser sur la pointe des pieds et se pencher pour voir par-dessus le garde-fou. Tout en bas se trouvait Grant, l'amarre de sa petite barque de pêche nouée à la chaîne de l'ancre du navire français.

— Il refuse de monter à bord, expliqua le capitaine. Mais si nous levons l'ancre, sa barque sera entraînée par la ligne de mouillage.

À cet instant, Grant l'aperçut et son chapeau bascula sur sa tête, lui donnant un air mutin. Maddie sentit son cœur faire un bond dans sa poitrine.

— S'il vous plaît, allez-vous-en, lui lança-t-elle en anglais d'une voix forte pour couvrir le sifflement du vent. Je vous ai laissé une note.

— Je sais. Et ce faisant, vous avez défiguré un magnifique ouvrage !

Mais Madeleine n'avait pas de temps à perdre avec ses plaisanteries.

— Je rentre en France, déclara-t-elle. Je vais rejoindre mon père.

— Vous ne pouvez pas partir. Vous êtes ma femme.

— Je vous l'ai dit : je vous libère de vos vœux.

— Ah, mais je ne vous libère pas des *vôtres*, mon amie. Je vous avais prévenue : ils constituent un serment éternel.

Le capitaine s'était courtoisement retiré à bonne distance afin de leur laisser un peu d'intimité, mais Madeleine avait conscience qu'un certain nombre de matelots et d'officiers se trouvaient sur le pont ou dans le gréement, et qu'ils écoutaient avec attention leur échange. Elle ignorait combien d'entre eux comprenaient l'anglais, mais la situation ne devait guère être compliquée à deviner. La jeune Française sentit son visage brûler de honte.

— Les choses ont changé, rétorqua-t-elle.

— Nous sommes mari et femme, pour le meilleur et pour le pire.

Il inclina la tête sur le côté et ajouta :

— Je pensais que recevoir l'amnistie de la Couronne et pouvoir reprendre ma place d'héritier d'Ardvarrick auraient constitué à vos yeux un heureux dénouement.

— Vous ne comprenez pas. Je suis française. Nos pays sont en guerre.

— C'était déjà le cas lorsque nous nous sommes mariés, ma chère.

— Mais vous étiez alors un vagabond, riposta-t-elle d'un ton désespéré. Vous n'aviez pas de foyer, pas d'avenir. Nous allions parcourir le monde ensemble.

— Nous le pouvons toujours, si tel est votre souhait.

— Vous êtes l'héritier d'Ardvarrick. Rentrez chez vous, Grant. Votre famille a besoin de vous.

Elle entendit plusieurs murmures d'approbation dans le gréement, mais Grant n'esquissa pas un geste.

— Peut-être avez-vous raison, concéda-t-il.

La lueur espiègle de son regard s'éteignit et il ajouta, l'air soudain très sérieux :

— Mais j'ai besoin de *vous*, Madeleine. Je veux que vous fassiez partie de cette famille, que vous veniez avec moi et m'aidiez à rebâtir ma vie à Ardvarrick.

Les yeux de Maddie se brouillèrent de larmes.

— Allez-vous-en, Grant, je vous en prie, gémit-elle d'une voix brisée. Détachez votre barque et partez.

— Je ne peux pas.

— Oh ! espèce de… d'âne bâté et obstiné ! s'écria-t-elle. Partez sur-le-champ ou je demande au capitaine de lever l'ancre et de vous abandonner à votre sort !

— Je veux dire que je ne peux pas regagner la rive, répondit-il. À cause de mon bras blessé. Il est encore trop faible, je n'aurai pas la force de ramer jusqu'à terre.

Madeleine n'en croyait pas un mot, mais préféra serrer la mâchoire pour ne pas devenir grossière.

— Très bien, milady, si vous refusez de rentrer avec moi, je n'ai d'autre choix que de monter à bord de ce navire et de vous accompagner jusqu'en France.

Des murmures autour d'elle lui apprirent qu'au moins une partie de l'équipage comprenait ce qu'ils se disaient et Maddie se trouva désemparée.

— V-vous ne pouvez pas ! Cela ferait de vous un exilé !

— Je préfère être un exilé avec vous que rentrer chez moi et vivre sans vous. Cela reviendrait à m'arracher le cœur.

Un « bravo ! » retentit dans le gréement et Maddie sentit son visage la brûler à nouveau.

Grant poursuivit :

— Je ne crois pas vous avoir dit combien je vous aime, Madeleine, mais je vous le dis à présent.

Même à une telle distance, Madeleine pouvait percevoir la puissance de son regard fixé sur elle, la force du lien qui les unissait et lui donnait l'impression que Grant tirait sur un fil directement relié à sa poitrine, l'attirant à lui.

— Ma très, très chère amie. Je vous aime, de tout mon cœur et de toute mon âme. Je ne peux vivre sans vous.

Grant se leva et sa petite barque vacilla dangereusement. Il posa la main sur la chaîne de l'ancre pour se stabiliser :

— Eh bien, ma tendre épouse, quel sera votre choix ? Dois-je vous accompagner ou acceptez-vous de rentrer avec moi à Ardvarrick ?

Madeleine sursauta lorsque le capitaine, qui s'était approché pour se tenir juste derrière elle, toussota :

— Je regrette de devoir vous presser, mademoiselle, mais nous devons partir maintenant. Nous dépendons de la marée pour prendre le large…

Madeleine le dévisagea un long moment et soupira avant de finalement hausser le menton :

— Dans ce cas, capitaine, vos hommes auraient-ils la bonté de m'aider à descendre, afin que je rejoigne mon mari ?

Les vêtements masculins que portait Madeleine facilitèrent grandement la manœuvre et ce fut sous les rires, les acclamations et un certain nombre de commentaires grivois que la jeune Française s'installa dans la petite barque. Une fois qu'elle fut assise, le capitaine lui fit parvenir ses sacoches à l'aide d'un bout.

— J'ai pris la liberté d'y glisser une lettre de votre père, milady. Il m'avait demandé de vous la remettre une fois en mer, mais étant donné les circonstances…

Il haussa les épaules d'un air amusé, avant de s'adresser à Grant en anglais :

— Quant à vous, monsieur. Je vous souhaite bonne chance avec votre dame.

Grant, tout sourire, tira son chapeau d'un geste théâtral sous les applaudissements de l'équipage. Ramer jusqu'à la côte ne parut lui causer aucune détresse ni fatigue et, quand ils mirent pied à terre, Madeleine se tourna vers lui en le fusillant du regard :

— Votre bras ne vous fait pas souffrir du tout ! J'aurais dû ordonner au capitaine de lever l'ancre !

— Pourquoi ne pas l'avoir fait, dans ce cas ?

— Je craignais que vous vous noyiez !

Il sourit :

— Allons donc ! On m'a appris à nager dès que j'ai su marcher !

Maddie poussa une exclamation indignée. Elle oscillait entre rire et colère et, incapable de croiser le regard de Grant sans se trahir, attrapa ses sacoches et s'éloigna à grands pas furieux, laissant son mari amarrer la barque.

Elle s'arrêta près d'un muret en pierre, sur lequel elle s'assit en attendant qu'il finisse. Se rappelant la lettre de son père, Madeleine la tira de son sac et en commença la lecture.

— Maddie ?

Grant parcourut les derniers pieds qui le séparaient de son épouse en courant, soucieux de la voir si pâle.

— Que se passe-t-il, mon aimée, y a-t-il un problème ?

— C'est papa.

Elle lui tendit la lettre d'une main tremblante. Grant la saisit et en lut rapidement le contenu.

— Je pensais que tout n'était que mensonges, murmura-t-elle, stupéfaite, le regard perdu dans le vague. J'étais persuadée que ce n'était que de la poudre aux yeux, mais il est réellement un *comte*, à présent.

— C'est ce qu'il semblerait, s'étonna Grant en fronçant les sourcils pour déchiffrer l'écriture élaborée.

— J'avais tort à son sujet, je le prenais pour un imposteur. Un fabulateur.

— D'après ce que vous m'avez dit, son comportement ne vous avait donné aucune raison de croire en ses histoires.

— C'est vrai, mais j'aurais dû lui faire confiance. Avoir davantage foi en lui.

Elle inspira entre ses dents :

— Un comte. Un noble. Mon père !

Maddie semblait toujours sous le choc et Grant s'assit à côté d'elle.

— Cela change-t-il quelque chose ? demanda-t-il en prenant sa main. Auriez-vous préféré rentrer en France ?

Il tourna la tête vers le loch, mais le vaisseau français faisait déjà voile vers le large.

— Il est trop tard pour rappeler le navire, mais des marchands français font souvent escale à Ardvarrick. Je suis certain que nous pourrions vous trouver une embarcation, si c'est ce que vous souhaitez.

— Non. Non, ce n'est pas du tout ce que je souhaite.

Elle referma ses doigts graciles sur les siens et Grant ressentit un tel soulagement en entendant ces mots qu'il réalisa combien il avait craint sa réponse.

— Vous avez lu sa lettre… Papa m'informe également qu'il a pris une épouse.

Elle gloussa d'une voix chevrotante :

— Il semblerait qu'il ait fini par gagner le cœur de sa comtesse veuve.

— Ainsi, tout se termine pour le mieux.

— Pour le mieux !

Madeleine lui arracha le feuillet des mains et le froissa avec férocité avant de le fourrer dans son sac et de bondir sur ses pieds.

— *Pour le mieux ?* répéta-t-elle en faisant les cent pas.

Il s'enfuit sans un mot, m'abandonne dans un pays déchiré par la guerre, attend de moi que je me débrouille seule et affronte d'innombrables dangers, et pendant que je me faisais un sang d'encre pour lui, que je l'imaginais en proie à toutes sortes de périls… *Monsieur* était en France à conter fleurette à une femme fortunée pour s'arroger son titre !

Grant contint un rire, soulagé de la voir retrouver sa nature volcanique. Il se leva et la rejoignit :

— Soyons équitables avec lui, mon amie, il est fort probable que son nouveau statut social lui ait permis d'arranger votre retour en France.

— Comment ?

Elle pivota, le dévisageant, perplexe.

— Au bout du compte, il a essayé de vous sauver.

Il vit le visage de Madeleine pâlir, puis piquer un fard à nouveau et ses magnifiques yeux bleus étinceler d'un éclat dangereux.

— Oh ! j'aurais dû savoir que vous prendriez son parti, Grant Rathmore. Ha ! Les hommes sont vraiment tous les mêmes ! Vous partez à la guerre et complotez dans votre coin sans la *moindre* pensée pour les femmes sans défense qui restent en arrière, à s'inquiéter pour vous.

Grant hurla de rire :

— Sans défense ? Ah non, je refuse d'entendre cela ! Qui a dépouillé une bande de Dragoons de leurs gains mal acquis ? Qui a assommé je ne sais combien de malotrus à grands coups sur le crâne ? Et qui est parvenue à charmer deux officiers de l'armée anglaise jusqu'à les mettre complètement dans sa poche ?

Il attrapa les mains de Madeleine et l'attira contre lui, lui bloquant les poignets dans le dos.

— À présent, objet de mon cœur, baissez les armes et dites-moi que vous m'aimez.

— Certainement pas ! s'exclama la jeune Française, ses prunelles étincelant de fureur. Je vous hais !

— Oh ! vraiment ?

Il resserra son étreinte :

— Dites la vérité.

Il la contemplait avec tant de tendresse que Maddie sentit son souffle se coincer dans sa gorge, son corps ne palpitant plus de colère, mais d'un ardent désir.

— Dites-le.

Il l'attira plus près :

— Dites-moi ce que vous pensez réellement de moi.

— Vous n'avez pas de cœur, l'accusa-t-elle. Vous êtes brutal ! Effronté…

Mais ses défenses s'écroulaient. En voyant son sourire mutin, Madeleine comprit que son compagnon n'en croyait pas un mot. Elle cessa de se débattre.

— Eh bien, ma tendre amie, avez-vous terminé ?

Mais sa roucoulante moquerie raviva la colère de la jeune femme. Elle leva le nez et le fusilla d'un regard méprisant :

— Non, je n'ai pas terminé, Grant Rathmore ! Vous êtes le Highlander le plus arrogant et le plus exaspérant que j'aie jamais rencontré. Mais vous êtes *mon* Highlander, et puisque vous m'avez demandé de respecter mes vœux, sachez que j'attends de vous que vous en fassiez autant, quoi que l'avenir nous réserve.

Grant lui adressa un tel sourire que Madeleine sentit son cœur fondre aussitôt. Il inclina la tête et captura ses lèvres dans un baiser qui les laissa tous deux pantelants.

— Quoi que l'avenir nous réserve, répéta-t-il comme une promesse en caressant son visage avec tendresse. Quelque chose me dit que notre vie maritale n'aura rien de monotone !

Elle recula légèrement pour le regarder dans les yeux.

— Nous affronterons le futur ensemble, mon amour, murmura-t-elle. Et c'est tout ce qui compte.

Épilogue

— Là.

Grant leva le bras et pointa le paysage du doigt :

— C'est Ardvarrick.

Ils venaient d'atteindre le sommet d'une petite colline et Madeleine, en se hissant sur ses étriers, put contempler en contrebas la rive d'un loch marin. Des troupeaux de bétail et de moutons paissaient tranquillement dans les pâtures en déclive et, plus loin, de jolies petites bâtisses s'agglutinaient autour d'un port naturel. Les mâts d'un haut voilier amarré à la jetée se dressaient fièrement au-dessus des toits et des cheminées. Maddie suivit du regard la direction que lui indiquait Grant et aperçut une grande demeure à pignons dont les murs crémeux, enduits à la chaux, contrastaient avec le vert profond des coteaux boisés en arrière-plan.

— Oh ! c'est magnifique ! s'exclama-t-elle. Je m'étais attendue à quelque chose de plus austère et de plus… gris.

— Un château en pierre, peut-être ? Je suis navré de vous décevoir.

Elle tendit la main et saisit son bras :

— Je ne suis pas déçue. Pas du tout. C'est tout le contraire, en vérité !

Grant rit et l'attira jusqu'à lui, se penchant pour déposer un baiser sur ses lèvres :

— J'en suis heureux. Êtes-vous prête ?

Madeleine admira la maison encore un instant, savourant la caresse du soleil d'été sur son visage. Elle venait d'entrer dans le monde de Grant. Celui de sa famille. Elle était une étrangère, une Française faisant irruption dans leur vie, vêtue comme un homme, qui plus est ! Parviendrait-elle à se faire accepter ? Qu'allaient-ils penser d'elle ? Madeleine était presque tentée de faire demi-tour et de s'enfuir, mais en se tournant vers Grant, elle vit l'amour qui illuminait son regard et en tira de la force.

Elle sourit :

— Oui. Allons-y.

Il ne leur fallut pas longtemps pour atteindre la maison et ils s'arrêtèrent dans l'allée, où un domestique les rejoignit d'une démarche bondissante, l'air ravi :

— Maître Grant ! Vous êtes enfin de retour ! Bienvenue chez vous, monsieur !

— Merci, Leith.

Grant mit pied à terre :

— Où sont mes parents ?

— Dans le jardin sud, monsieur. Je m'en vais les quérir tout de suite…

— Non. C'est inutile. Nous allons les rejoindre.

Confiant leurs rênes au majordome, Grant prit Madeleine par la main et la guida à travers le domaine, contournant la demeure jusqu'à une série de terrasses permettant d'accéder à une vaste pelouse bordée de massifs chatoyants. Un gentilhomme aux cheveux bruns était assis dans l'herbe, un livre à la main, tandis qu'une lady portant une robe de jade et un bonnet de paille cueillait des fleurs pour les déposer dans son panier.

Alors que le couple dévalait une deuxième volée de courtes marches, la dame de la maison se retourna et les aperçut. Elle hésita un moment puis, reconnaissant son visiteur, poussa un cri de ravissement en jetant cisailles et panier au sol. Elle saisit son jupon à deux mains et se mit à courir à travers la pelouse. Son bonnet glissa de sa tête, libérant une cascade de cheveux roux, et Madeleine comprit qu'il s'agissait d'Ailsa, la mère de Grant. Elle lâcha la main de son époux et le regarda se précipiter à la rencontre de la lady, l'attrapant au vol lorsqu'elle bondit dans ses bras :

— Grant, oh, Grant ! C'est bien vous, mon enfant ?

Nul n'aurait pu nier l'amour qui les unissait, mais Madeleine observait le gentilhomme, qui s'était levé et approchait d'un pas lent. Son visage mince ressemblait tellement à celui de son fils qu'il aurait été impossible de se méprendre sur son identité. Logan Rathmore, le père de Grant, venait à leur rencontre. Hélas, la jeune femme ne parvenait pas à déchiffrer l'expression de son regard.

— Ainsi, vous êtes de retour.

Grant embrassa une dernière fois sa mère et la libéra doucement.

— *Aye*. Je suis de retour, père.

Les traits graves du laird se détendirent soudain et, d'un pas, il franchit la distance qui le séparait de son fils et le prit dans ses bras :

— Dieu soit loué.

Ils s'étreignirent avec force pendant un long moment. Ils n'échangèrent pas un mot, mais les paroles étaient inutiles.

— Et je vois que vous nous avez amené un compagnon.

La douce voix d'Ailsa brisa le silence ému :

— Pourquoi ne nous présentez-vous pas ce jeune homme, mon fils ?

— Ah.

Grant prit soudain conscience que Madeleine se tenait toujours dans l'escalier, immobile, et qu'elle observait leurs retrouvailles d'un air anxieux.

— Mère, père, voici Madeleine, encore récemment

Mademoiselle d'Evremont, désormais Mrs Grant Rathmore. Ma tendre amie et épouse.

Il coula une œillade éloquente à sa mère :

— Et l'objet de mon cœur.

Ailsa vola aussitôt à son secours. Son beau visage se fendit d'un chaleureux sourire et elle se précipita auprès de Madeleine, les bras tendus :

— Vous êtes plus que bienvenue, Madeleine, ma chère ! Seigneur, vous devez avoir tant de choses à raconter !

Elle prit Maddie par les mains et la mena avec douceur, comme un petit animal effrayé, jusqu'aux deux hommes :

— Logan, mon ami, nous avons une fille, enfin ! Le Seigneur n'est-il pas généreux avec nous ?

Madeleine se laissa entraîner dans le cercle familial, jetant un regard nerveux en direction du laird. D'aussi près, elle put remarquer les quelques cheveux blancs dans sa crinière brune et les rides plus prononcées aux coins de sa bouche et de ses yeux, mais ne lut que bonté dans son sourire quand il se pencha pour l'embrasser sur la joue :

— Très généreux. Bienvenue à Ardvarrick, ma chère. Venez, entrons. Nous demanderons à Leith de nous amener une bouteille de notre meilleur vin français. Nous avons beaucoup à célébrer !

Toutes les inquiétudes de Madeleine quant à l'accueil que lui réserveraient les parents de Grant ne tardèrent pas à se dissiper. Ailsa et Logan étaient si soulagés de retrouver leur fils qu'ils firent fi de l'étiquette et se retirèrent directement avec leurs invités dans le salon du matin, où on leur servit du vin et des gâteaux pendant que Grant et Madeleine narraient leur histoire.

Ils n'avaient toujours pas terminé quand l'heure du dîner sonna, Ailsa ordonna donc de retarder le repas le temps qu'ils montent se changer. La dame du domaine entraîna Madeleine jusqu'à sa chambre pour lui trouver une robe et fit preuve de tant de gentillesse que Maddie s'empressa de lui témoigner sa gratitude.

— Allons, pas de cela entre nous, déclara Ailsa en balayant ses remerciements d'un geste de la main. D'après ce que vous nous avez raconté, vous méritez bien plus que cela pour nous avoir ramené notre fils sain et sauf.

— Oh ! non, milady, c'est lui qui m'a sauvée !

Ailsa la prit dans ses bras.

— Votre amour est évident, dit-elle, les yeux scintillants de larmes. Vous vous êtes sauvés mutuellement, comme cela doit être.

Le dîner fut élégant, riche de rires et de conversations, et quand il fut temps pour ces dames de se retirer, Grant n'avait plus aucun doute sur le fait que le chaleureux accueil que Maddie et lui avaient reçu était sincère. Il refusa l'eau-de-vie française que lui proposait son père et demanda du whisky.

— Je crois que je vais me joindre à vous, déclara Logan en remplissant deux coupes de liquide ambré. Et je lève mon verre pour remercier Dieu de vous avoir ramené sain et sauf, mon fils.

— Et je vous remercie, mère et vous, pour ce chaleureux accueil.

Ils savourèrent l'âpre boisson en silence, puis Grant ajouta d'un ton hésitant :

— Je ne saurais vous dire combien je suis désolé d'avoir quitté Ardvarrick de cette façon, père…

— Tout est expliqué, mon fils. Comment pourrais-je vous en vouloir d'avoir souhaité protéger vos amis ? Ou d'avoir été la victime des manigances de Cowie ? Je suis simplement peiné pour les gens de Contullach.

— Moi aussi, acquiesça Grant en fronçant les sourcils. Ils ne méritent pas les représailles qui ne manqueront pas de suivre.

— Nous ferons tout ce que nous pourrons pour eux,

soyez-en sûr, le rassura Logan. Si ce colonel Sowton est fidèle à sa parole concernant votre amnistie et la promesse d'épargner Ardvarrick, je serai peut-être en mesure de faire quelque chose pour les jeunes Reid et Graham. Et pour Cowie. Nous parviendrons peut-être à lui éviter la peine de mort, même si Dieu sait qu'il n'a rien fait pour s'attirer notre compassion.

Il finit son verre et le reposa. Grant, qui se demandait comment Maddie s'en sortait sans lui, refusa un autre whisky et proposa :

— Que diriez-vous de rejoindre ces dames ?

Ils regagnèrent le salon, bras dessus bras dessous, et trouvèrent Ailsa et Madeleine assises sur le canapé, échangeant à voix basse. Logan gloussa :

— Vous voyez, mon fils, nous n'avions aucune raison de nous hâter. Notre présence ne leur a pas manqué le moins du monde. Elles semblent s'entendre à merveille.

— En effet ! déclara Ailsa en levant les yeux vers eux. Nous avons découvert que nous avions beaucoup en commun, comme la musique, notre passion pour la lecture et... oh, des dizaines de petites choses. J'aime beaucoup ma nouvelle fille !

Madeleine rougit et la remercia en gloussant.

— Eh bien, mon garçon, lança Logan. Ne forment-elles pas un ravissant tableau ? Si vous voulez mon avis, nous devrions nous estimer fort chanceux d'avoir trouvé de si parfaites compagnes.

Grant admira les deux ladies assises en face de lui : sa mère, une petite rousse délicate, et Maddie, une brunette gracieuse et enchanteresse. Il opina avec chaleur.

— Fort chanceux, en effet, acquiesça-t-il, le cœur gonflé de fierté, d'amour et de bonheur. Les hommes les plus chanceux du monde !

Vous avez aimé *Sauvée par un Highlander* ?
Restez au cœur des Highlands avec
L'enfant secret du Highlander de Jeanine Englert
disponible en janvier 2022 dans votre collection
Les Historiques.

Retrouvez prochainement,
dans votre collection

Les Historiques

La promise du Viking, de Michelle Styles - N°930

SÉRIE : SERMENTS ET GUERRIERS - TOME 2

Royaume de Mercie, Angleterre, an de grâce 875

De retour sur les terres que sa famille a fuies pour échapper à une horde de barbares vikings, Cynehild recherche le mystérieux jarl qui règne désormais sur son domaine afin de l'affronter. Mais ; alors qu'elle touche au but, elle découvre un homme grièvement blessé et à la mémoire vacillante. Incapable d'abandonner à son sort le dénommé Kal Randrson, Cynehild décide de veiller sur lui, le temps qu'il recouvre ses forces. Hélas, l'audacieuse Saxonne comprend vite que Kal n'est autre que le seigneur qui contrôle son domaine depuis trois ans ! Son pire ennemi...

L'enfant secret du Highlander, de Jeanine Englert - N°931

Écosse, 1743

Brandon n'en revient pas. Que fait donc Fiona MacDonald sur ses terres, un nourrisson dans les bras ? Amis d'enfance, ils ont tout partagé autrefois, leurs joies, leurs peines... jusqu'à tomber amoureux. Rien ne semblait pouvoir les séparer, pas même leurs familles respectives qui leur interdisaient de se fréquenter. Comment auraient-ils pu renoncer au lien exceptionnel qui les unissait ? Chaque nuit, Fiona le rejoignait au château d'Argyll, en passant par un tunnel secret ! Et Brandon succombait aux charmes de sa belle aux cheveux de feu... Aujourd'hui hélas, tout a changé. Devenu laird du clan Campbell, il doit venger les siens, décimés par la famille de Fiona. Mais, alors qu'il s'apprête à lui faire payer le prix de cette infâme trahison, Brandon découvre que l'enfant qu'elle protège est le sien – son fils et son héritier...

La rédemption d'un chevalier, de Melissa Oliver - N°932

SÉRIE : ILLUSTRES CHEVALIERS - TOME 2

Royaume de France, printemps 1218

Exilé en France depuis des années, le puissant chevalier William Geraint vit à l'écart du monde une existence marquée par l'amertume et la violence. Pourtant, lorsqu'on lui demande d'escorter Lady Isabel de Clancey jusqu'à sa famille dont elle a été séparée, William accepte sans hésitation. Ce voyage est la chance qu'il attendait. Une chance d'expier ses erreurs passées et d'enfin recouvrer la paix. Mais rien ne se passe comme prévu... William a juré de défendre la belle héritière, pas de la séduire. Or, le désir qu'il éprouve pour Isabel le dévore, mettant en péril sa mission...

La proposition du comte de Kendall, de Louise Allen - N°933

Lady Jane Newman a un rêve : s'établir comme artiste peintre. Celui de ses parents est tout autre : ils veulent la voir fiancée à un duc ! Punie pour sa désobéissance, elle est envoyée chez sa cousine dans les environs de Bath. Durant son voyage, Jane rencontre un homme à bout de forces, repoussant courageusement un groupe de bandits. N'écoutant que son bon cœur, et faisant fi des convenances, elle vole à son secours et l'accueille dans sa calèche. Ce qu'elle ignore, c'est que l'irruption de cet inconnu va bouleverser sa vie. Dès leur arrivée à Bath, les rumeurs sur la vertu entachée de Jane enflent de manière incontrôlable. D'autant plus que l'homme qu'elle a secouru est Ivo Merton, militaire de son état et comte de Kendall en personne !

Captive d'un Viking, de Harper St. George - N°934

SÉRIE : LES GUERRIERS DU NORD - TOME 4

ANGLETERRE, AN 871

Gwendolyn enrage à l'idée de suivre Vidar, le chef du clan ennemi à qui son père l'a promise pour assurer la paix. Non seulement cet odieux Viking la traite sans aucun égard, mais il entend qu'elle lui obéisse en toute chose. Comment se satisfaire d'un rôle d'épouse passive, elle qui est une archère hors pair et une guerrière respectée de tous ? Si Vidar persiste à vouloir faire d'elle une femme docile, Gwendolyn compte bien lui prouver qu'elle ne cède jamais… et encore moins face à un rival.

L'héritière des Mac Dougall, de Terri Brisbin - N°935

ÉCOSSE, XIVE SIÈCLE

Héritière du clan Mac Dougall, Nuala savait que son rang lui imposait de convoler par raison plutôt que par amour. Mais jamais elle ne se serait attendue à être mariée sous la contrainte ! C'est pourtant ce qui lui arrive quand son château de Lorme est assiégé par les troupes de Sebastian de Cleish. Le farouche guerrier s'est vu imposer un ultimatum par le roi lui-même : s'il n'épouse pas la maîtresse du donjon, Sebastian mourra avant la nuit tombée. Nuala deviendra donc sa femme, et ce dès aujourd'hui…